U0743681

吴玉如詩文輯存（增補本）

吴玉如先生誕辰百廿周年紀念

天津市文史研究館 編

天津出版传媒集团

天津人民出版社

圖書在版編目（CIP）數據

吳玉如詩文輯存 / 天津市文史研究館編. -- 增補本
. -- 天津：天津人民出版社, 2018.4
（吳玉如先生誕辰百廿周年紀念）
ISBN 978-7-201-12888-7

Ⅰ. ①吳… Ⅱ. ①天… Ⅲ. ①詩集–中國–當代②散
文集–中國–當代 Ⅳ. ①I217.2

中國版本圖書館 CIP 數據核字(2018)第 047570 號

吳玉如詩文輯存(增補本)
WUYURU SHIWEN JICUN(ZENGBUBEN)
天津市文史研究館　編

出　　版	天津人民出版社
出 版 人	黃　沛
地　　址	天津市和平區西康路 35 號康岳大廈
郵政編碼	300051
郵購電話	（022)23332469
網　　址	http://www.tjrmcbs.com
電子信箱	tjrmcbs@126.com

責任編輯	陳　燁
特邀編審	韓嘉祥
特約編輯	李雲光
裝幀設計	湯　磊

印　　刷	天津市豪邁印務有限公司
經　　銷	新華書店
開　　本	787毫米 × 1092毫米　1/16
印　　張	24.5
字　　數	58 千字
版次印次	2018 年 4 月第 1 版　2018 年 4 月第 1 次印刷
定　　價	198.00 圓

版權所有　侵權必究
圖書如出現印裝質量問題,請致電聯系調換（022-23332469）

編委會名單

主　編: 劉志永

副主編: 閻金明(常務)　南炳文　王寶貴

編　委:(以姓氏筆畫爲序)

王寶貴　王振德　劉志永　阮克敏

張春生　張鐵良　陳　雍　羅澍偉

郭培印　南炳文　閻金明　崔　錦

韓嘉祥　温　潔　甄光俊　樊　恒

出筆渾女能世議

庚申初夏日宮高木

作詩不必善招題

延寰付嘉羊年八十三

目　录

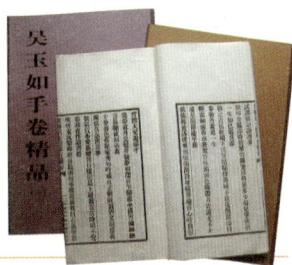

詩鈔

寄元白代簡

元白屢索書，愧難以入目。　遲遲遂不報，非故詭其躅。
兒子書昨來，又陳元白屬。　寫投此便面，聊塞責任惡。
元白書自擅，更研六法熟。　讀書多益謙，儕輩驚不若。
聞亦躋六十，歲月駛何速。　憶我十二三，讀書苦羸弱。
書喜蘇長公，塗抹未脫俗。　弱冠困衣食，何暇事磨琢。
惟性之所耽，晝失夜把握。　如是年復年，三十乃稍覺。
一藝果得之，非徒塑雕酷。　能出真精神，天機外人欲。
皮毛衆可襲，生氣不可奪。　秋悟寒潭清，春領朝陽沐。
倘不能是豁，岑樓空企足。　斯理就元白，或宜得笑諾。

贈　鄭

傾蓋道如故，識君思如赴。　幾日不相見，便思問行處。
不是勢利交，不是酒肉哺。　得食即相覓，虗甫差可附。
肝鬲吐無隱，真率無瞻顧。　人生貴朋儕，斯乃稱平素。
聲叔曾語我，君不輕酬酢。　每自手烹鮮，時招慰遲暮。
塊處二十年，枯寂竟釋去。　我今七十五，更招度初度。
聲叔與馨山，歡此接席箸。　昆季無是親，小詩紀快遇。

付馨山

吾聞滅人國，先滅其文字。　國滅仍可復，文字滅不繼。

文字國之魂，魂亡生何寄。中夏百年內，文字乃日敝。

不識亦不羞，舛訛更不避。甚者欲廢弃，唱從橫斜異。

賈生論漢政，痛哭不諱忌。有心痛哭者，能無心魂悸。

吾生文字癖，沒齒無二致。亟思醒國人，勿自就墳次。

死則反魂難，要自延生氣。馨山從我游，翰墨嗜無既。

今此寫以予，倘亦同吾謂。願同示諸生，使知或無戾。

贈何大靜若

貽我度歲資，受之覺情報。十年遭困頓，耻文龍虎彎。

豈無騰躡心，握促不可忍。況乃無弟昆，母老愛難泯。

閉戶甘食貧，此志誰與辯。惟子肝膽傾，不隨俗宛轉。
急難時相顧，義氣非強勉。子亦艱衣食，歲暮質廬產。
復分枯涸潤，古道今人展。窮目周四國，太平何時反。
保此歲寒心，庸冀俗陋昄。時宴買山隱，閑雲自舒卷。

贈尤質君

春風動地暖，柳色黃款款。群雀噪檐際，生意靜中滿。
手把一卷書，坐看紅日晚。光景浮塵奔，高下隨氣宛。
奈何百年內，窈窕不知返。我與天爲徒，自然導大窾。
此語持質君，豈屑悲漫誕。

簡尤質君

秋風動朝暮，薄我單衣裳。匆匆燕門道，一肩自理裝。
歸得兩簡書，此翁作詩忙。亦去腕底書，細字排密行。
所謂蠅頭利，解嘲意當降。年紀近七十，傭書喜晴窗。
丈夫不因人，志豁何軒昂。慵懶如我者，療飢無秘方。
斜陽穿樹紅，墜葉飄階黃。將之入詩句，年事馳年光。
老矣嗟何爲，文字樂未央。翁亦同樂此，咀嚼味彌長。

敬和遯園外舅見示古風

憶昔歲丁丑，梁益歸遠走。庸無涉世心，安愚慕鄙耇。
足迹遍國中，才識難朋友。亦知貴含光，驚蠢輒奪手。

老逾戀情親，豈愛眼前酒。一昨翁南來，筮遯今驗否。
八十健腰腳，是緣宅心厚。一顧嗟儻來，身外復何有。
惜此天機富，鄙彼餓狼守。暫聚復別去，時愧數數受。
耄年讀書勤，精進服智叟。著墨無須多，高標自難偶。
承平會有時，生不論榮朽。春風百年心，秋露一畦韭。
放懷隨大化，局促誰委咎。

贈田健國

生年未三十，端本惟自立。自立何以言，心不名利入。
言之實匪艱，誰能脫維縶。不有千夫勇，殆如招即芨。
人多聰明誤，聰明人不及。一旦泥塗中，雖悔徒啜泣。
要在圖未然，已然難補葺。平生苟自養，造次能靜翕。
吾喜汝學進，悃誠已過拾。要吾貽汝言，坐右恃有執。
果不廢提耳，庶其企孔伋。十年卓爾立，不枉辭綴緝。

疊韻寄懷馬萬里

自古難爲別，相思不可名。寄情疇與托，造語幾能驚。
秋興飛書候，濃墨走筆并。昨宵風雨驟，今霽地天清。
遙想南樓目，忘懷北國程。訾洲亭嶽嶽，廖井水泓泓。
几上排三絕，鐙前對一枰。眼光之遠注，心氣自和平。
直影無斜幹，好花都美榮。不圖即有獲，惟向勤於耕。
勖勉君過我，行爲響出聲。言諛從屏卻，意懇重見呈。

就是看交篤，無求他家成。白頭惟受壽，紅樹最關情。
疊韻塗鴉類，陳辭倒篋傾。

虱 身

虱身人海中，跁跒無一可。不敢輕方人，遑顧臧否我。
癖詩豈買名，嗜書亦碎瑣。玩物固喪志，寄傲或非左。
鼎鼎百年内，芒芴愧礧砢。恕己誠可羞，不恕益無那。

詩 文

何以爲詩文，貴寫當時境。優孟衣冠似，爲政無乃梗。
至人神明清，不可圖貌影。嗟今形似無，遑論汲修綆。
志專可語深，淺涉曷由騁。文章繫世運，智者發深省。

茅 屋

茅屋三四間，半已没蒿萊。柴關一扉懸，隨風合復開。
樹仆根在土，葉綠愴我懷。兵荒復歲荒，踽踽獨徘徊。
栩栩蝴蝶飛，人生春可哀。明年春好時，蝴蝶來不來。

贈宇涵弟

誰言茹茶苦，甘薺方寸寬。此心無人會，行己乃自安。
少不事聞達，老去寂寞耽。之子何多情，時濟我艱難。

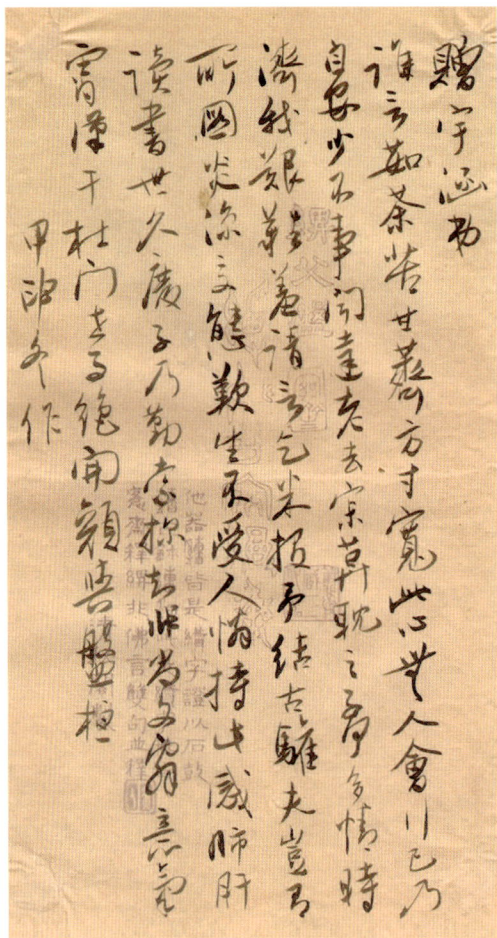

羞請言乞米，投予結古歡。
夫豈有所圖，炎涼交態嘆。
生不受人憐，持此感肺肝。
讀書世久廢，子乃勤索探。
知非尚文辭，義氣霄漢干。
杜門世事絕，開顏與盤桓。

正榮兄與漢槎妹倩交莫逆，漢槎南行久未歸，室家承拂備至，今年三十初度，漢槎索小詩爲壽。

聞君義俠行，今世人所稀。
可以托妻子，可以寄淵微。
努力愛春時，發此神英奇。
聞此倜儻人，高節秀毫眉。
一青與漢槎，索作壽君詩。

君今年三十，卓立政有爲。
五十乃知命，尼父不我欺。
敝屣利與名，於今誰等夷。
書以懸君壁，對之傾千巵。

寄 璟

短短百年內，當境苦不足。有之仍恨無，怨尤遂日續。
人已艷羨我，我猶嗟局促。事過境亦遷，追今尤桎梏。

生難無疾痛，愁欝百楚毒。迫病已纏身，悔也惟自覺。
悔亦無能爲，願持爲忠告。兒女今成行，直可勤於學。
惟君不足我，我何嘗數數。我行思遠避，深山深處樂。
此行可以回，願君體心曲。短短百年內，生死誰汝諾。

寄舒璐代簡

往者著作來，未予寴一字。當時心緒惡，庸恁不解事。
遲恐誤期要，還答失誠至。耿耿慚是心，至今以爲累。
所賴知我者，原我非故意。文字寸心知，得失非人寄。
自秋徂於冬，歸舊蟄居地。十年踽踽行，朝夕飯街肆。
霜雪與蒸歊，周而復四季。近乃自爲炊，柴米屑屑記。
饕飱錙銖較，小病喜糧積。昔母嚴佛戒，四十年肉忌。
我今忘肉味，乃不以爲異。菜油月三兩，蔬亦月頻匱。
體輕三之一，未死荷天賜。病惟誦佛號，醫苦無藥餌。
誦佛乃大奇，延命非兒戲。今誠懇告汝，汝病當思庇。
金經持日周，心誠必安遂。無輕迃者言，我言非妄墜。
自度以度人，迷塗心如醉。洞朗豁然開，惟智者能致。
百年彈指耳，何必戀枯骸。致汝此詩心，鑒照惟不貳。

連避塵索題乃兄仲甫詩草

展此雙璚箋，豈獨誇墨妙。難得昆弟情，寶茲合璧耀。
嘗聞左右手，今日成古調。持示後來人，友于百世照。

寄十二弟

弟兄十六七，獨汝向予親。

皓首今存幾，青氈舊已貧。

寸心餘潔白，衰世足沉淪。

丁丑中秋節

微風動林杪，滉漾月婆娑。萬里無纖雲，樓臺迥嵯峨。

年年中秋夜，此夜意如何。人生百歲中，憂患亦已多。

況再逢喪亂，意氣空蹉跎。白髮羞金鏡，青袂思巖阿。

廉恥道久喪，骯髒俗因和。誰能念生民，弃甲復則那。

丁丑重九

手把放翁詩，南窗晞短髮。人生貴適意，何能走竭蹶。

九日天風高，日晶百草歇。不忍事登高，遠烽正陵越。

天倘恤斯民，儒生甘矻矻。

自題元靈曜志跋語

爲此過四十，去六十尚早。經時偶披覿，六四慚未佼。

何爲自高異，一生庸亦好。從出人頭地，又爲誰傾倒。

時世昔非今，詩書迹如掃。識字耻獨多，媚俗苦無巧。

皓首合埋頭，凋年庶得保。莫言席上珍，尚德非是寶。

同　翼

同翼而俱飛，同足而并走。兩翼與四足，不可拘相耦。
豈惟物類然，橫目上萬剖。射鵠與坐弈，不可强同受。
乃知性所嗜，習之過人有。必忠與開明，少年同學友。
咸非學文者，今於文字取。豈非中夏人，遂愛中夏厚。
今日少年人，視文同敝帚。別訛連篇牘，不自以爲醜。
嗤人究文字，謂爲舊腐守。如斯再十年，斯文真覆瓴。
哀哉披史看，秦火與胡蹂。又自歐風來，仁義謝芻狗。
功利日以高，自私可不朽。何時天下公，一洗狂以狃。
規矩成方圓，安定方無咎。所有識起圖，無遺患於後。

餘穢惡

城市餘穢惡，郭外頃壓軸。可憐貧家兒，瞪視如寶簏。
北風刮肌膚，灰塵填面目。爬剔似揀金，人狗爭一簇。
腥臭甘如飴，出入誰顧腹。一匊赤子心，潔白無慚恧。
試看朱門中，腸肥飽粱肉。

壬子冬予尹連城

時去不復來，去斯已已矣。自汝就問學，今計歷時幾。
人生幾何時，忽忽真可耻。先莫問邦家，己身究何以。
兒時在目前，髮白又脫齒。我宜爲汝鑒，不省亦爾爾。
爾爾悔何及，學無來日竢。小詩付汝讀，日夕新不已。

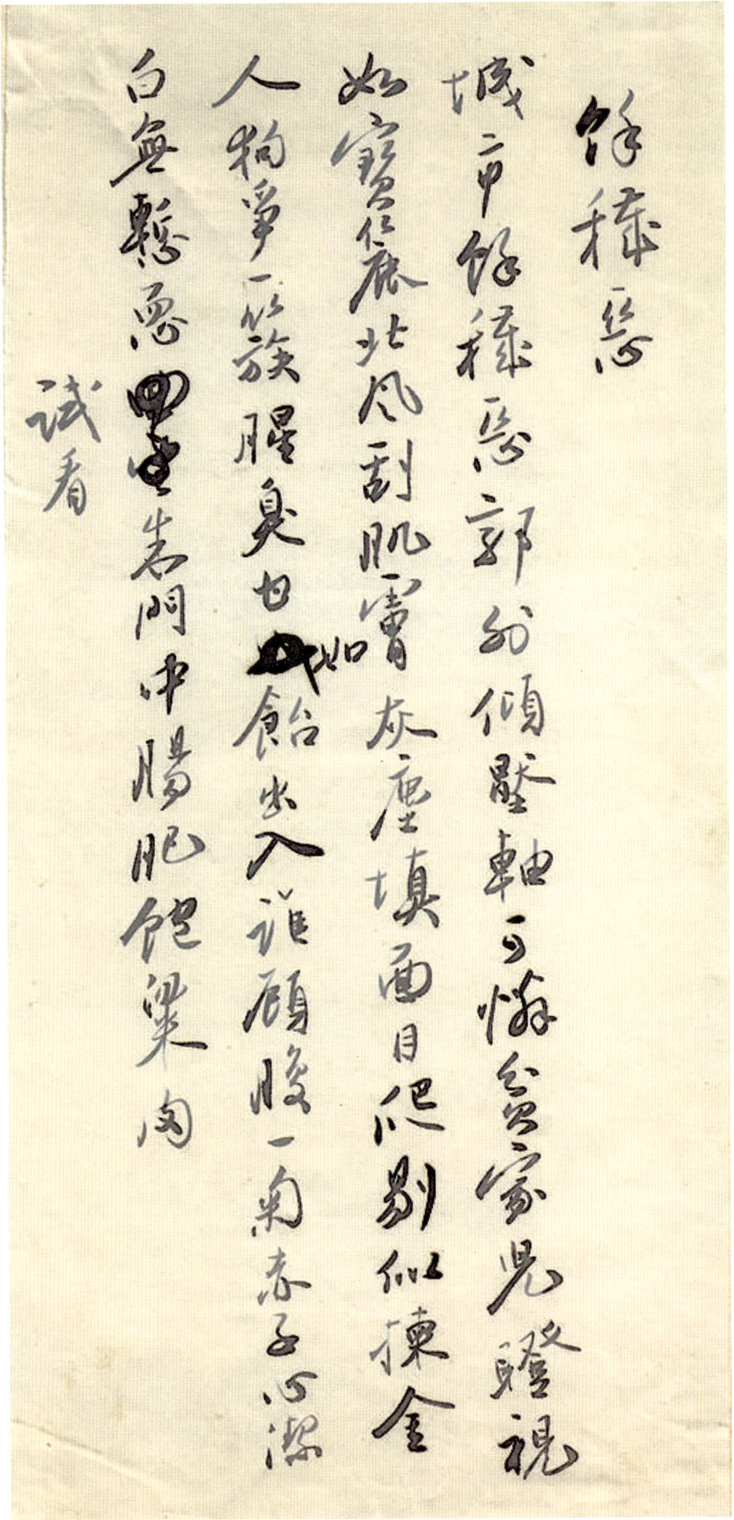

讀書示諸生

非願爲世儒，此言喜柳子。又豈要詩名，名姓挂俗齒。
讀書適其適，大人貌以視。四五十無聞，我生已已矣。
今爲汝曹師，捫心亦自恥。會來索詩篇，不示儻余訾。
示汝讀書方，富貴如敝屣。富貴如可爲，讀書成利市。

黃　昏

黃昏此靜坐，蕭然天地心。於知己不擾，始得寧魂衿。
群動傍高樓，市聲浮且沉。雲行風變之，百態誰浸淫。
槁木與死灰，青溫不再臨。

作　詩

作詩亦何爲，風花雪月醜。描頭與畫角，到處垢埃厚。
鞁韉千載上，獨出在無苟。脫盡凡枝葉，言言避俗口。
豈爲故作態，不肯隨牛後。傲岸見嫵媚，始是個中手。
讀書逐名者，妍嫵自不有。俯仰六合內，真氣無別偶。

賣漿女兒行

儂家附郭村，日日城中去。童馬馱酪漿，相將自徒步。
父母老無兒，即此奉朝暮。賣漿富貴家，富貴非所慕。
那不重顏色，肯令胭脂污。天生綽約姿，不被紈與素。

容光照路人，路人每目注。麗質不自矜，豈欲王孫顧。

却答蔡拱之

詩篇歲暮至，寄嘅亦已深。乃知萬里客，猶未忘吳岑。
却答何遲遲，藥烟伴憂衿。疹疾洵苦人，閉戶兼旬嚴。
四郊正多壘，度歲鼓鼙沉。沙蟲亂離劫，鷄犬太平甘。
何意慕功名，陳編心所妢。病起無情思，投箋交遠談。

讀杜詩

聲彌天地間，立言爲不朽。留付後來人，清夜吟不偶。
豈爲一身謀，窮愁亦天厚。坎壈一生中，萬卷破何有。
吾亦衰老慚，三年七十叟。電光一瞥逝，勞勞剩自醜。
寄言讀杜者，摹擬困械杻。

美　德

芙蕖不染泥，犀玉不沾塵。於知自潔人，刻勵守其真。
少壯復幾時，努力愛青春。贈言古所重，修名庸華身。
潤澤淵含珠，美德終有鄰。

寫　懷

腹內幾卷書，腕底幾個字。如此善人倫，無乃羞當世。
行不著鄉里，白頭愧一至。於乎復何爲，寧忍事輕媚。

贈僧慧

局促爲小儒，吾伊在詩文。龍驤與虎步，功業會風雲。
此意不可説，四海彌妖氛。屏夷成口號，大言慚郎君。
報國委辛苦，摽搒成殊勳。回頭廿年中，往事徒紛紜。
我非卓犖士，不能出人群。皓首甘小儒，子乃從我勤。
詩文復何濟，不值二畝芹。況復知者稀，特起耻異軍。
事親能無違，憐子心殷殷。孝友情性真，難爲今人云。
處卑宜季世，萬事可不聞。富貴如壇土，情志頤典墳。
春華年年好，不覺歲月分。吾伊自珍重，豈言躡清芬。

寄林宰平

平生厭煩嚚，乞居此蝸屋。詩卷遲午睡，日移雨庭緑。
既夕行買飯，彳亍愁果腹。帽檐遮卷吟，佳句忘汗滼。
橐靴迎面來，肘觸呼橫目。我舉頭嘻然，虛舟怨未覺。
躁静難强同，咫尺意誠邈。寫付兒持去，詩翁一笑讀。
作詩三十年，不肯輕表襮。高者我豈如，下者嫌惡俗。
唱酬今誰堪，得句慰幽獨。

晚偕張果老散步山中

上山太匆匆，不識來時路。九盤未覺遠，惟覓住脚處。
一臥敞高軒，七日不下顧。詎不笑山靈，歊陽毒可惡。
此夕凉飈生，松濤掀若怒。張老揶揄來，晚山足深趣。

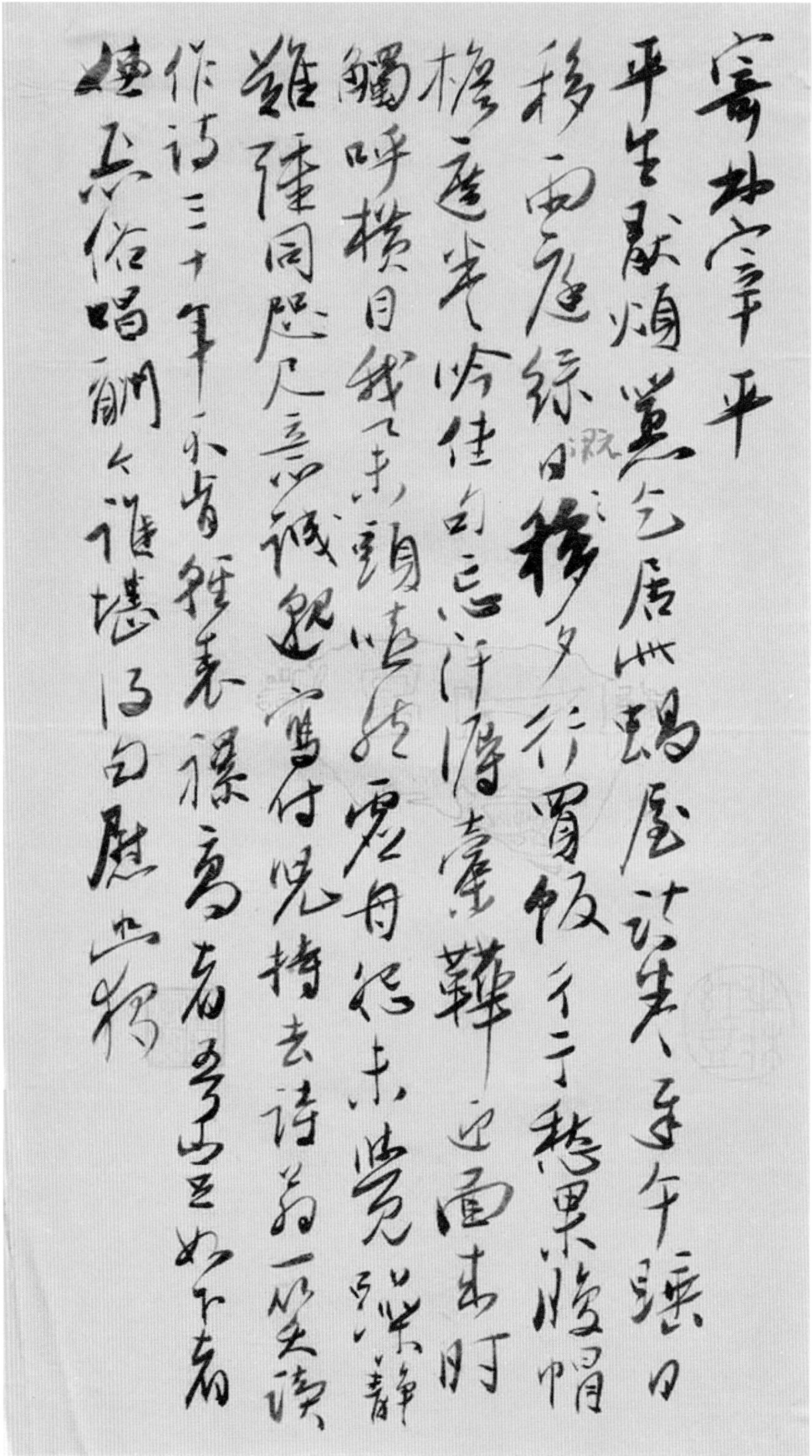

寄林宰平

平生敢負煩黌堂　莫怨居世鵝屋落葉美年午驥日
移雨庭綠日移夕行買帆行二愁栗障帽
樓遠半吟佳句忘許游臺難迂畫未時
觸呼橫目我未頭懷苦更舟�危未覺疑諜靜
難陸同歷尺言誠懇寫存虎持去詩為一哂讀
作詩三十年小皆輕素操高者多方此名下看
連共俗唱酬人誰壞信白愧此稱

出門循徑東，七盤松杉互。石磴何逶迤，霞色延遠樹。
中經香山店，山客三五住。雙清流活活，徑開砥如注。
水清可掬月，路坦可放步。路轉西向上，九盤我始悟。
行行環徑東，去新已成故。燃燭亟以書，思逸不可捕。

乙未夏勉申兒

生爲華夏人，應重己文字。毋爲敗家兒，摧毀等兒戲。
五千年上下，多少歌哭事。一一文字中，何可遂廢置。
一字有字義，點畫紛窳易。嘗聞五胡來，訛別任乖異。
金元主中夏，益復亂不治。今我爲主人，焉得再昏肆。
學宜植根柢，真理無二致。要身心兼修，羸弱百不遂。
有我好身肢，艱難亦不悸。堅定何自來，來自踏實地。
養使病脫身，天和静中寄。毋謂語平常，能常道已備。

白皮松

昔聞白皮松，今見白皮相。挺幹青雲間，羞作夭矯狀。
環携十餘株，中亭藉高障。時散其幽馨，令我精神王。
東南一俯瞰，田舍何清曠。山丘華屋想，痛哭亦大妄。
垂足坐静聽，鳥聲遠近漾。啞如老翁欸，嬌似美人唱。
何必訪名山，即此素心尚。放筆寫我懷，世間熱惱忘。

曉　起

淡日挂松間，白雲瀉碧嶺。濕露密葉上，幽香時可領。
山鳥不避人，我來覺愈静。古會心忘言，恬澹非俗省。

養　疴

四十六年中，勞生一何得。此日就山居，萬緣可以息。
跣足亦解衣，磅礴無鬱塞。大塊苦焦焚，此獨清凉域。
來時沿塗丐，初豈無衣食。捫腹朝夕餓，何暇逃酷日。
我乃得養疴，念此怳自失。少陵稷契心，大言誰可必。
儒冠百代羞，孰癒生民疾。高車駟馬人，日惟事鞭抶。

書　法

七十復何嗜，生惟嗜書法。嘗聞書家流，豈僅事筆劄。
右軍高世姿，魯公天人接。雖云是小道，亦以見慧業。
用心入毫髮，噴薄淳氣洽。針孔藏須彌，一藝非褊狹。
上下三千年，貫之義已乏。迹循而神昧，何貴太阿匣。
倘未近皮毛，遑論深指掐。舉斯喻世人，成德非妄狎。

白　日

白日懸春空，和風發萬卉。玄鳥亦已來，時節增歡欻。
霜髮日以新，吾生究何貴。凡百不如人，惟持平旦氣。

慷慨憤徒然，懍此方寸畏。茹檗情能長，芻豢亦少味。

寄藎卿外舅

一別幾經春，書來讀翻覆。情至語遂真，年老憐骨肉。
嬌女歸吳迁，自顧慚潤玉。一從東道還，萬里苦奔逐。
蜀道何縈紆，春江何芬馥。到處能淹留，不恥啖糜粥。
八表塵漲昏，餘生剩痛哭。母愛白髮新，遠離愁慮簇。
歸歟慰倚閭，慈笑展頻蹙。青天亂浮雲，世事甘沉伏。
回首廿載前，載筆資啜菽。孤生煢何依，知己恩義復。
豈不懷顏色，閑關憚踸踔。緬想晚稼軒，瓜架豆棚複。
春風花滿枝，秋月水一掬。曳杖霜髯農，布鞋遠塵黷。
木奴長子孫，恬澹養百福。近蓄花冠群，仙翁喚弸弸。
風雨時如晦，長鳴醒連屋。新詩遙寄將，破愁一捫腹。

念吾年少日

念吾年少日，自慚學不至。矻矻及於今，白髮被耳際。
東西南北人，飄零敢誰懟。嘗聞孟軻言，獨善不得志。
又聞窮益堅，不妨目掩袂。惟教無愧人，無令心地愧。
富貴何爲者，侯門羞裾曳。如此年復年，寧肆志於藝。
一藝安足論，莫使心神悸。汝年未三十，何必爲世累。
要名徒繭縛，韶光誰能繫。無謂吾言迂，絜己夜安睡。
放眼看宇內，人禽一間次。一間呼吸間，故可不勉勵。

早　起

鷄鳴起熹微，草木香——。蟬嘶偶然聞，驚雀遠林出。
即此體清幽，真意不可卒。日高群動擾，煩熱不可逸。
嗚呼出世心，人事何促率。

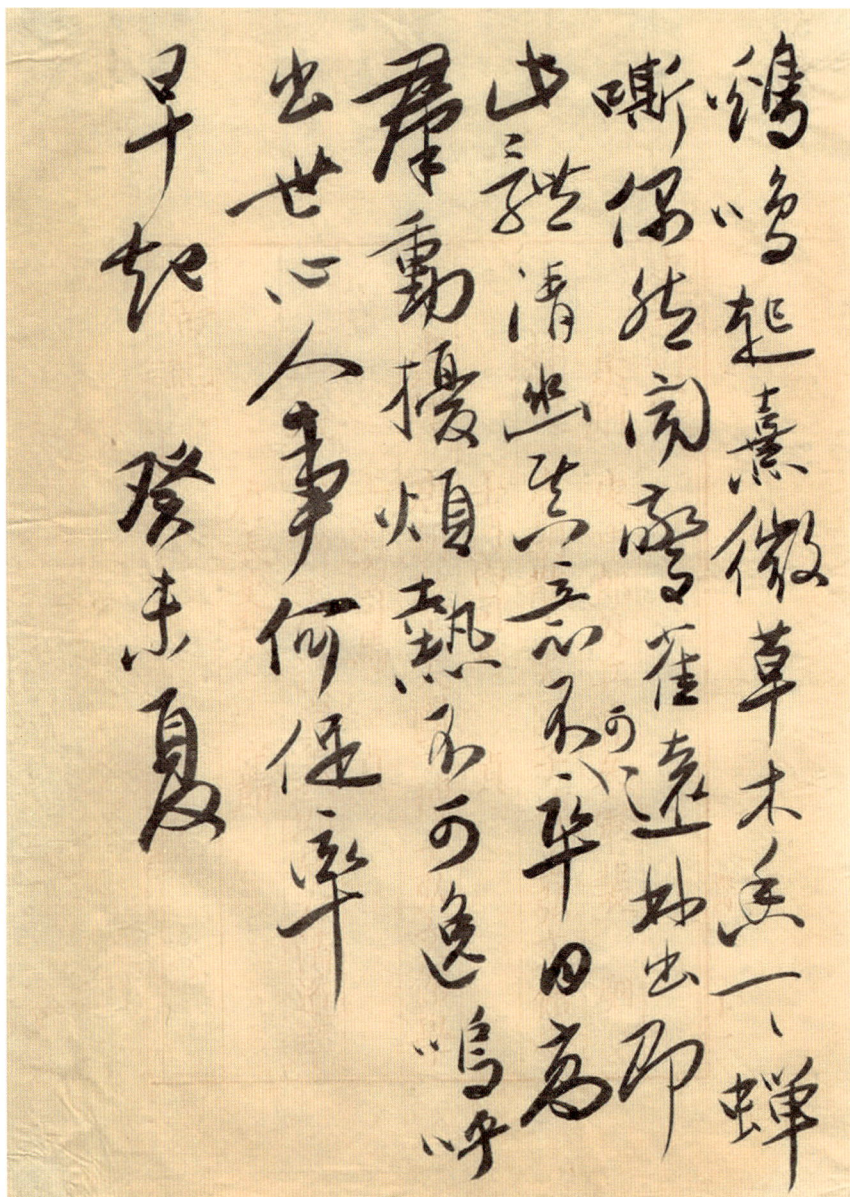

自題肖影

吾生溷塵濁，三十三年矣。　吾自有吾真，形骸土木委。
時光驚不留，石火無乃似。　百年苦短短，逐逐何所以。
人生如飄蓬，去任不自止。　去年走白下，今來羅剎裏。
來時柳依依，倏念秋風起。　秋風黃落葉，身世感何已。
孤高不可論，肉食亦可鄙。　惟彼淡蕩人，一心清如沘。
富貴安用爲，白髮徒垂耳。　會當訪巖居，寄情山水美。

題李生蹇齋

蹇齋何人齋，李生以講肄。　偃蹇自鳴高，無乃謙德累。
書蹇若作謇，又懼不識字。　蹇蹇爲王臣，匪躬復誰爲。
吾法夫前修，汨羅一掬淚。　容膝聊自安，寰中踚天地。
於戲時蹇剝，人生貴適志。　勤志讀我書，寸心庶不愧。

贈葉裕年

北宮嬰兒子，方汝不可愧。　聞古賢孝人，事親百無墜。
況乃女兒身，脂粉簪珥弃。　門無五尺僮，佐母執炊事。
時艱柴米難，粗糲必自致。　爺老病延年，手足苦偏痹。
食飲動須人，左右侍如意。　誰言生男好，似爾真孝義。
孝義世誰重，詎貪傳名字。　惟念父母恩，反哺庸有冀。
至性在人倫，寸心質天地。　暇能耽詩書，學耻務時媚。
憶昔松江濱，十載如夢寐。　爾年方垂髫，老父我氣類。

五
古

長日對楸枰，百盞不辭醉。雄談激大笑，風雪過亦呸。
吁嗟人事遷，後先亂邦避。燕市舊酒徒，衡門寄噓唈。
視我同弟昆，自困還濟匱。我來設棋盫，棋思猶犀利。
父弈爾侍側，憂喜惟父視。父喜孝女兒，我詩張爾志。

離　山

入山月正圓，離山圓又復。念此三十日，我生徒迫蹙。
老母七十餘，不歸誰饍鬻。偕隱會有時，入山胡不速。
嗟嗟世路艱，況我材鹿鹿。人苦不自知，我性耽幽獨。
隴蜀亦遠游，徒爲蒼生哭。我去母心悲，我歸母容掬。
我病母惟憂，我癒母祝福。自古母愛兒，春輝長草木。
草木不自知，百年恩如昨。懷茲百年心，膝前兒時若。
百恩有時已，母愛無時却。歸來奉母顏，兒健母宜樂。

男　兒

男兒重義氣，一諾垂千秋。性命合許國，生豈美封侯。
雄劍百萬師，紫綬十三州。縱橫朔漠外，胡騎不敢留。
慷慨爲此詩，懷古心悠悠。

初　旭

初旭東方明，薄雲十色褰。十色亦不止，目別瞬無迹。
淡酡美人顏，濃潑猩猩血。怒空發金弩，白毫光何潔。

漾作海水妍，新綠青草陌。遠山乃逾媚，常時遮霧白。
忽驚磔磔聲，頭上掠飛翮。歸坐空廊閑，不語似有獲。

贈李聲叔

晚年遇聲叔，馨山爲我介。揖此侗儻人，人生是一快。
爲述少年時，艱苦方寸泰。養得心活潑，富貴形骸外。
富貴能驕人，己一無所丐。傭書給衣食，不爲丈夫愧。
豈無瓜葛親，豪門耻一拜。粉墨登場歌，喑嗚叱咤慨。
言借他酒杯，澆自己壘塊。塵俗無涅緇，故爲每感喟。
乃交迂老兒，友道益不隘。面諛背面笑，世上多此輩。

寶兒偕安熊來省山中，明日往金陵迎母，誡以詩，兼示熊也。

昔我弱冠初，塞邊求甘旨。今汝年廿二，迎母石城裏。
仳離非細故，恩怨不可毀。老來一掬淚，感逝恨誰以。
屏妻不廢母，汝孝我宜喜。要知人間世，五倫篤情耳。
惜時有乖張，忿鷙不可止。過因弟妹謝，楬櫝心曷已。
涉世多險巇，忤俗誰恕爾。況丁喪亂日，明哲尚難恃。
學貴能韋珮，空文讀書耻。其念君子儒，生平賤名士。
熊臂不可當，老父疾初起。一一懼喜心，毋忘母痛子。
明敏天生資，培植好自視。丈夫當有爲，博遜娣一美。
朋友期久要，規過莫彼此。少壯能幾時，吾輩今老矣。
慎教無灾病，公卿實夗鄙。潔己斯克家，芝樹望階戺。

示孫兒煦

吾年十二三，弄筆事蘇黃。當時習尚耳，不知究晉唐。
及冠見乃多，不作轅下僵。千年中變化，大耐討微茫。
煦今十二三，亦獵翰墨場。初學程規矩，自可馳康莊。
要知鑽研者，非依人發揚。作字文事末，讀書根柢長。
鍥之而不舍，久當見輝光。看汝年及冠，成人祖懷張。

丁亥春前雪侯貽瓷梅雙株詩以報之

生爲江南人，半世違其鄉。

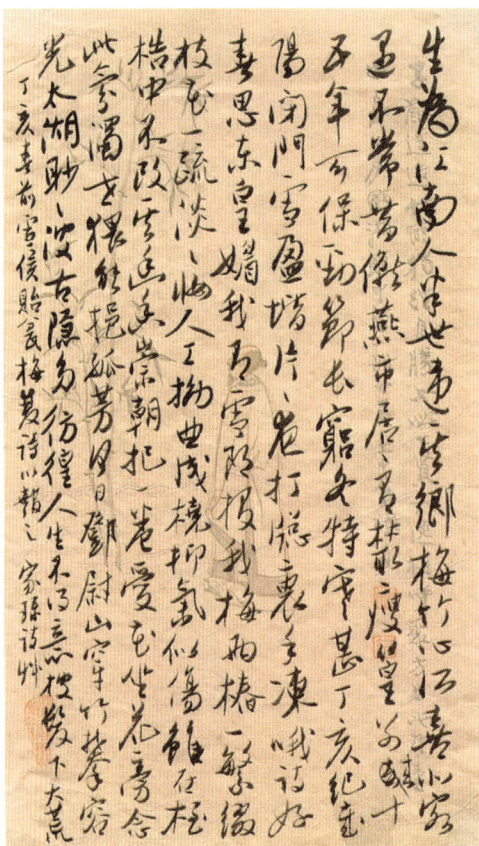

梅竹心所喜，北客遇不常。
昔僦燕市居，居有叢瘦篁。
別來十五年，可保勁節長。
窮冬特寒甚，丁亥紀歲陽。
閉門雪盈階，片片夜打窗。
袖手凍哦詩，好春思東皇。
媚我有雪郎，投我梅兩椿。
一繁綴枝花，一疏澹澹妝。
人工拗曲成，橈抑氣似傷。
雖在桎梏中，不改其幽香。
崇朝把一卷，愛花坐花旁。
念此氛濁世，猥能挹孤芳。
何日鄧尉山，穿竹攀容光。
太湖渺渺波，古隱多仿徨。
人生不得意，披髮下大荒。

功 名

功名在身後，飢寒在身前。東坡舉斯語，此士之可憐。
謂陶乞食詩，大類丐便便。主人能解意，情欣陶之緣。
今人誰解意，獨往餘淒然。

長江大橋

幻想幾何年，跨江今日見。
眼前事實真，安在空言衒。

寄葉聖陶先生

不曳裾侯門，不剌謁公卿。更不就腥羶，獨往何煢煢。
男兒貴自有，何必依人行。與君非久交，何喜與之傾。
磁石自相引，洛鐘銅山鳴。物理固有然，斯亦非强名。
或有不同處，未閡響與聲。人生貴真意，外飾難爲情。
小詩賀君前，倘不遂我輕。亦出無聊賴，姑如言笑迎。

民 瘼

一生賤齒官，誰真爲民瘼。讀書無所得，徒飾花月模。
韶華能再春，皓首今難烏。世人每自欺，眉目人人粗。
可笑人人粗，己鑒當何如。

題皇甫誕碑

黟然嘆霜白，生也何所隸。文字樂不窮，窮達不復計。
誦之朝與昏，書之月又歲。老來益自信，萬彙此從繫。
書法爲末技，漢晋唐宋遞。惟唐執其中，歐褚同振袂。
歐筆抱隋髓，淵原溯晋制。化度從王多，皇甫趣自詣。
渾樸見天真，鑱刻出秀麗。楷則無間然，行草猶未濟。
兼濟讓登善，天稟非强制。石刻求毫端，已難真迹例。
仁智見在人，真賞無凝滯。論據櫝還珠，骨董異成藝。

書　　法

書法三千年，筆札幾更易。入主而出奴，眼孔爲拘忌。
不知一畫初，遂爾開天地。千枝與萬葉，淋漓在元氣。
元氣一凋喪，形骸土木累。於焉爭唐宋，優孟真兒戲。
不如一掃空，管城無歔欷。盛衰自古然，可恥矜一藝。

相　　顧

相顧廿年前，相聚幾何日。惟此一歲餘，過從乃覺密。
讀書豈爲人，更非爲我尼。惜苦生事煩，乃不能專一。
雖不能專一，猶勝暗如漆。世人嗜好多，嗜書非世恤。
苟能鍥不舍，會成高明質。相望報君辭，勖哉待君必。

古　意

意氣少年子，美人細馬駝。揚鞭春風裏，焉知薤露歌。
長繩繫白日，歡樂何其多。一失要路津，零落葉離柯。
誰復能相顧，溝壑伊那何。

寄張伯駒代簡

覆君箋廿日，日日盼君覆。嘗聞事在念，念之意轉縠。
倘初無此意，亦無念起伏。生事雖逼人，安貧久自督。
爲君知我懷，遂動東來欲。強求最不可，生平恥追逐。
倘或有爲難，無爲我屈曲。十載塊處心，寓形甘枯木。
縱言眷後生，亦須機緣熟。懷君因寄辭，千里同膝促。

臨池自咏

淡墨書硬黃，是中有深趣。
豈惟明一藝，信可祛百慮。
吾生亦何爲，愚迂安之素。

題張猛龍佳拓

古人書碑版，書文不書名。
不求名字傳，後來不能并。
乃在千載後，猶重此璚英。

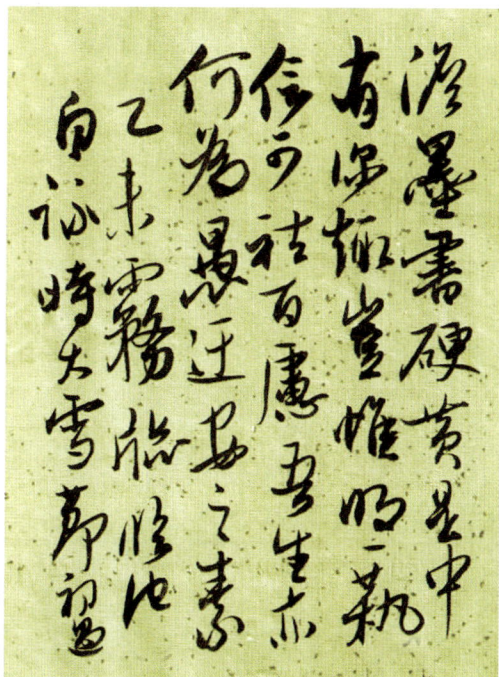

27

豪端變化多，六朝實縱橫。銀鈎鐵畫論，神淵百世驚。
爾來重橫行，毛錐不能擎。誰知羲之聖，點畫任敧傾。
人人自作古，孑孑不成形。大雅世鄙言，無復重典型。
對此餘太息，故紙難通靈。此能護持之，清業扇芳馨。

曼君屬擬行行重行行因成古意一首

相憐非無爲，相思亦有因。黯然別萬里，涕淚日以新。
嘗念金石心，不間越與秦。聚散會有時，含意終有申。
古人管鮑交，今人詎不可。乃爲貧賤移，朝親暮以左。
舉以奉相知，弃捐非爾我。努力愛明時，周道無轗軻。

哭鄧散木

老淚未輕彈，彈淚今爲誰。言念散木翁，中腸爲之摧。
實無一面緣，何乃痛如斯。人生念知己，悔一失難追。
鈕生爲我言，病間曾語之。少瘥當見覓，杯酒傾衷辭。
又聞哈生言，背面譽屢施。夫豈有所圖，好我無乃痴。
又聞屬華生，學於吳無疑。心折非虛酬，竟閣走訪爲。
京師旬日前，足迹猶逶迤。不謂人命淺，遽爾怛化悲。
又聞病伏几，時復書不疲。乃知心所寄，遂成絕世奇。
一旦目不視，空遺生者悲。生死兩爲絕，哀哉痛無涯。
死倘予心知，此紀長相思。

竹松咏二首

北地無竹林，幽篁覿墙隈。弱枝亦裊裊，未改清絕姿。
胡當朔風吹，托根乃於斯。吾聞安命人，心不緣境移。

獨松何高高，夭矯雪霜裏。豈羨大夫名，自然青蓋起。
亭台閱已多，榮悴誰復理。大化運無休，盤桓成孤倚。

早　起

早起一卷書，自理獨生涯。敢復言牢愁，春濃惜歲華。
知命昔賢云，我今何處家。有家與無家，天地等空花。
一身何足道，莫妄興咨嗟。

舊箋塗鴉

塗鴉嗜舊箋，著墨鏡面姣。舊箋不可得，裁舊箋亦少。
古人重硬黃，此實爲至寶。小楷晋唐人，今人難了了。
書法到館閣，神韵如電掃。奄奄無生氣，整飭拙栲栳。
烏絲不施橫，骨秀鍾靈抱。此意持語誰，初日芙蓉好。

落　葉

落葉覆落葉，風掃憐因依。初誰非天予，造化爲生機。
生而又殺之，芻狗徒歔欷。死生且莫論，當前却安歸。

反復居易以，君子不外蘄。秋霜白勁草，春陽自光輝。
窮促非所惜，心術養知幾。震雷震不驚，矯飾不得希。

寒　侵

寒侵冬漸深，枯樹枝叉枒。年年閱季節，瞥眼鬢增華。
街前紅綠裝，人世俗紛拏。今來成古往，古今誰諮嗟。
一一如是觀，何必憐曇花。

孔曰二首之一

孔曰道不同，不能相爲謀。此語四十年，爲之驗心頭。
酸鹹各有味，知己非強求。勢利是交道，愛惡有等儔。
古者金石心，今人誰可侔。

孔曰二首之二

微生之所尚，書詩是所貪。
古人多有之，今人已不談。
雖人之不談，弃之心不甘。
我嗜成我好，逐流無乃慚。
縱無同心者，獨往意彌酣。

老　迂

老迂撥艱苦，方寸人何關。

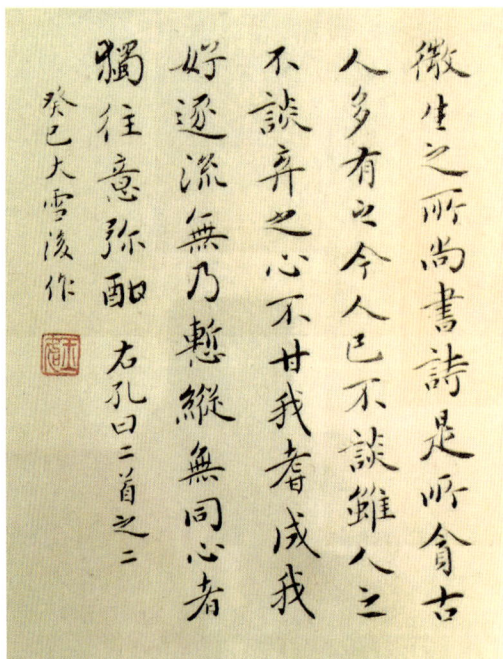

不自拔泥塗，天地無歡顏。

貽呂劍

呂劍今人豪，志力不可撓。成者非人携，惟自爲昏朝。
點滴在江海，休言是寥寥。能鍥而不舍，動足萬里遙。
分陰息息前，頭白嗟無聊。與君共努力，莫被來者嘲。

吾 生

吾生八十一，不能言短壽。如此好年時，自不言傝儊。
春光桃李花，帀地敷錦繡。生民宜自强，愛惜昏與晝。
鼎鼎百年內，遨游多時候。嬉戲一瞬間，白髮面河皺。
回頭少年時，風雪鐵披鎧。哀哉誰相憐，前仆後繼又。

丁巳春分付阮同澤

不見幾許年，爾亦兩鬢蒼。何期頻過我，侍我同兒行。
人生百歲中，世變幾滄桑。廿年歷酸辛，而後憐肝腸。
投井還下石，不爾無凄凉。世態今古類，莫謂今殊常。
轉盼冰山頹，得意剩凄皇。諭爾勤讀書，莫嗟髮已霜。
朝聞夕死可，否則徒傍偟。斯言勵今始，往弃今能張。

讀信陵君傳

龍門傳信陵，感人千載下。聞過立變色，千載幾人者。

31

晋鄙死固枉，趙實不可舍。存趙即存魏，暴秦不可假。
愚哉安釐王，公子再廢也。快己壽幾何，徒餘後來罵。

庚子二月望作付光啓

讀書己所好，無與他人事。苟得此中樂，百年可肆志。
綴字以成文，人各有其致。人不同其面，文亦不之異。
上下三千年，代代有拔萃。潛心索玩之，其味久彌肆。
倘信不誑汝，十年可心質。無謂期太遠，耕耘穫自至。

乘飛機

（曩歸即飛機欲爲詩不得，此日山居追摹咏其事。）
縱能飛上天，不達彼星界。嘗聞同溫層，置身當大快。
下視塵寰中，城郭類癬疥。田疇方罫如，川流一綫畫。
山脉何逶迤，峰嶽眼中隘。高飛雲下行，泆漭泛澎湃。
張口以納氣，免此心肺壞。托命向青天，雖遠無不屆。

李莊藩來訪山中歸時索詩以寄

莊藩從問字，瞬將帀一歲。力學性所天，頗知培根柢。
獨記去年冬，衝寒不少普。縮手重裘內，聽講無沾滯。
雖苦自多病，養和氣似銳。讀書非徒文，我論領深厲。
書畫自怡悅，下筆避凡洩。期以十年還，微獨角才藝。
初夏我一病，養疴山中愒。訪我到山居，松壑窮晣睇。

東看湖水明，西攬山色霽。日出媚遠霞，危亭恣睥睨。
日夕雲氣黃，深樹參綠翳。游目足力殫，懸磴驚一蹶。
一蹶思歸切，遠游母念愒。辭我索詩篇，郵筒付此製。

李北海贊

碑版塞宇內，自然有獨到。六朝化腕底，非我逞意造。
泰和之行楷，淺嘗昧堂奧。許爲百代手，不爲媚所好。
嘗聞善書者，變化成絕調。李思訓秀勁，法華溫不燥。
岳麓更恢詭，晉魏羅衆妙。六經爲注腳，神合終可道。
戒壇與出師，徒然襲皮貌。古詩墨迹留，不可輕致誚。
生平想風範，奮筆氣騰踔。可惜八百通，泯滅勝嘆悼。

沽　上

沽上咫尺居，未必朝暮見。
幾日燕市游，中心翻戀戀。
乃知人海中，自有同心眷。
動靜不可強，虛與古所賤。
紛紛輕薄兒，昨今情已倦。
方寸自無主，徒爲勢富眩。
酒肉有朋友，雷陳不足擅。
斯言世所迂，吾子益可羨。

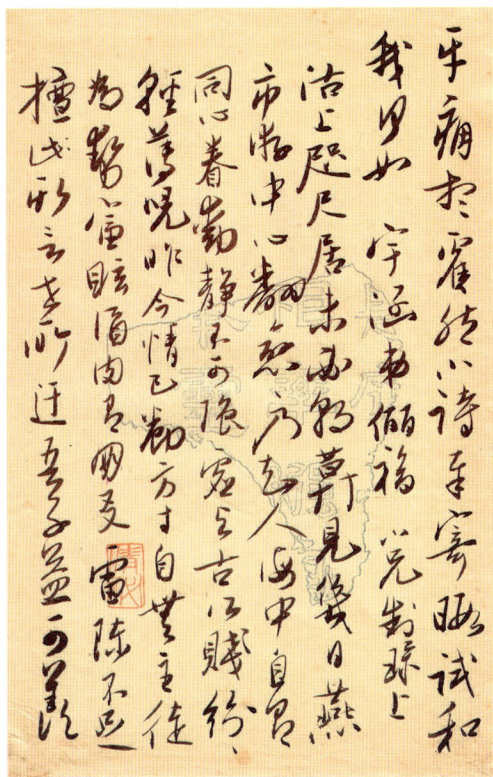

辛丑書紅

忽忽又辛丑，面河益老醜。
那怨灾荒年，樂天惟不苟。

代簡却答沈玉成

沈郎宣南箋，細字追秀勁。生意各有托，書法耐涵泳。
丈夫豁襟胸，首在體清净。泠然風千里，止然澄一性。
於此求所求，乃能正其正。吾衰嘆無爲，却喜少年競。
三年亂楮真，百藝隨人楝。無言就錐指，暮前朝却病。
頃拾李杜事，唐文千卷盛。文中涉李杜，事乃非列暎。
所得實不多，未如後世咏。屈指六七日，必能以反命。
拂拭賴君等，薄陋慚雅令。爲述趙王前，承教不久更。

寄林宰平

白髮日日新，面河日日曠。四十九年中，瞑思直一縣。
慨慷熱肺肝，疾俗太無量。褊狹孰與媮，鄉愿今高尚。
微生何所耽，白眼老益放。知少不如人，賤貧神可王。
自顧書與詩，惟此勝少壯。樹立已可憐，豈圖名字宂。
時惟宰平翁，温易非所抗。自恨學養淺，世莫能兩忘。

寄袁紹良

歸來十餘日，小病臥懲躁。稍得把卷坐，罷茶嘆衰耄。

孤桐近九十，神明出淵耀。汝幼敬思之，既老學難到。
昨夢題王册，誤字來騰笑。鬡乃齒易髟，何自不檢照。
醒謂已想妄，有之汝必告。汝倘世故深，不言豈我教。
護前實恥我，爲問望汝報。昔每爲汝言，訛别抄撮較。
今乃自不免，昏瞀非初料。一稍不慎諸，惟自責則效。
吾宗遵湅翁，想時共清矕。一飯宜報之，書扇致爲好。
遇便即將來，何時發遠蹈。舊韵新人嗤，敢復矜壺奥。

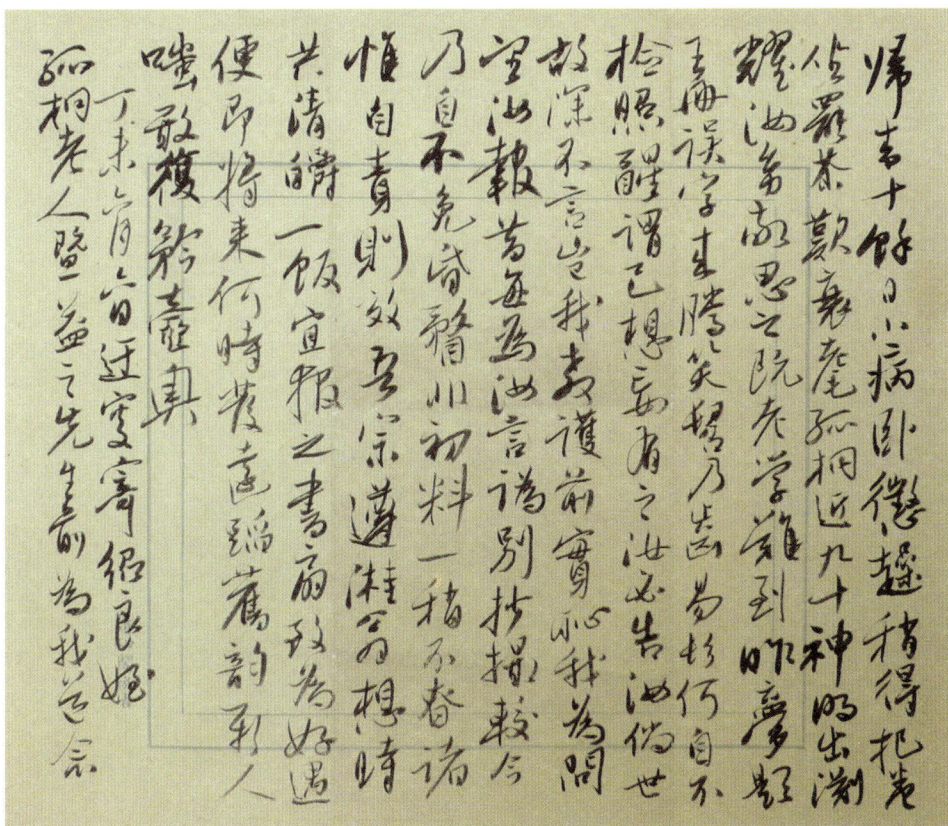

寄趙守儼

過君一夕談，款我何勤殷。莫言一飯恩，感此心宿親。

斯夕爲何夕，篇翰情難申。軻轗老病身，枯羸天地春。
大化無私煦，頹齡企幸民。念我迂拙性，遂我硯田耘。
文字濟乞食，高誼邁夫君。焉敢語有鄰，纖質依般斤。

扇頭寫付賓兒

汝年十四五，作書頗楚楚。初學讀文詩，亦望不小取。
何今竟無成，人事或岨峿。誰令汝失學，我過自慚父。
矧邇四五年，生還感仁撫。咎戾當自知，不怨尤則古。
丈夫要自立，文辭非裁處。生平孔與孟，及今是身所。
莫謂拘迂言，百世暮斯午。往者毋復論，來者宜可補。
四五十無聞，生也何擎舉。扇頭付此言，自成老期汝。

文　字

未有天地初，何處立文字。含類橫目成，從此遂多事。
點畫具始形，初文字孳肆。六書條貫理，物事千以識。
唐虞洎而今，一脉傳有自。歌哭遞興亡，人我誰愚智。
陳迹行遠新，大化轉轂類。生爲中土人，書翰寶不次。
試爲異族眼，橫豎眩布置。何若聲者符，一讀了可遂。
乃知易地處，習非是有二。胡爲狹我懷，貴我必無異。
有盛即有衰，亘古無二致。自顧亦渺小，蜉蝣在天地。
皓首無自憐，隨天理暫寄。

藏 拙

我昔欲仗劍，西馳訪峨眉。　儒生志徒虛，浮沉饒足悲。
衣食能軀我，智者嘆其語。　北征十四年，少壯忽已乖。
世路至嶮巇，況乃邦國危。　恥爲轅下駒，終讓泥中龜。
書記姓名耳，染翰漸詭隨。　對人學守默，自顧遂可嘻。
時宜不能合，低昂便何爲。　會當覓好山，藏拙庶無虧。

古別離

人生無長聚，一別無見期。
冥存此時心，留作長相思。

贈李耕濤

不見經許時，臨池想無間。　虛己覓與談，此意時眷眷。
偶思走訪君，春健當可辦。　清心爲靜攝，病魔自匿面。

龍虯

龍虯與蟲豸，誰別賢與衆。　造化顛倒人，衆生迷失控。
往者萬千載，當前一霎閴。　方寸無緣依，天地亦瞢瞢。

答嶧莘劉葉秋

不見吾嶧莘，徂夏及冬晨。　曾諾濟貧叟，深知非富人。

煦濡憐氣類，推解見情真。將歸貨藏籍，必當償此緡。

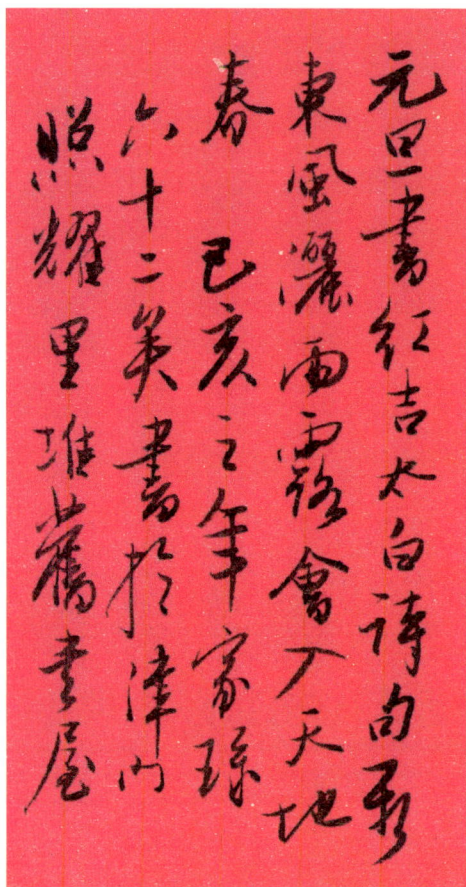

己亥書紅

元旦書紅吉，太白詩句新。
東風灑雨露，會入天地春。

世　網

天地何始終，常人未涉想。
草中孤生花，寧復知世網。

泠　然

書畫理原通，運毫貴不苟。
泠然清氣流，秀拔出天厚。

古　松

托根南山隈，攫枝澗北面。
時疑風雨來，欲作老龍見。

贈康樂餐館

昔有安樂窩，今有康樂館。
買食數晨夕，平時優自緩。

大　暑

大暑苦歊蒸，那祛肝肺熱。世間熱衷人，言笑忘圖屑。
肋肩病夏畦，得意逞詼譎。我心自清涼，何事嚼冰雪。

白　日

白日懸春空，和風發萬卉。玄鳥亦以來，時節增噓唏。
白頭日以新，我生究何貴。凡百不如人，惟恃平旦氣。
慷慨憤徒然，凛此方寸畏。茹檗情能長，芻豢亦少味。

北　窗

北窗峰高高，每誤雲陰片。時時聞鷓鴣，才知憶鄉縣。
兵戈修途阻，何日重相見。攬鏡華顏衰，浮生奔若電。
緬懷世外人，丹藥羽身健。

郊原

茅屋三四間，半已沒蒿萊。紫關一扉懸，隨風合復開。
樹聲根在土，葉綠悦我懷。兵荒復歲荒，圃荒無人偕。
栩栩蝴蝶飛，人生春可哀。明年春好時，蝴蝶來不來。

怀桂林

山水窟之所，古今桂播名。神工鬼斧駭，雲墨劍芒驚。

蜀嶺與吳秀，此奇非比并。　碧蓮思沉句，獨秀著顔清。
九曲峰千仞，兩江水幾程。　羅池丹荔廟，白石玉珠泓。
心法成圖咏，仙棋豁石枰。　江山健人物，天地際升平。
處處新韶秀，年年晋茂榮。　無邊不樂土，有隙及時耕。
不遠大同日，自然長樂聲。　百花紛怒放，千吹集歡呈。
取友書頻到，催詩筆愧成。　聊携山水慕，用寄渴飢情。
何得相逢日，別懷盡意傾。

尋常人

我極尋常人，不干名利客。
腳根立定者，心匪可轉石。

時　事

時事嗟多艱，力戒張筵壽。　即此一片心，世已不多覯。
淵衝楊先生，力行蓄德厚。　七十而康强，知爲天所祐。
信義聞鄉里，肫摯感人驟。　憶昔少年時，文章聲華茂。
大氣何磅礴，繩墨詎能囿。　有子循義方，專專實學究。
承志奉父母，口體鄙俗狃。　吾儕夙審之，稱頌非虛構。
舊都娛老宜，西山山色秀。　得句傲放翁，細字詩卷富。

滬上留三月過白下，訪蔣大歸杭州寄是詩

我生本是江南人，此來翻作江南客。

三十年中幾度歸，歸來蹭蹬頭欲白。

春申江上月三弦，建業城中日十夕。

關河何地堪駐足，涉世從誰瀝胸臆。

繁華經眼不曾留，虎踞龍盤勝陳迹。

聞說金張意氣豪，更誇許史聲勢藉。

炙手可熱附者多，如此腥膻天地窄。

鮮卑語熟擅琵琶，服事公卿計良得。

嗚呼氣節今何爲，富貴及身堪自適。

挹江門望滬江濱，冠蓋如雲往如織。

家家樓觀矗爭奇，處處笙歌舞趁拍。

但願升平民有儲，千秋萬歲樂無極。

賤子生憎熱惱場，孤山一往煩矜滌。

故人蔣子別積時，相逢大笑談宿昔。

相將同拜岳王墳，廟貌至今神奕奕。

回顧中原大可憐，河山萬里苦局蹐。

湖上豐碑雨後笋，山頭華屋門前戟。

鋪陳何止千黄金，民力誰痛溝中瘠。

我愛山中幽境深，西泠十子徒追憶。

六橋花柳蘇公堤，三竺雲蘿阮家屐。

自是遨游多快意，終嗟牢落就乖僻。

人生四十倘無聞,縱嘆飄零復何益。
西風倦翮懷倚閭,還家惟擁舊經籍。
偶吐肝鬲紓長歌,午夜蕭齋秋寂寂。

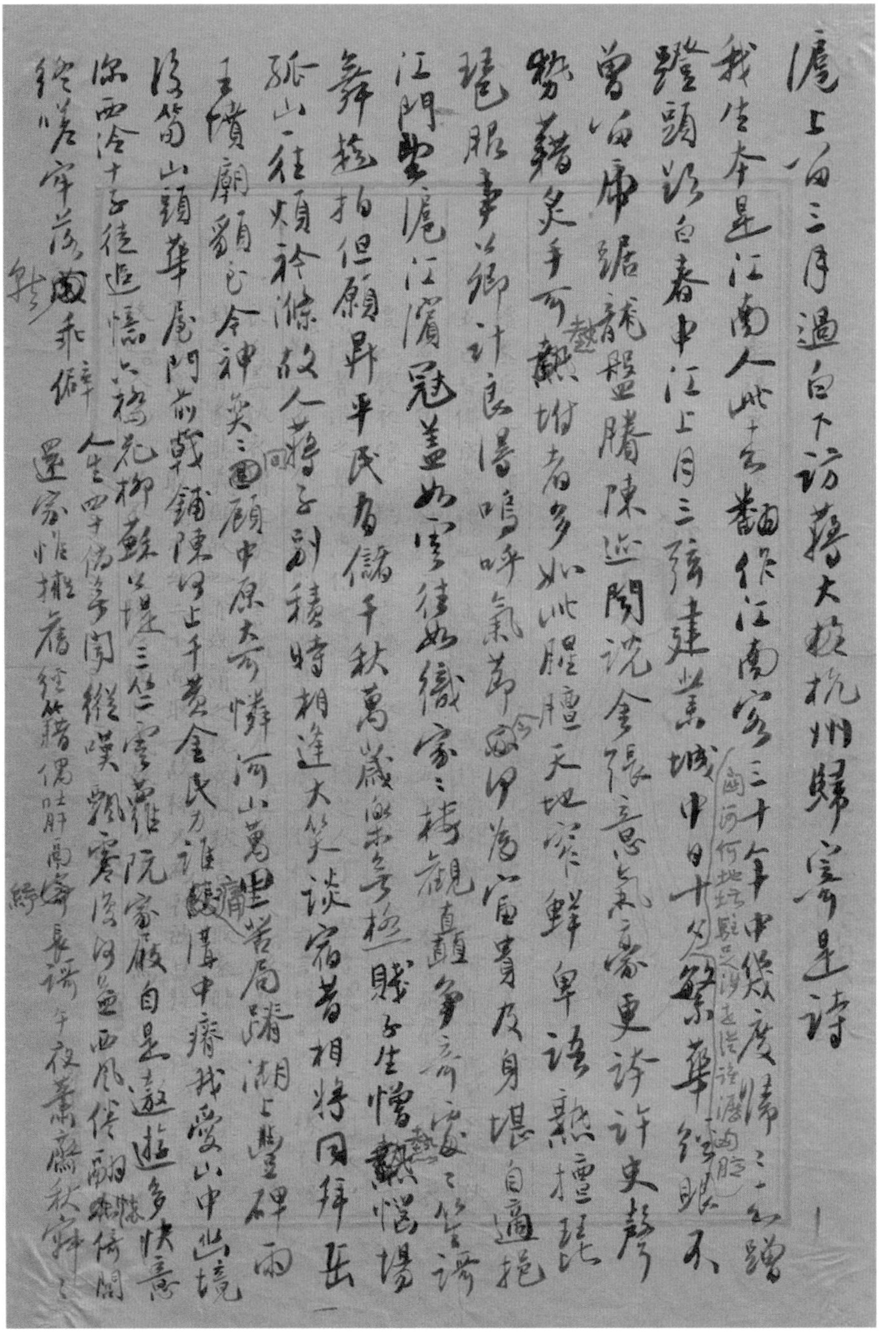

別定南

吾宗遵浐兀爽人,海外徜徉春復春。
回顧禹甸威棱遠,饕軒黄帝子孫新。
庸向蠅頭博微利,眷眷祖國邁前制。
當時尪弱痛生民,邦瘁官肥哭時勢。
萬卷書抛兵火中,百年心恥身家計。
今來把袂在定南,熙熙偕樂食飲甘。
傾言中宵昵昆季,携手長街思潭潭。
暫別會尋好會再,便面詩寄中情含。

重　霧

重霧高林日塗脂,岑樓吾伫窗前時。
丁巳大寒前兩日,吾已白鬢夫何爲。
往者已矣悵何益,生一日日期無疲。
不信中夏今遂廢,唐虞光燄當時施。
千年史乘歷歷在,繼者那無英豪追。
不可盲目人引牛,要有浩氣乾坤彌。
孟子輿主中無餒,善養端在茲念茲。

沽　上

一別沽上十七年,重來老矣仍伏蟄。
雄睨豈無振翮心,掉頭恥向公卿揖。

高掌遠跖非偶然，違時翻自甘拘執。

惟苦生事須乞米，文章矻矻何所立。

踽然一游鬧市中，喧闐不信國事急。

舉目樓臺日日多，笙歌鮮聞四郊泣。

煤炱黝然蔽晴空，疾行何敢深呼吸。

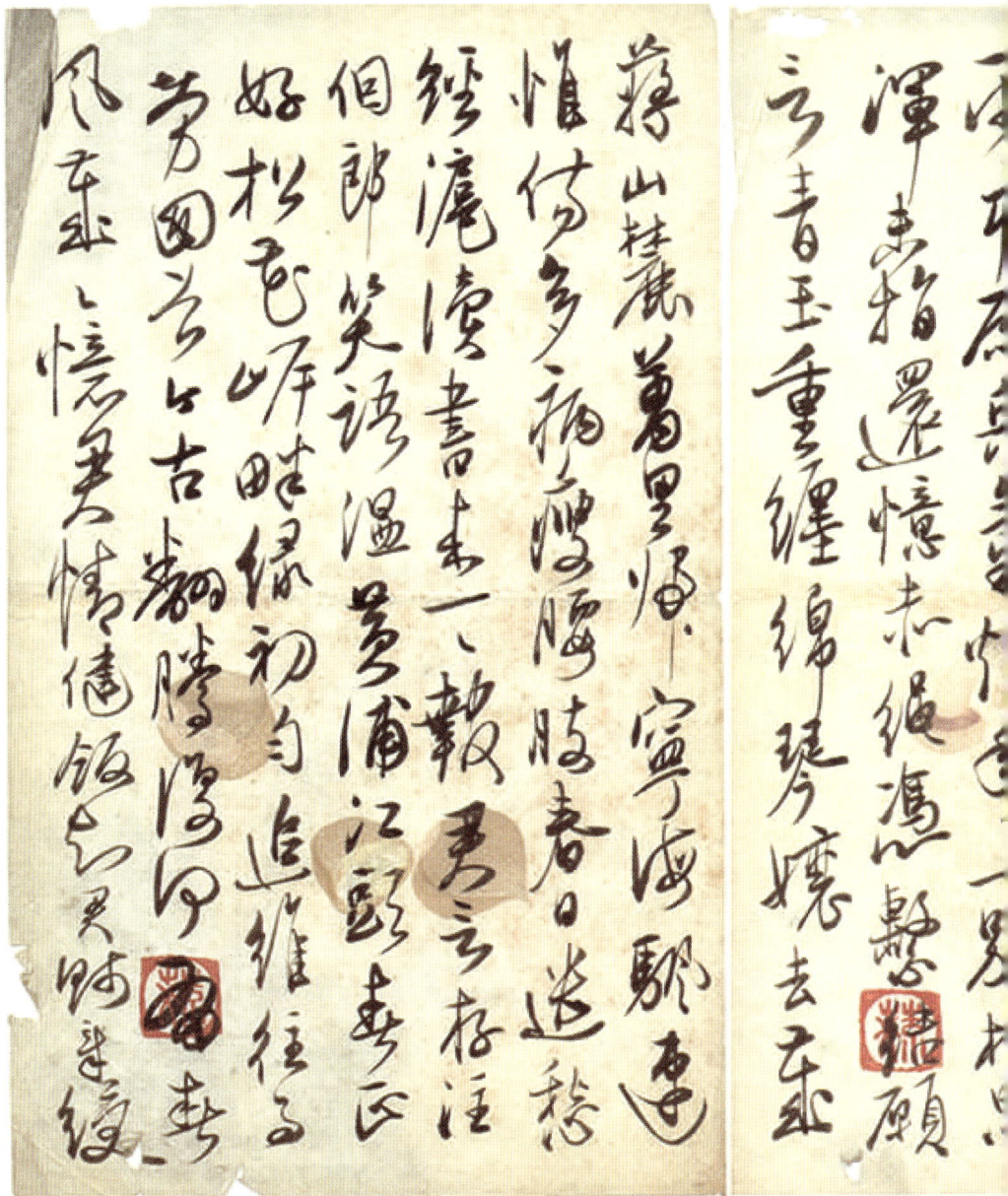

春江曲　寄寫諶世丈吟壇

海氣噓春萬物熙，江濱三月踏春泥。
江上漸冰春漠漠，才舒柳眼春何遲。
十年奉母邊關住，紫塞青衫又何慕。

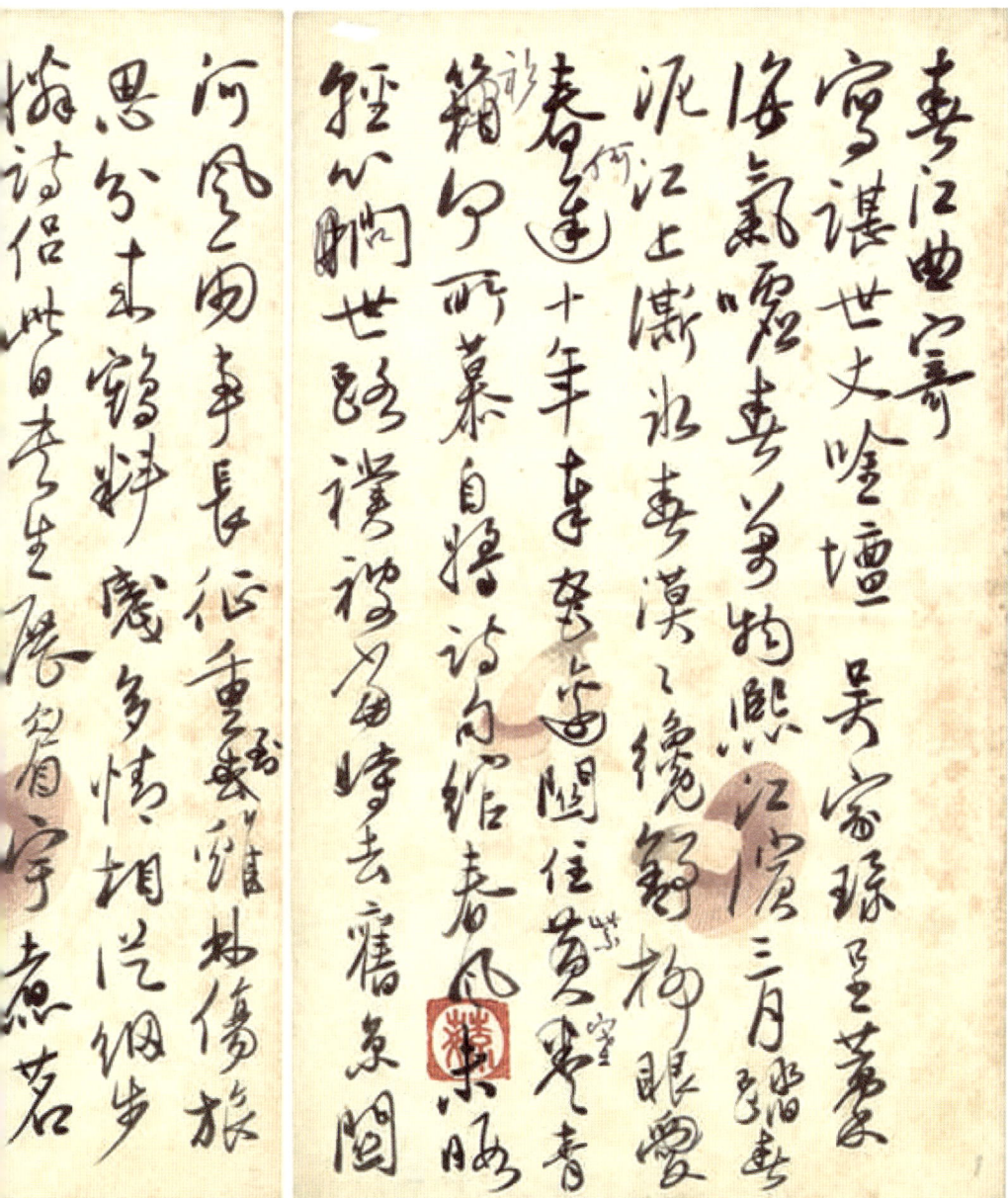

自將詩句縮春風，未暇輕心問世路。
襆被當時去舊京，關河風雨事長征。
重到鷄林傷旅思，分來鶴料感多情。
相從網步憐詩侶，此日書生展眉宇。
煮茗敲棋韻事新，新詞宮巷春燈雨。
中原兵氣燭年年，一別相思渾未捐。
還憶赤繩憑繫結，願言青玉重纏綿。
琴娘去歲蔣山麓，萬里歸寧海帆速。
惟傷多病瘦腰肢，春日遣愁經滬瀆。
書來一一報君言，存注個郎笑語温。
黄浦江頭春正好，松花岸畔綠初勻。
追維往事勞回首，今古翻騰復何有。
春風歲歲憶君情，健飯知君賤章綬。

步外舅雪字韻七古

莫嗟鬢毛皓似雪，難得肝腸雪比潔。
自來大年自持修，不畏盤根踵錯節。
誰見詭譎有真氣，幾時雜霸紹孤絕。
興亡閲世古例今，很越强吳幾冤結。
要知拯世重戈鋌，一時忠貞一時血。
血腥海水躋升平，治亂乘除列舊轍。
痴哉讀書背時務，賢愚不欲强分別。
口侫何與訥訥安，不識不知豈迂拙。

亭 午

萬籟沉沉曉涼驟，遙山坐失雲低戶。
静看花色雨中嬌，沉瀞不知日已午。

咏 史

腹誹目讒胥有罪，莫須有真此日攬。
曾聞糠覈豕掉頭，用以食民怒不敢。
破棺拋尸給燒柴，似此濟人爲政悍。
欲揮雄劍開青冥，顧否人間豁天眼。

壬寅元日書紅

六十自勖今六五，精神有寄便拔苦。
一年一年笑書紅，心源浩浩養不腐。

狂言贈尤質君暫別

秋風千里送行客，行客來本自南國。
幾年嬌女奉爺娘，不比天涯賦飄擲。
蠅頭楷易幾文錢，不妄乞人適自適。
三五日中必過我，就談禮數不我責。
昨言不日獨南行，人生難遣爲有情。
有母有叔幾年別，更有良友思鄭君。

空自勖令以五精神肯審便拔若一年一年多也紅心原浩、莫不屬壬寅元日書紅家孫袖中詩稿添多少，行行秋江衰百草。
江南佳麗過吳門，昔日風懷今日老。
狂言我寫贈君篇，放筆直幹劍倚天。
從詩求詩詩逼仄，心從詩外求其全。
何事酸愁著骨髓，洗却酸愁百我委。
動足床前柱地軸，昂頭天外杯海水。
百年萬事苦拘囚，秋月春花百年收。
不可人意一掃却，獨喜毛錐揮自由。

賀高名凱續弦

大兒昨有書報我，凱師弦續眷如花。
三十年前曾相識，憐君鰥目興長嗟。
顧我顧伊繼中饋，鸞膠鸞鳳成君家。
書畫堆几輕粉籠，聲韵爬梳通歌麻。
未來過賀先詩賀，玉蘭春正吐芳葩。

致徐蛻庵

徐子好奇索我詩，我詩曷足挂君眼。
詩人十九語牢騷，我惡牢騷欲詩剗。
有時奮筆不自期，乃知結習有難反。
爲民爲國著眼大，如爲一己心可偃。
語是不難在己難，又幾個人能坦坦。
粉澤已乖天真樣，步趨尤憾魔道款。

有借聲勢攀龍升，不耻局束趨府伴。
好官得好自爲之，身後罵名死不管。
此也牢騷亦可憐，拈此齷齪足詩篇。
男兒皓首誰强語，且食蛤梨安心田。

寄敖大蜀中

急峽高江七百里，天光一綫照灘水。
寄書直寄灘聲來，我亦恍如坐船裏。
百夫牽挽逆水灘，幾人著力幾人看。
惡石碎船字斗大，征夫對此心常寒。
叱馭王尊氣何壯，君去覓食蜀道上。
家山北指愁何深，天府徒誇此寶藏。
昨聞烽火警湘邊，禦侮難同只自煎。
慷慨群雄號憂國，爭巢危幕誰難全。
君訪城西草堂否，卜肆君平今可有。
宿傳走馬碧鷄坊，憑弔應嗟石室朽。
析津苦熱複苦旱，西顧炎天憐舊伴。
往時三日書兩還，迢迢今恨音信斷。
掣箋飛寄爲君歌，萬里長征到岷沱。
願君閑暇破萬卷，莫令白首空蹉跎。

示諸生

盡瘁國事今不見，燕燕居息稱高賢。

吾曹貧賤莫自負，男兒七尺軀可憐。
白髮種種翰墨場，生民如我邦國顛。
爲語後來諸少年，學須有用心須堅。

聞　笛

夕陽樓頭長笛橫，歔唈吹起千年情。
俯仰一世復何有，雙丸跳躑今古平。
嘗聞大地在宇宙，太倉稊米差不輕。
余生渺小虱其間，百歲暫寄真難名。
何乃聞聲百感沸，猶傷海內苦刀兵。
三年殺人逾百萬，天德好生生何獰。
誰無父母與妻子，票鷂空說漢家營。
冥想此理不可剖，忍從斗筲爭枯榮。

丙子除夕前一日卻寄謙次

林木蕭疏夕初霽，亂鴉點點飛無際。
覓食荒原少枯荄，漫漫白雪彌天地。
小橋亭北炊烟止，此日老農凍欲死。
身世誰憐離亂人，何心愍念到蟲豸。
青燈矮屋坐腐儒，不合時宜空讀書。
驚心老去添鬢白，屈指明朝又歲除。
短箋走筆付陳子，索我詩篇卻寄此。
眼前清影慚追摹，梅訊江南想冰蕊。

韶明朝又歲除鐙簽走筆

寥付陳子憲我詩篇御寒

此眼前清景懷追慕梅

訊江南相泣葉

雪除夕有一日却穷谙法宴琼

林木萧疏夕初霁斋乱鹊点点飞

隙觅食荒原少枯荄汤白雪一瓢

天地桥亭北炊烟止此日老农冻法

死身世谁怜离乱人白心惊念新

眠蜀青灯篝屋坐腐儒不合时

宜空读老苍云小儿去添松烛向屋

老 羸

入關三百年亦久，宗廟血食復何有。
當時臣工從祭榮，此日小民過位走。
墀前松柏閱興衰，殿上灰塵動升斗。
乾嘉盛惟餘想象，異旗盤踞勢空厚。
再經百岁滿何人，炎黄子孫宜不朽。
嗚呼！摧胡逐倭功偉哉，老羸溝壑天之咎。

示 兒

易代紛擾今日頗，拉摧不必竢秦火。
生兒難堪豚復豚，有識忘箪糜亦可。
太邱盛德豈務名，勞生還愧經注我。
百載豪華能幾時，要使清修絕瑣瑣。

題馮生卷舌齋

筆迸風雷墨潑斗，文字精光百神走。
丈夫快意惟此豪，徒插齒牙矜可醜。
天生卷舌馮生齋，此意古豁今人猜。
禦人口給吾黨恥，名山事業勤攻培。

讀伯耕所鈔詩感賦

學詩曾獲金針否，門戶拘墟亦何有。

公度之言差得之，我以我手寫我口。
儻無學力宋爭唐，霧縠丹華飾木偶。
僧慧鈔詩鈔亦勤，神明迴悟當不朽。
今人動自誇天授，天授果具才幾斗，
直恐捧心人驚走。

走筆書扇贈頌凱

三年連歲來都中，逃暑娛己無礙窮。
百年鼎鼎近八十，微疴自不妨心胸。
磊落要能養气充，俯仰天地萬物同。
不知憂患私吾躬，而安隨遇吟何工。
雕飾矯作累己甚，水流花放天然中。
頌凱前日忽見訪，喜出望外欣吾衷。
只是友牽去匆匆，周城南北蒸暑衝。
不識句留能幾日，謂我不必追其踪。
來去無定其猶然，相思何處不相逢。
篋裏小扇檢之出，走筆以吐詞從容。
不有所感詞何來，心惟不辭生庸庸。

入 山

術者謂吾六月偶，自斷此生復何有。
才知養疴到山中，即是生平得大受。
人生權富意氣豪，我生得意逃喧嘈。

高敞高軒臥松濤，山花山鳥同其曹。
入山不反願足矣，五十六十儻遂爾。
富貴浮雲心早灰，浮生微尚直如此。

湖　水

問我何時景最好，初陽湖水明一綫。
風來高松吐微吟，矜媚遙山不輕見。
亭前石闌露暈濕，坐久落花蛛絲罥。

付普光

作詩擒縱如作字，
崩雲蟬翼隨陰陽。
遣辭神悟無定所，
汰盡沙礫纔當行。
會心不遠萬卷破，
詩味頭白酸鹹嘗。
而後論詩不在詩，
詩中精怪誰可當。
百煉化作繞指柔，
軒軒春空早霞光。
此意欲説説不得，
期之嘿嘿笑口張。

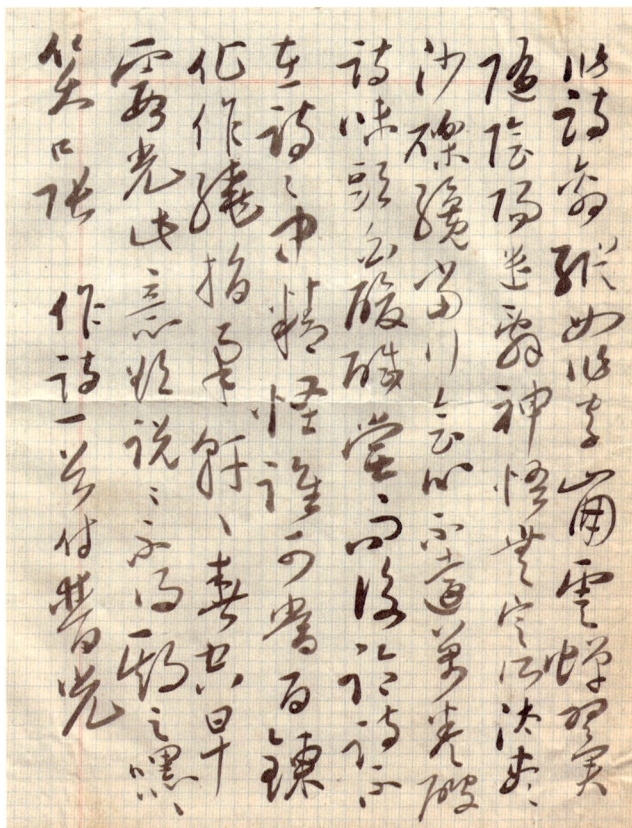

寄敖大

昔年皤腹今何如，鬂絲添得幾莖無。
當時言去即日去，渝州山水夢中圖。
富貴人生誰不願，治攪之者非一塗。
富貴不動屹然立，讀書頭白斯吾徒。
昨日魏生過吾廬，道君耻與非其徒。
能免餓死已天幸，炙手可熱胡爲乎。
深嗟道路滿荊棘，否則再來詩囊粗。
我行之後聞消息，行李城內邊焚如。
敝衣身外不足惜，詩失至今餘唏嘘。
丙戌除夕尤苦懣，四郊多壘民何辜。
水深火熱寇降後，達官威武國脉枯。
此生太平殆無望，隱忍時還讀我書。

贈魏焕章取婦

鳳兮鳳兮今偶鳳，室家亦是男兒重。
十年足迹遍國中，辛苦不是凡兒鬧。
蜩螗國事今可憐，執法誰聞誅一錢。
歸來歸來娛老親，綵衣將婦識汝賢。

贈費振甫

我識振甫三年前，相逢不知幾洞天。

逐袂敲棋消永日，有時午夜忘歸眠。
豈論黑白角勝負，相對默契天機全。
推枰闔奩時大笑，意氣不爲天下先。
嗚呼！方卦之間爭一著，攢眉苦索已可憐。
妙悟還當讓高手，吾輩曷足語其玄。
索詩索書屢不報，今投以此宜輾然。
生弄墨丸無餘技，耻從當世賢予賢。

寄　內

大雨山中走雲狗，小雨泠泠碎擊缶。
曉看不厭夜可聽，何暇書問屋漏久。
書來催歸再四催，無米之炊難爲婦。
誰知耽寂不思歸，一坐終朝木雕偶。
無米濕竈尤無憂，書覆無錢詩却有。
雨洗我心百無礙，堆床疊架書濕否。

東　望

大野不辨雲與山，雲淹山頂翻波瀾。
東望日光山脚紫，西垂雲脚雨如懸。
轉盼霽色浮霞起，淺黃深絳間微藍。
車中人語何嘈雜，不知游目天際看。
庸是南人已見慣，我本南人驚且嘆。
世間好惡每如此，少見多怪心所甘。

戲寄寶兒

兒書告選詞狀頭，我詞自笑未入流。
我作兒目豈難識，恐我茅店霜橋留。
語兒試讀阿房賦，揀披倘得真驊騮。
文章自古無定價，不過雞汁難函牛。
雨水節日來過汝，午飯就汝濡乾喉。
小珍作字我喜之，來將書冊畀自修。
我生不覺近六十，惟願兒孫習孔周。
我非迂腐冬烘疇，祖宗學術無愆尤。

作書貴能養，多讀書也，口占二十八字

一年不作一句詩，一日可成詩百首，
爲問此意知者誰，能悟當餘才八斗。

予張仲柔

吾從一青知仲柔，向人肝膽意氣遒。
朋好爲壽今年秋，讀書知命何所求。
冶金之學君能優，承平日當爲國謀。
風雨養晦如拘囚，男兒有志甘白頭。
珍重寄語無悲憂。

吾谓一書与仲孚乃人肝膽言非率遵朋
好為爾今年逢秋讀吾書命曰弘治
進之尝熟儒乎平日當為國謀乃一
蕃時如抱困憂吼吾志曰白頭
請芸必以

于張仲孚

春風歌

春風扇百草，白髮紅顏老。

人老不如花，花紅依舊好。

年年花色媚春陰，處處禽聲弄春曉。

蓬門綺戶釀愁天，泪漬春衫被花惱。

十二因緣持法華，清涼悟徹無生早。

刻　意

刻意爲詩未必好，偶然寫來轉工巧。

偶然得之非偶然，寢饋以之意無了。

如斯久久意豁然，觸景怳然河源倒。

神王初非手能摹，心清自是月如皎。

悟得涅槃會上居，放下屠刀佛成早。

須知成佛雖斯須，幾世幾劫苦修道。

此際人驚此頓成，頓成頓悟個中曉。

甘苦消息人不知，不修只作來生禱。

烏乎！蠢蠢只作來生禱。

圖　南

圖南我又經青徐，廬舍時見形漸殊。

於知齊俗古難準，風土物候天所區。

況後斷垣間殘壁，菜色癯面嗟農夫。

傍窗隨呼自餘食，心縱不忍難周圖。
老嫗弱童具鷄黍，自飢不療哀人沽。
瘡痍滿目何時復，置身我猶天上居。
世運否極會轉泰，願一驗之蒼生蘇。

一　燈

一燈青豆心杳冥，今人古道難相傾。
干雲氣象斥鷄笑，非可說與令聰明。
掘井九仞不到泉，況昧蟻垤紛縱橫。
十百千萬各自與，它人無與濁與清。
世每不能己自鑒，還豫人事爲鬨爭。

亦侯索詩，書扇頭走筆應之

我今六七君七九，長十二年同戌狗。
十年一長我長兄，生顧得此亦天厚。
君雖病榻神未衰，我固不病自顧醜。
生平文字何所用，陳編絶簡誰從受。
乃有君家二三兒，不厭書史昵迂朽。
大好神州五千年，爲中土人豈人後。
仁義之說人愛人，人不愛人人禽耦。
吾生蹭蹬刪牢愁，人世光陰焰柴榾。
行走尸肉曾無靈，隨逐波流亦難守。
果自得心心不移，一任雷駮與電走。

贈陶君

我有一言君記取，年華空度老來補。
補得及時好男兒，不必問君幾歲數。
不及時追徒嘆嗟，尸行肉走蝗梁黍。
一旦淹化草不如，草待明年猶出土。

追　隨

少不更事老何爲，嗟哉鹿鹿誰與歸。
天地之大無自外，已往不悔蚿慚夔。
生各自有其天性，不必多少爲追隨。

春曉曲

流蘇帳底不知曉，提籠采桑人起早。
夭桃顏色媚無雙，碧溪占却春多少。
陌上柔枝春來瘦，朱門不識三眠候。
色紛錦被雙鴛鴦，香擁莫令曉寒透。
青鬟無價羅綺叢，敢將羅綺怨春風。
馬頭娘祭勤分繭，不逐鉛華事冶容。

微　生

傳與不傳已何有，微生恥逐別人走。
寸心得失求人知，斯即已落人之後。

放　歌

堆金柱北斗，身後亦何有。短短百年中，
姓名誰不朽。我昔孩提時，屢嗤白髮叟。
而今青鏡前，自嫌成老醜。縱拍洪崖肩，
笑携叔卿手。試問千秋萬歲上，得見太初混沌否。
鷄蟲得失争性命，日月精光亦不壽。
東西南北大荒經，芥子須彌偈堪剖。
愚生甘愚無飛目，一任垂楊生左肘。
少年意氣狂言輕九州，今日翻成木訥瓶守口。
作歌自歌聊自娱，何暇金石垂聲計長久。

三十四歲秋還自金陵作

海上烏雲遮眼來，雲隙日射浪花開。
天風欲吹海水立，疑有精怪作樓臺。
船中之客如蝸縮，伏懷小兒不敢哭。
奇景掀豗呼吸間，詩人抱膝吟偏足。
猶憶兒時戲階除，暴雨蟻垤摧無餘，
垤摧雨浮群蟻起，人命海上復何如。

庚午除夕,莫斯科寄遯園老人

寒燈蜷伏室如舟，漫嗟身擲萬里外。
便爾岩居友麋鹿，闃寂似此當亦耐。
惟恨攝心尚未净，憤俗疾時有時礙。

抛殘詩卷午夜過，飄忽風光辛年代。
願從黃帝數甲子，唐虞夏正固已贅。
憶我兒時迎歲心，天真惟有童蒙會。
於今老大亦若爲，曆日不知心始快。
從識之無憂轉多，世上幾人辨靈昧。
堂堂狀貌安叔千，没字碑稱翻可愛。
十年相倚情何真，誰復此時重吾輩。
書來滿紙不可人，要知老去耽恬退。
聊同冬蟄謝塵鞅，待把春鋤辟蕪穢。
園林自以寧精神，何暇隨人事雕繪。
我歌亦當公意否，窗前聲和雪塊碎。
曉風吹起朝霞輕，勞生今又添一歲。
寫成篇章問何如，怪我骨輸書嫵媚。

哭虎兒

人生自古皆有死，三歲兒殤何哭爲。
偏是殤兒每聰明，不覺肝腸爲之摧。
提攜學步依母前，爺出揖送爺歸隨。
有時手指書中圖，大者爺娘小者兒。
母病體弱難自哺，瓶罃牛乳飢能持。
修眉如畫特秀異，點漆目光喜神奇。
祖母禮佛兒必侍，手奉念珠敬無違。
那期二十一個月，修短不得由人支。
呼母指腹畏濁穢，三日聲微氣如絲。

65

眼合將睡復驚起，床帷輾轉母心悲。
頭不安枕劇可憐，雙手畫空疾何危。
嗚呼針灸亦無靈，苦口藥進終不辭。
豈是醫病難醫命，奄忽無救遂如斯。
昔在甲子前兒殤，兒母幾年泪爲滋。
撫兒纔得繞膝前，天不仁也又辱之。
造物之意不可曉，長歌其可釋憂思。

感　懷

莫邪剚鍾鍾不鉹，高林落紅紅何輕。
韶華不戀鬢邊霜，嬌鶯啼逝春無聲。
人生到處誰復顧，昨日繁新今已故。
少年人背衰年人，瞬則衰年人背去。

便　面

便面藏逾三十年，玉色翻作栗黃箋。
著墨喜其火氣盡，更喜古稀筆畫鮮。
對鏡自哂已老醜，作字尚未頹後天。
古拙固成樸厚質，韶秀亦見光遐騫。
韶秀古拙雖兩詣，此中消息活潑先。
神明氣運道一貫，不則蛑志尸奄然。
子輿浩然養之的，枵餒實自中不堅。
語子倘能悟有得，文字貴言有物傳。

終　年

終年矻矻少許可，我耻媚俗俗笑我。
文字真成浩劫灰，蕩洑何似遭秦火。
詰曲聱牙殷盤中，誰知此日篇篇同。
誃痴符成渾不怪，西方語轉而後通。
嗚呼！讀書莫嗟不識字，衆訛從同正反異。
含類千年有盛衰，迂子何獨寶其是。

贈周志高

南人北來初識周志高，示我一編書法唐中朝。
平原秀出好風骨，豈沿側媚求妍嬈。
和平中正行久遠，輕率跳亂非人豪。
筆法要在平鋪勻滿裏，最惡未培搖試連根薅，
薅出還望明日長，明日看剩枯黄梢。

我　來

我來此地初繁花，百結丁香香山家。
貪過松林邃僻徑，窮搜景色興遠嗟。
林盡岸橫涉泥淖，弄舟片月來相照。
側身天地白鷗間，似爲幽人添詩料。
一日西風動地起，雨聲直送秋窗裏。
攬衣中夜不能眠，悲愁之心年復年。

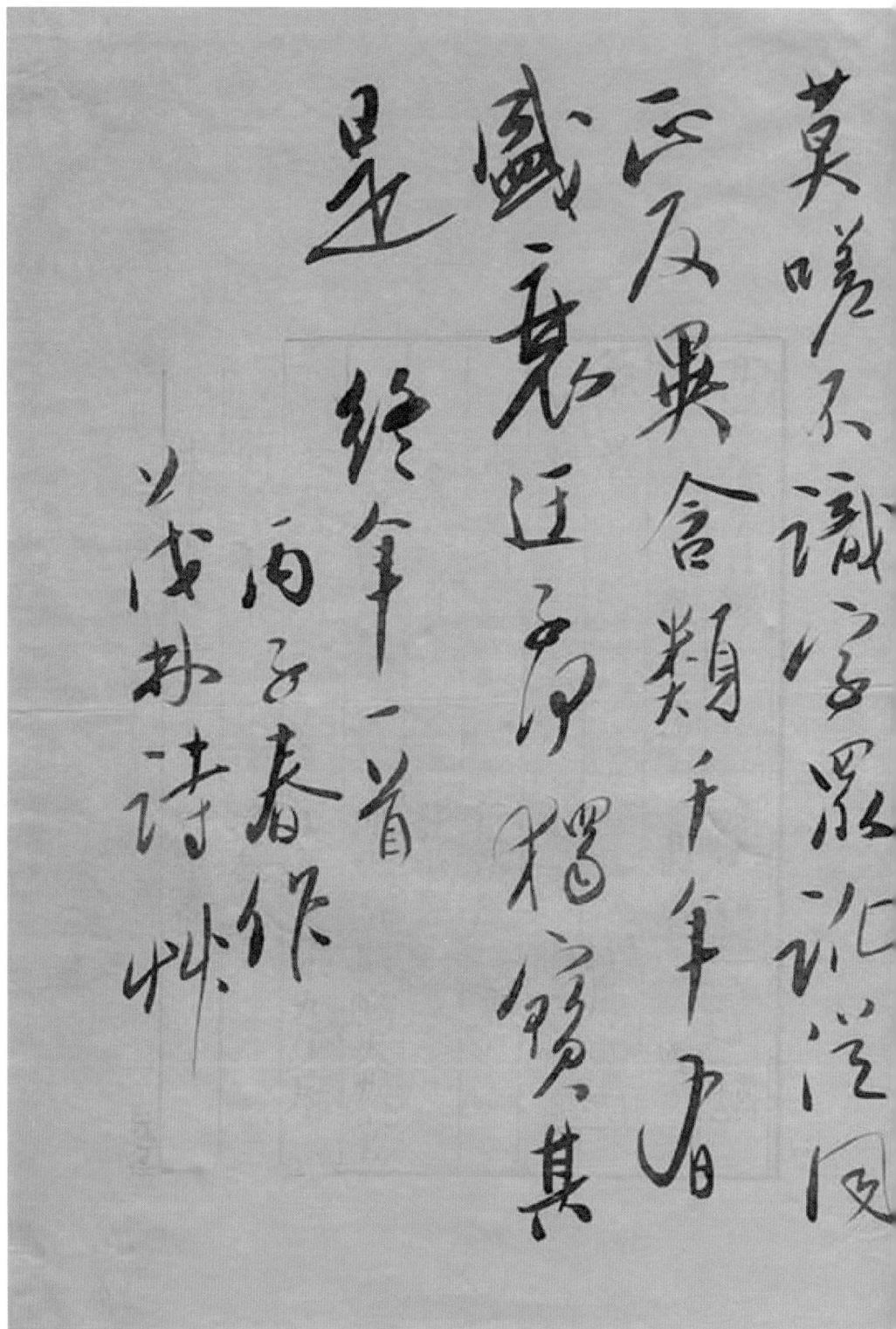

莫嗟不识字眾讹从风

正及异合类千年山

盛衰迁序增馈其

是终年一首

丙子春作

茂林诗卅

终年矻矻毋许与我耻增俗
俗笑拊掌空自真成浩劫灰
荡决甲似遭秦火诘曲声
采鞯服盐中谁知此日篇
同论一纸答浑不惜西方
语转两侯通呜呼读书

付鶴年

老夫二十九年前，八里台中識鶴年。
鶴年今年五十二，回顧少年目前事。
人生飄忽如露亦如電，百年究以何事能自見。
虞伯施褚登善，片楮隻字後世窮把玩，
光陰遂從筆翰拋，鬚眉當恥人中豪。

了　徹

十二學詩今幾七十年，詩成頭白思祖心酸然。
庸庸一世究何托，有悟誰與論後先。
縱爾賢愚自當知，必求他知已可憐。
聞道嘿嘿終無言，方是人生瑩瑩了徹真心田。

有敬四十初度走筆付一首

何圖大名塞宇內，豹死留皮亦已贅。
光陰寸寸移無情，轉盼白頭誰與慰。
張翰生前一杯酒，青蓮捉月究焉守。
杜老牛炙憐江頭，劉伶荷鍤拒不朽。
爾今四十我八十，何可桎梏不鮮樞。
要知俯仰無怍愧，方得海闊天空有。
不然蹠蹻誰能尤，幾見垂楊能左肘。

即　事

隨口寫我襟，隨手揮我琴。
無妨一日不覿面，未可一日不洗心。
嚴律己而莫責人，始可進而日駸駸。

古　意

訣蕩蕩兮天無方，不知何所爲中央。
貪天之功乃不祥。我生胡托以遨翔，
當知命兮戒剛強。不自先後無以傷，
優游卒歲聊相羊。

殘　縑

殘縑斷帛何所惜，薛劍卞玉今無迹。
春蠶抵死苦纏綿，秋水方生誰閡隔。
當其不省煎硏頻，幾個金針得度人。
楮葉鏤成傷皓首，門塗指顧多迷津。
浮生何事修名鶩，得己方爲縱壑鱗。
若堪桎梏爲帖耳，早從突梯鬥搖脣。
丈夫餓死尋常事，藜藿無辭遂肆志。
杜門斗室天地寬，出戶溯風呼吸僾。
哀哉生民究何辜，菜色相顧僵泥塗。
善政一人不餓死，死者結袂懸梁隅。
死者結袂懸梁隅，朱門酒肉臭撦填溝渠。

莫 嘆

莫嘆詩書抱茲獨，世上人多不負腹。
橫目未必同妍醜，有生誰更了亭毒。
韶華逝水年復年，匆匆鏡中鬢驚禿。
莊生神奇托空言，嵇狂矯激害出俗。
合眼放步安所安，誰適爲客沐其沐。
交親無間自古難，傾蓋如舊高君目。

元日書紅

元日書紅春復春，將迎癸巳歸壬辰。
蜀道依依倐三載，浮生何莫非客塵。
何必京華嘆憔悴，安妥方寸全吾真。
晴窗篋檢珊瑚枝，盎然生意筆可申。

城 郭

城郭經久何處不改貌，千年萬年難覓古同調。
而今時事瞬息中，不知展轉從或拗。
日月跳擲春又秋，東隅桑榆無停留。
頭顱朝帽青絲暮成雪，人生誰自冷水澆頭徹。
事往情遷悔已多，當初何必今如何。
撥頭大笑山河在，蹉跎惟自傷蹉跎。

元日書紅春深壽椿遊殘

乞歸毫農罷畫依一候三

戴信去日尊此處菴伯

西來喜新題頻書西方寸

全吾生雜興逢槍海瑚枝

嘗臨生言筆句申

豪横

豪横自來誰可制，義肝俠膽快人意。
莫誇劍隱拂鐘錚，盛世當無不平事。

兩日

兩日溽蒸不可耐，懸知天變時難延。
一宵窗前聲滴瀝，幾筆雨竹風蕭然。

老兒

老兒今年七十四，眼中多識幾個字。
只因識字常苦飢，幸遇聲叔偏好事。

題張笨山牡丹賦

笨山寫此牡丹賦，不愧書得明人路。
晋唐一脉千餘年，清重館閣失故步。
豈是秦漢勝後來，斷無椎輪過玉輅。
秦漢歷時雖非久，上承鐘鼎亦短數。
只是漢隸無多時，晋隋奪席形別注。
行草下遞晋到明，多少賢者機杼著。
好古每言篆隸追，徒從耳食昧真喻。

不自點畫求所以，枉事齊整算珠布。
今日更橫師佉盧，何者繩武不可忤。
鬼哭雨粟歸荒唐，吾悲亦是背時務。

防　汛

防汛人衆二十萬，保此一隅大力貫。
施專政一操算成，斯非可方在片段。
白圭鄰壑今異昔，輕重權衡大小判。
猶憶三春無滴雨，苦旱焦土事數灌。
消息盈虛不可知，千村萬落洶瀚瀄。
吾儕安然免流離，身嬰巨浸誰迫難。

五律

攤　書

攤書過午夜，鄰屋睡無嘩。冷雨秋爲骨，灰心靜是家。
燈前孤影瘦，世上百憂奢。我獨何人也，老窮遂欲遮。

贈俞平伯三首

未謀平伯面，相稔十年前。絶艷驚才手，淩霜抱雪賢。
馬車陳可鄙，江海酌無邊。兒子承風采，朱藍奉手傳。

青萍元有價，白首悟非遲。功利羞王伯，嫿婳稱俗時。
讀書多媚世，娛老剩爲詩。萬卷手中破，神來自可期。

潣濛錘萬類，天下久滔滔。周道誰堪語，巧言未可操。
小民委泥土，大將重錢刀。凋瘵中原日，邊烽士馬豪。

贈林子上室人金女士

三十心潛學，學隨夫婿遙。雪窗良夜伴，書味養生饒。
驥子箋兒秀，蛾眉處士驕。記君初度日，昨恰是花朝。

兒　子

兒子不時見，匆匆一面難。緣何際盛世，反覺摧心肝。

世路古來險，交親今更闌。阱深須下石，立意才能安。

何　須

何須叫天閽，僤怒不逢辰。一轍看今古，五車悲舊新。
風沙春有憾，涼暖事無因。飄蕩成衰朽，太平愧爾人。

造　化

造化無私秘，淺深惟所探。
月斜天影瘦，夜靜柝聲寬。
得句疑人有，酣書惜墨殘。
味餘盡不盡，微會個中難。

莫　愁

莫愁生事拙，難得病身閑。
癯影懶窺鏡，草書狂解顏。
季鷹雲圍圍，元叔賦班班。
不爲聲名累，已知世網艱。

夕　坐

寂寞衡門內，無人草半庭。
晚樓雙乳燕，天宇一孤星。

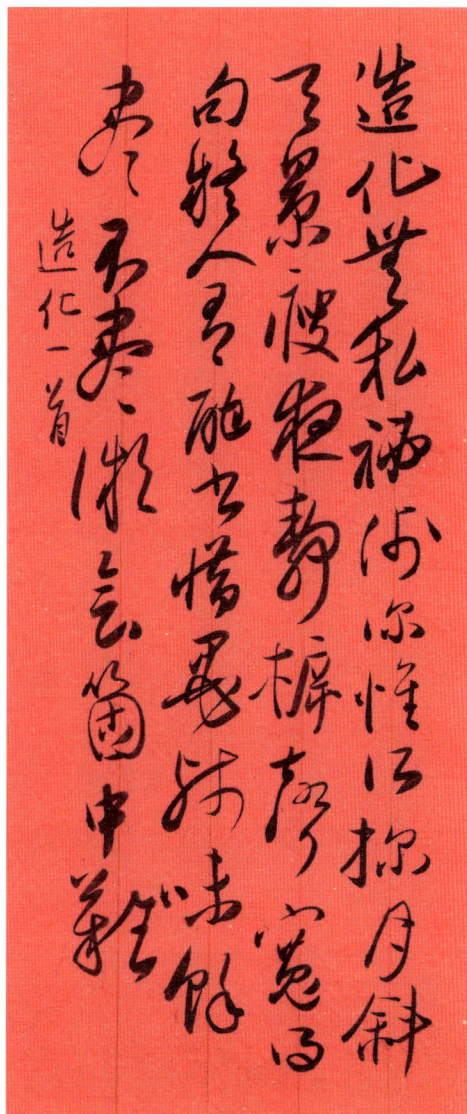

脱略終其願，慨忼莫爾形。已饒閑歲月，開悟絶塵冥。

六月望後夜月

何宵好月色，十七八光明。中夜陵松頂，空廊漾藻泓。
山隈生薄霧，空外聽殘更。彳亍不須睡，悠悠往古情。

寄謝陳二濟米

似此艱難境，炊勞斗米分。君過子敬義，我愧魯公文。
一病山間住，頓忘世上棼。惜今留幾日，耕硯可能焚。

喉霜臯館　遼張曾來駐息

聞説霜臯美，低個十日留。鳥喧花色媚，山静市聲浮。
似此閑亭館，空嗟盛旆旒。當時歌吹地，彈指幾春秋。

寄　人

亂離驚别久，巴水繋相思。周甲君來歲，茹辛我去悲。
追隨同昨日，情好憶兒時。四十餘年後，白頭奉酒巵。

己　年

己年來滬瀆，市隱此淹留。意適連雲曉，心凉不雨秋。

奇哉一啄飲,妄矣百繆綢。隨分資榮衛,盈虛理已周。

夕霽

日長春已老,庭院足黃昏。大月樓邊湧,群蛙雨後喧。
別離詩思遠,寂歷古懷尊。莫問今何世,徜徉誰與論。

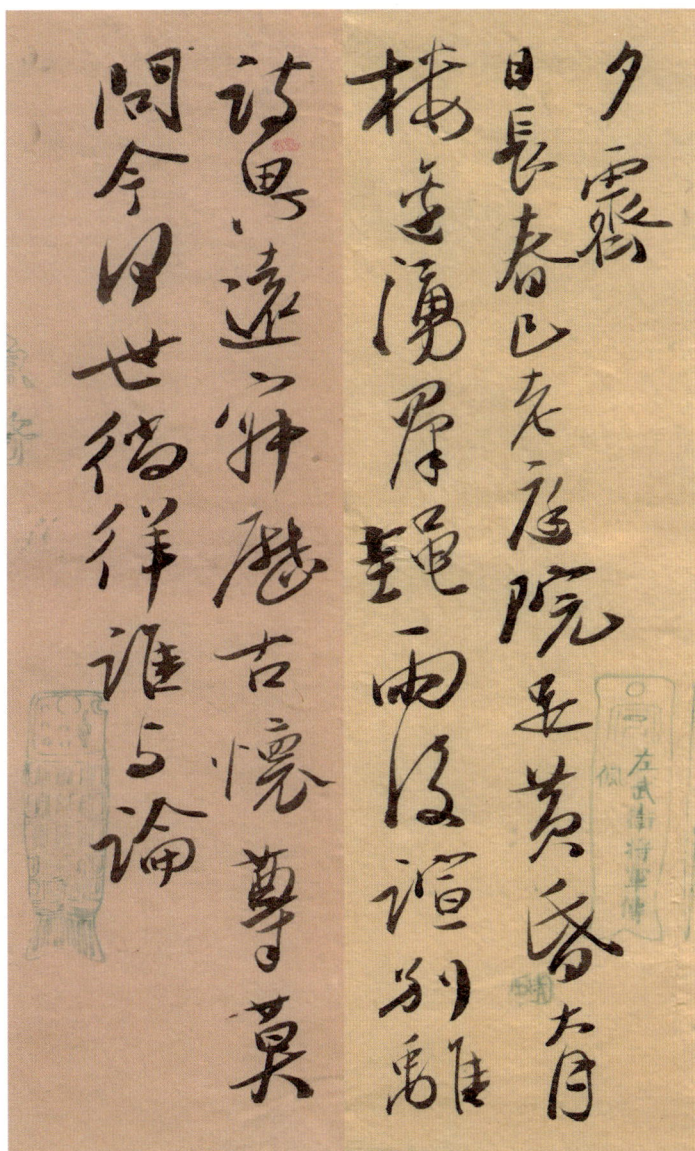

五律

夜　吟

中夜成獨往，月色遠林探。亂野蟲聲壯，懸崖詩膽貪。
群山我未睡，萬籟秋方酣。大壑松風起，天池運可南。

和平伯見贈之作

詞客灑然至，亂離欣與游。風華餘百首，述作有千秋。
閑話襟彌遠，邊氛事可憂。中原何日靖，牢落此淹留。

和普光

闕讀君詩久，君詩視夕過。人書境俱老，藻翰癖無多。
古舉驚時勢，心悲托嘯歌。退承愚昧質，當不悔蹉跎。

自武漢寄普光

幾日不相見，徜徉漢水濱。中心似狂楚，明日即游秦。
夢想潼關厄，身過蜀道頻。這回錦城去，詩句浣花親。

陶然亭二首

陶然亭上望，日麗萬家春。石徑當門曲，雲樓入眼新。
昔時騷怨者，今日太平人。始作思江藻，壁間詩已陳。

殘雪江亭際，搖春萬葦無。冷人誰解與，佳日意全殊。
雲外西山影，詩中南國姝。相看難并説，興廢幾賢愚。

一　語

一語寸心重，人生知己難。漆膠惟富貴，冰炭誰膽肝。
莫忘百年意，何須暫日歡。朱顔今白髮，泥尾笑龍蟠。

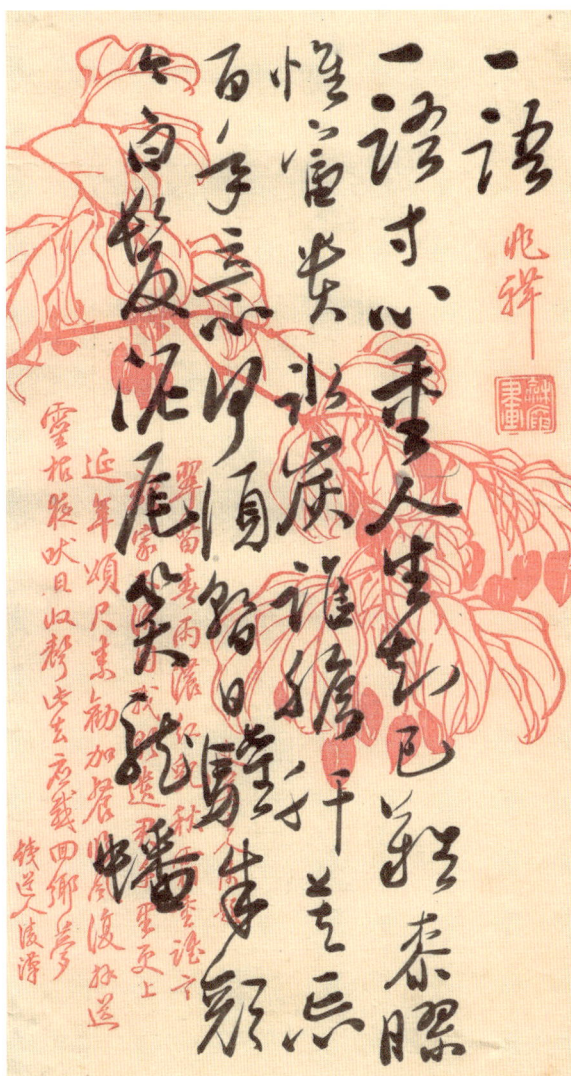

生　壙

華表千尋立，自營宅兆新。笑將身後事，指向眼前人。
白髮心無累，紅塵悟净因。死歸生寄也，難向俗庸陳。

寄張伯駒代箋

松花江上客，一別廿餘年。聞道能爲地，不知可有緣。
時平容薄技，春好發長篇。何莫非生事，多君藉手前。

與李氏昆季

貧困仰鑽遂，高明逐漸求。君家好昆季，吾硯可冥搜。
要譽讀書鄙，和光識字憂。初懷莫相負，樂道自優游。

代莫壽盛某七十

七十古來稀，扶鳩樂綵衣。金花書有德，玉斗映清輝。
高士富春隱，賢孫雪塞歸。索詩吟綠鬢，我語謝珠璣。

戰　伐

戰伐江湖遠，流離日月奢。飢腸窺甕粟，歸信誤燈花。
衰病思兒女，放歌悲歲華。無因訴寥落，四海可爲家。

惡　酒

有錢買一醉，似達實爲迂。天地酒缸大，精神骨髓枯。
嗣宗逃死法，伯雅抑何圖。七尺是糟肉，惡從許丈夫。

有　史

輕未示人作，生憎浪得名。蔑名非所耻，何恨不能平。
遠矣天君泰，勉之肝鬲清。攘熙有史往，萬古若爲情。

江　南

江南稱富庶，目覩事違訛。
幸自無牽挂，看人被折磨。
誰能逃亂藪，民盡苦征苛。
田弃官難應，糧無命若何。

一　畫

一畫開天地，三毛孰短長。
微生能覺照，前路免悲凉。
吟苦聲圓笑，辭舒機熟忘。
年年春自媚，花鳥意堂堂。

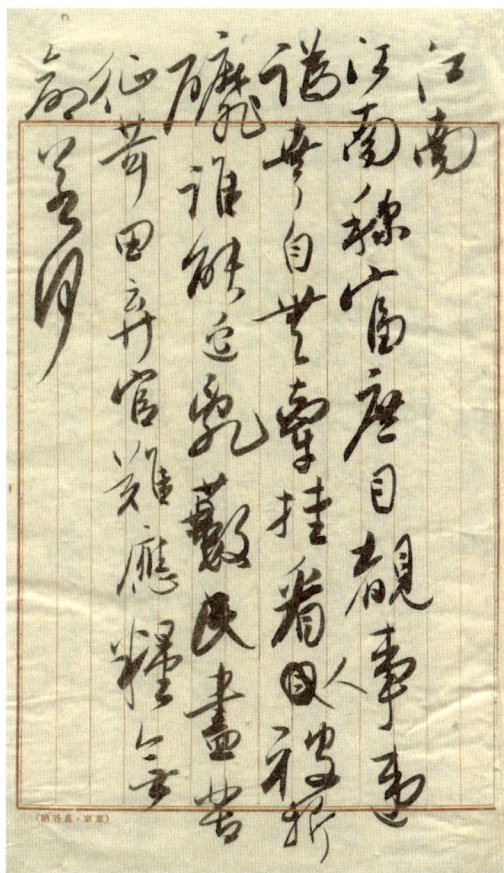

末伏

末伏夜無凉，枕邊蚤叫忙。廿年眼底事，一霎夢中傷。
寤覺心非净，幻生身未忘。如何已衰朽，仍不禮空王。

簡馮普光

堂堂新歲月，兀兀舊生涯。白首無旁騖，青氈不坐嗟。
還憐馮子意，時顧老夫家。難得身閑日，獻朝遲汝茶。

和楊翔青

俶儻楊夫子，清弦喜可過。才華斂深厚，性分托高哦。
合眼今何世，守身亦足多。心田活潑潑，白髮奈君何。

寄敖大

邇來音信稀，相憶莫相違。遠樹連天碧，高樓送夕輝。
芳春容易老，世事激昂非。已久安貧素，無求我庶幾。

丁丑春日八里台作

杏柳小橋南，穠華著意酣。迎人紅拂拂，蘸水綠毿毿。
皓月無今古，清風任攘貪。不爲名利客，方寸意潭潭。

北海子 (甲申伏中)

入門塵外想,菡萏舊時香。柳影搖湖水,蟬聲送夕陽。
老懷今漸覺,故宇總成傷。來日事何限,浮生付澹忘。

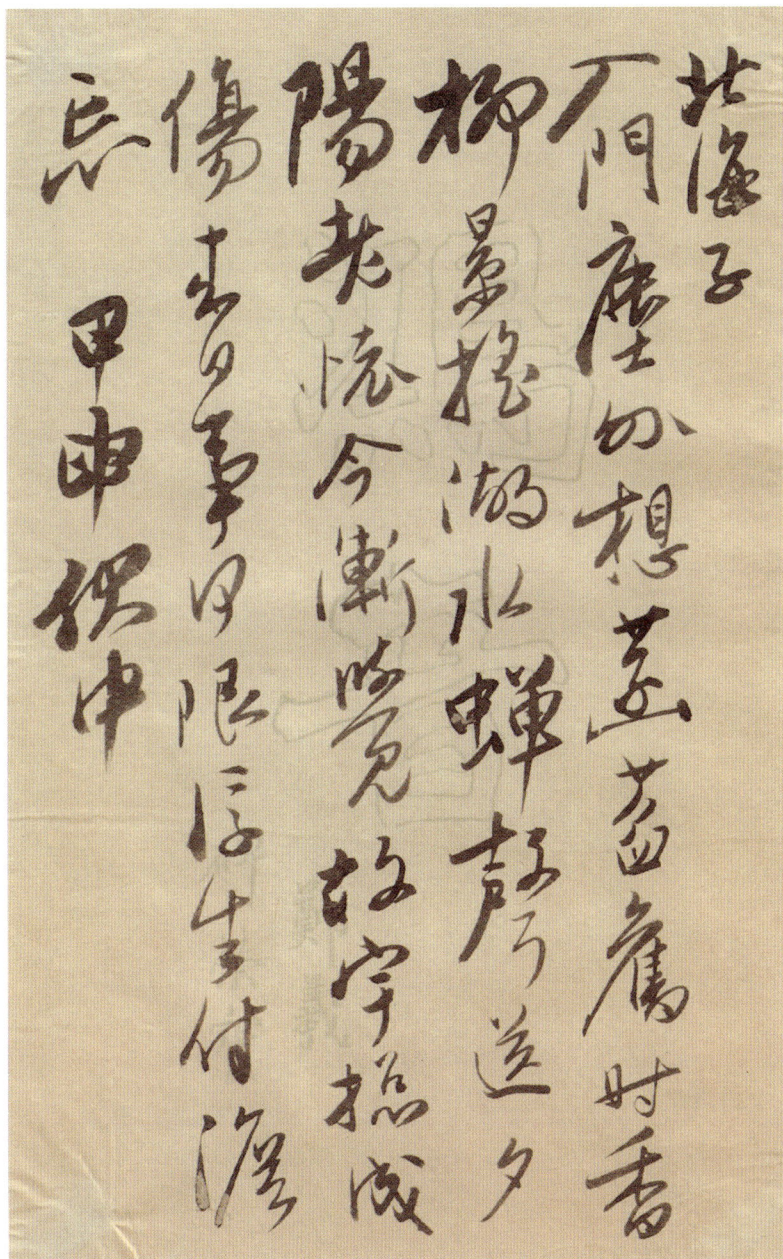

桃花凍

世偉兄嗜篆刻，年初三十已斐然可觀，好學不倦所就焉，可量。近承寄小印，四十字奉報。丙子大寒

何必桃花凍，空聞蒼水龍。文心蟠鐵筆，鳥迹鑿泥封。
純正斯無忝，清新亦可宗。欺人荒怪鈲，多子意從容。

逼　冬

逼冬期瑞雪，雪好亦何施。初降兩三點，難爲豐禾姿。
孤舟蓑笠意，萬國冕旒時。泉谷與廊廟，憤悲空爾爲。

和王念劬四十自壽二首

枯處時規諷，爲歡佁百年。我真成怪物，君合是頑仙。
疾世憂何益，隨緣樂自然。隘夷與和惠，各自得其天。

酒盞頻傾夜，豪情逼少年。拴蒲端見性，駒驟不妨仙。
俊語時聞也，我書每鞕然。恁多好兒女，詩句接遙天。

遯　園

海內連烽火，天涯有遯園。非關巢許願，可遠鼓鼙喧。
百畝多生意，孤村愛野原。閑來軒屨過，喜極欲忘言。

晚稼軒

老農何所願，時亂樂躬耕。
天際浮雲逝，田間野鳥鳴。
少年霄漢志，此日穎箕情。
閑憩東軒裏，自安晚稼名。

觀山亭

雨霽斜陽裏，清凉溽暑收。
一痕山色現，半澮水聲柔。
叢樹豁新綠，晚晴明遠疇。
倚闌無限意，今合守林邱。

花　墅

三春桃李樹，蛺蝶競成圍。
獨恐芳菲歇，應憐歲月歸。
墙邊新柏健，徑外落花飛。
識得此中趣，清琴對晚暉。

平　疇

彌漫青無際，和風送麥香。
農夫歌汲井，牧子戲歸羊。

三春桃李樹蛺蝶競成圍獨恐
芳菲歇應憐歲月歸牆邊新柏
健徑外落花飛識得此中趣清
琴對晚暉　右花墅一首

目極流霞遠，田邊去路長。有時携竹杖，安步趁斜陽。

果　蹊

幽然林下立，延佇意如何。果熟無心落，蟲飛刺眼過。
當門紅日艷，翳徑綠陰多。物我無猜忌，枝頭鳥語和。

菜　畦

拂曉過畦東，沾衣涉露叢。翩翩黃菜蝶，趯趯綠油蟲。
領得田家趣，無教世網籠。荷鋤南畝者，恬澹此心同。

待鶴亭

一曲猗蘭操，中天皓月輝。松邊流逸響，座上轉清徽。
野寺聞鐘梵，東皋憶羽衣。他年如化鶴，城郭恐全非。

野人廬

道是野人廬，縹緗富五車。難迎名利客，不愧静幽居。
花款階前蝶，風翻案上書。清琴歌一曲，山水意何如。

塵外亭

塵外栖何處，心清物與清。名亭聊見意，醒世亦多情。

日月經天去,埃氛到處迎。來看明鏡裏,照物自晶瑩。

歸來亭

急流知勇退,今古幾人能。彭澤折腰米,漆園蒙笥繒。
豈徒鳴曠達,猶恥佝規繩。世俗無相溷,幽栖至可稱。

七律

彌　望

彌望鳳城到處花，迂生鹿鹿若爲耶。
牢愁白髮三千丈，綺麗青春百萬家。
自一個身信渺小，人無量數好生涯。
心私放却學忘我，貧者士常樂以奢。

書　憤

剩水殘山一局棋，世間甚處武陵溪。
同爲華夏分吳越，難答滕公事楚齊。
我自死心安朽腐，誰能繫念到黔黎。
家居洪浸今何日，涉想堯年未可稽。

春草二首

不管彌天冷燒紅，風溫依舊碧茸茸。
深幽窮巷無人迹，濃郁芳茵見化工。
萬里情殷山色外，一堤影亂柳光中。
無私造物青青意，寫到天然境自融。

謝家池館動高吟，極目東風散曉陰。
何必萬花紛照眼，惟然一色可清心。

生憎鬧市回形迹，自愛藏山忘淺深。
最是天街酥小雨，却無好處到而今。

代簡答許壯圖

何期遠道殷勤問，三十年前愧舊知。
往事百非餘老大，今生一憾號書痴。
縱然筆法窺唐晋，已是雕蟲隔路歧。
爾我或當同此感，勉從真率答明時。

胡　因

胡因生嘅不逢辰，老去方慚百遜人。
識字已成碑没字，入神竟到筆無神。
韓陵片石誰堪語，魯道殘編幾變津。
一轍古今今又古，龍鐘性省日趨馴。

一　陽

一陽生又過庚子，爨洗躬持大可吟。
離枕孤踪回静室，打窗急雪冷詩襟。
硯旁操作閑逾貴，几上橫斜懶自任。
歸老莫傷勤瑣瑣，腐儒粗糲古人心。

行　年

行年耳順又過三，回首兒時剩一嘆。
近覺攤書嫌字小，應承投老用心難。
拍浮人海何名利，方軌天倪識盛殘。
大化不由畸道改，好生庸得劍芒干。

寄和昆明湯鶴逸二首

百萬人中詩侶幾，三千里擊水飛奇。
須彌無算一毛孔，渾沌何妨太古姿。
石本冥頑遂我類，心知甘苦非公誰。
不依末技誇當世，用制頹齡爲夙期。

此生兀自付愚孱，失喜南天詩往還。
渾欲檢繩孔墨外，不論可否惠夷間。
米鹽區事朝飢忍，炊爨勞人夜讀閑。
身際承平復何憾，浮沉世味我無關。

東　風

東風萬里無遮吹，陰雪玄冰一掃開。
桃李不知春有價，龍蛇掀蟄壑驚雷。
炎凉大地人人見，哀樂中情每每乖。
試想世間泡影若，一番求忮復何來。

無　題

九十韶光渾未覺，芳時已別海棠前。
不禁舊恨黏華髮，底事新辭網少年。
窗紙風開宵見月，枕函泪濕夢如烟。
心魂篷畔依春水，搖漾何時著岸邊。

依　依

依依寒柳仁凝眸，西嶺頹陽暔澗流。
千古星河惟舊樣，兩情雪涕又新秋。
相思填入衷言苦，交誼忘添素鬢稠。
一自分携消息斷，人生何恃事綢繆。

凉　意

凉意樓頭抛筆硯，行行照眼遠峰明。
岸楓紅逐朝曦壯，苔石綠彎秋水清。
卷軸不知身外事，雲山難却客中情。
江關詞賦空騷屑，回首蹉跎百可驚。

壯　年

壯年裘著老來貧，些子枯榮莫認真。
世上幾多遭凍餒，目中何地別疏親。

已逝不堪徒悔往，當前能逐便迷因。
自家點檢人無與，斗柄東回天下春。

小　病

小病兼旬不出門，未知人世鼠鴉爭。
可以慈悲馴獸性，幾曾奸詭副鴻名。
一燈破硯吟娛己，幾卷殘書悟養生。
豁此雙眸觀近局，枉尋直尺古難平。

江上欲雨

矗突南山峰不見，半江雲黑欲沉天。
乘風逆水馳帆急，避雨前灣疾槳顛。
日午真疑時已暮，夜深應覺浪如烟。
乾坤是景非常態，莫信山河瞬變遷。

寸　木

寸木岑樓高不忝，何曾晴冷迸雷聲。
居然破冢欣無恙，亦見遭時遽得名。
冥嘿窮廬儕廢置，迂頑盛世幸餘生。
就知根柢從來處，琥珀非依檟樹成。

寸木岑樓高不悉　何曾無姓
冷遊雷聲居然破冢欣之無
慈心見遺時遐尋名冥嘿
窮廬僑廢置迂頑盛世辜
餘生就知根枢從來霧璃珀
非依檀樹成　寸木一首

重游潭柘寺

再過舊刹僧何處，樹禿階前斫幾行。
根古怒翹池石縫，葉枯飛聚井臺旁。
鴉聲已度市聲外，月影未高人影長。
又是一冬蕭瑟意，它年掛杖更荒凉。

聞中日復交，首次日民間訪華團將于十月十三日往中國，感述

幾千年後吳儕越，江浙那曾是兩家。
嘗膽臥薪生死搏，挫齊滅楚撲侵奢。
興衰轉盼憐王霸，骨肉還期泯怨嗟。
世世從今好兄弟，人寰當洗劫蟲沙。

落花四首

海棠謝後和風換，點點飄殘簇簇霞。
芳草艷陽疑洞府，香魂綺夢泊天涯。
明知淒戀終無主，忍說泥塗便是家。
寫到回腸詩筆苦，不堪凉月聽蝦蟆。

一樹闌珊百樹瘥，早曾駘蕩趁陽和。
酸風挾雨摧香朽，敗蕚辭根奈命何。
詞客心魂從此暗，離人眼泪爲君多。

斬關脫鎖千夫勇，宛轉温麐劫不磨。

斷紅疏白草青青，庸是鵑聲不可聽。
九十韶光春曉曲，三千歌板雨霖鈴。
種因恨染傷心色，墮土悲緣裂鼻馨。
妙悟自來難著相，莫須文字怨飄零。

萬派春流擲亂紅，若爲惆悵小橋東。
關山笛裏愁千結，裙屐屏前日正融。
得酒今朝判買醉，荷鋤昔日看成叢。
堤邊柳色盈盈態，直縮笙歌向好風。

後落花四首

一丸涼月舊窗紗，紅雨階前惜歲華。
頑蝶只爭春一晌，啼鵑何止哭千家。
墙籬壞引東風惡，茅舍陰連北郭斜。
似此香魂誰與托，一枝一葉莫興嗟。

酸雨淒風閑百罹，畫堂不復顧幽蹊。
雕鞍繡轂香塵碾，舞袖歌鐘醉眼迷。
春好幾曾到蓬戶，情濃元自昵金閨。
菩提變相成羅刹，欲態空花泛景齊。

第一蟬聲著意聽，番番風信想冥冥。

百年抛幻春雕色，幾許高華水象形。
墜溷飄茵無定所，範金熔錫有流型。
從今影附翻新樣，鬞蕊攀條總不經。

嘉名譜色費稱呼，額上妝嚴意已殊。
才省生香難著筆，誰看腐朽幸來蘇。
扶疏月窟荒唐境，宛轉風塵造化爐。
亭榭即今堆掃處，不勝采縷吊紅酥。

逭暑在香山作

何須夭矯作人龍，與世渾渾亦可宗。
暫得浮生閑半日，已同美仕禄千鍾。
蟬聲午夢迷離味，池景槐陰淡宕容。
獨倚胡床詩一卷，會心微笑古誰從。

燕郊作

三年獨往甘藜藿，冷寺飄蕭作遁氓。
破碎河山逃鬼域，艱難黔蜀厲堅貞。
不求苦節名當世，自有高懷薄太清。
邂逅相從且行樂，論詩投分得生平。

壽董漢槎五十

同看五十忽焉至，青鬢輸君我白頭。

歷盡艱難知世味，不長貧賤在人謀。
元龍豪氣思平澹，白石賷花得自由。
但望清平臨禹甸，相携研讀老林邱。

作　詩

六歲何曾解作詩，聽吟詩學坐支頤。
兒時憶我調平仄，老去憐它半黠痴。
漸識之無人世苦，已深盤錯性情夷。
十年以後依皤鬢，愛痛無忘此日慈。

如　此

如此鬚眉非落拓，養成孤往識前因。
縱能詩好難醫國，纔信痴多未損真。
萬歲千秋直爾爾，屠龍烹狗總陳陳。
炎峰冰島同坤載，蛄夏菌朝自不倫。

哺　糠

索寫詩篇待取將，苦無新句付商量。
經天怒羽轟雷逝，塞耳繁蟬染夏長。
不亂寸心非強抑，無干尺組遠回遑。
儒生皓首終何事，行素安愚合哺糠。

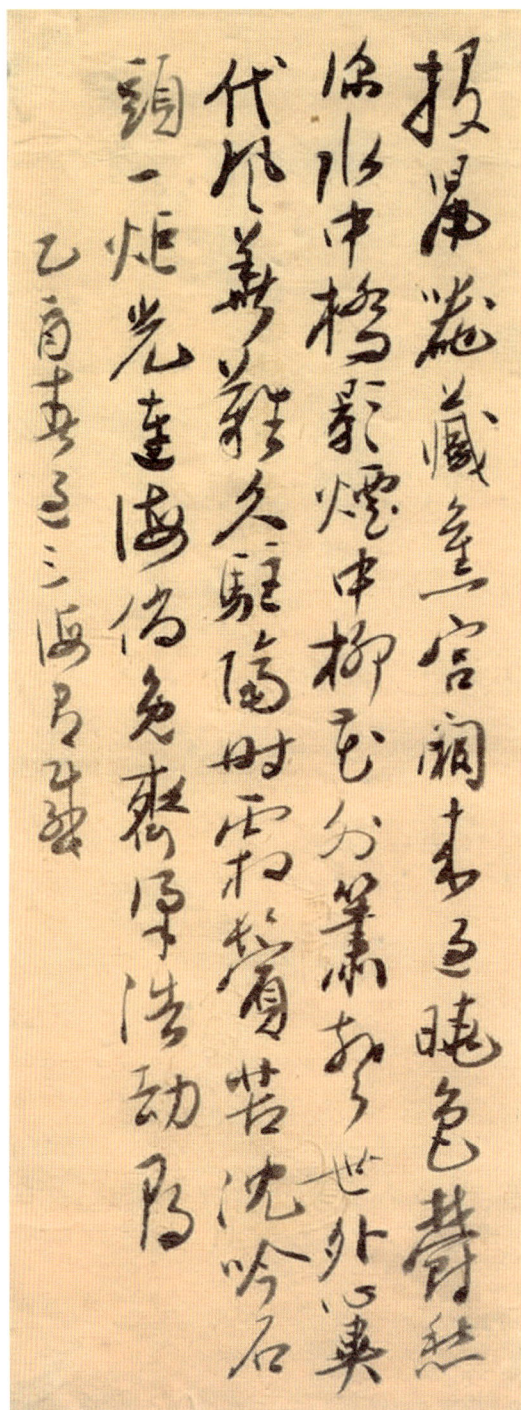

乙酉春過三海子

投鼠器藏舊宮闕，
來過曉色鬱愁深。
水中橋影烟中柳，
花外簫聲世外心。
異代風華難久駐，
隔時霜鬢苦沉吟。
石頭一炬光連海，
倘免齊梁浩劫尋。

乙酉春過北海子

一年年獨向金臺，
遺堞青山句可哀。
夢雨春風飄瓦去，
湖光柳色逐人來。
松根半晌科頭坐，
塔影中天照眼開。
回望漪闌橋外路，
仙凡此日費低佪。

過北海有寄

別去關河歲月遒，
燕塵踏遍戀湖頭。

昔年橋上空回省，此日邱中忍遠投。
三里荷花千里月，一分秋色十分愁。
眼前掇拾將愁寄，寄與天涯憶我否。

北海子

幾方亭子石橋分，坐久花光草色薰。
樹漏斜陽陰不一，波回急櫂漩多文。
笑從城市親魚鳥，羞向緇塵混俗群。
宮觀頹夷林壑在，清涼熱惱莫紛紜。

再過北海子

十載未來北海子，花陰坐久覺心清。
日和蜂聚飛無影，湖靜魚過跳有聲。
游客偶經渾不與，熱場能悟幾曾驚。
浮生依此片時想，人海勞勞庶可平。

讀　史

生無鼎食死當亨，亂世英雄得幾人。
社鼠城狐皆領袖，金甌玉闕枉傷神。
旌旗再睹朝廷改，傳紀宜留後代論。
逢我百罹丁此際，任敲竹石作頑民。

勉諸生

學豈能開頃刻花，惠風酥雨怒春芽。
生無一暴十寒理，悟有峰回路轉涯。
大壑龍蛇升隱便，曲城狐兔竄依斜。
托身自在居何等，舍己耘人致許嗟。

無　題

無睡城限信步行，柳風鴉陳曉寒輕。
長街雪後春泥泥，短夢燈前泪瑩瑩。
生死方滋情格悔，慧痴都昧世紛獰。
莫言老去詩篇苦，惟可心聲此自傾。

百　年

百年鼎鼎生誰繫，問我無求浩養功。
能委心魂天地外，不嫌踢踘孔毛中。
快然自足燈飄焰，往矣空誇柱煉銅。
偶得此吟成一笑，半醺含否太初同。

熱　晚

今年熱晚猶衣夾，夏至陰陰雨意長。
饞目坐疑燒焰矮，納頭睡苦讀書妨。

世間萬類休拘執，枕上一心攝悟將。
如此悠悠行八十，不因修短易乘常。

每　到

每到融和感翠烟，千年暘若不更前。
炙窗日色濃於酒，穿柳簫聲柔可憐。
從古詩心常屈曲，幾曾春恨脫纏綿。
要知老去方成悟，已是芳華泣杜鵑。

和沈五

葉密苔階漸列錢，綠窗矮屋傍瓜田。
醉開劍匣神光肅，詩雜仙心夢景圓。
涉世已忘榮辱念，讀書耻必姓名傳。
孤懷鰈研何冲澹，同此行藏莫問天。

冬　夜

目送飛鴻入沉寥，剡溪興可乘輕橈。
疏林燈影岡南路，古刹鐘聲市外橋。
景色蕭然成遠畫，謳吟歸去憶璃簫。
誰料鵾鵲多情思，拂曉巡檐語未遙。

放　吟

人間浩氣今何薄，日月光芒不可摧。
萬卷撐腸庸有慕，一生蒿目是凡才。
啁噍燕雀能知足，破碎山河亦可哀。
奮筆吐詞時大笑，天龍八部走風雷。

病起呈遯園

亂離此日何須道，大被蒙頭夢未妨。
饋藥饋醫情不極，問兒問母愛偏長。
舊巢依戀慚珠報，新病婆娑喜蟄藏。
晴日鋪窗無個事，閑吟紙筆付詩囊。

即事二首

酷暑抽身閑半日，排雲殿下一徘徊。
山頭塔影橋頭映，岸上荷香水上來。
石舫何年浮碧海，銅牛終古臥蒼苔。
世間眼底皆陳迹，且棹扁舟玩月回。

名園逭暑偕雛子，沉李浮瓜亦快哉。
菱肖江南生四角，唱從阿子聽三臺。
船藏葉底湖心月，浪咽橋根雨後苔。
夜靜才知衣上露，曲終人散悄歸來。

主將二首

蔽野旌旗埋萬竈，驚人刁斗響千山。

防秋漠北驅胡虜，下令軍中出漢關。

一夜心魂隨雁陣，百年身世嘆刀環。

興師勝算操帷幕，主將筵前集粉鬟。

黃沙朽骨飢鳶覆，敗去難望士氣振。

犀甲三千成底事，虎賁百萬棄斯民。

從今瀚海添冤鬼，自古戈矛重殺人。

幾見將軍身戰死，被驅雞犬姓名湮。

書　憤

迷離怪雨盲風候，

閭轢蝦荒蟹亂年。

生我不辰天憚怒，

問君何事苦纏綿。

汨羅有淚無時返，

華子多忘不識先。

千載替興仍覆轍，

佯狂爭忍獨矜賢。

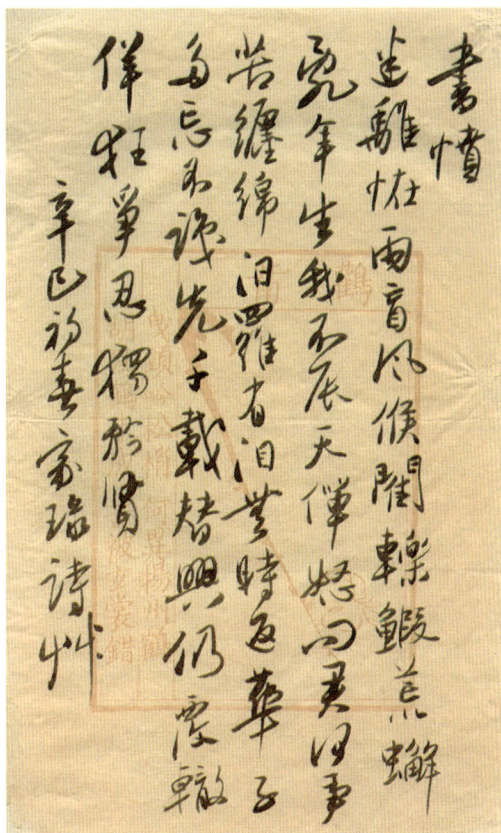

105

即事慰宇涵疾

昨夕訪君君臥病，今朝欲訪苦歊蒸。
乘除寒暑酷難久，趨舍華枯迹可徵。
晴日震雷天變呿，雨昏傾注夜凉升。
秋風行戒恣吾樂，容忍須臾莫痛憎。

無　題

華年瑟柱猥矜重，悱惻無端苦種因。
青鳥未歸雲外信，霜娥餘怨月中身。
銀河光逼千秋冷，玉闕魂傷萬戶春。
到此也囉愁不得，鬢絲騷屑沒風塵。

無　題

漫作無題事有無，相思刻骨瘦肌膚。
脫紅燈暗書窗冷，淡墨箋和別淚塗。
十歲袖中香字滅，三生石上舊魂孤。
可憐世世成精願，照影何年碧海枯。

咏　史

男兒意氣陵青史，不屑卑卑事槧痕。
三尺龍泉照肝膽，無邊春色繡乾坤。

雲中鷄犬囂囂上，浪裏黿鼉滾滾翻。
同命何如舟客近，戈鋋反向內簾奔。

病起興懷

納納乾坤此虺躬，漫天烽火積憂中。
迴腸蚤鬱十年痛，喋血誰高百戰功。
別夢依依危蜀道，游仙歷歷大槐宮。
病魂脫解勞生苦，消長盈虛萬劫同。

無　題

丁字何如兩石弓，鳳鳴得過一寒蟲。
心從天際真人想，悟到劫邊鬼趣工。
卓犖風華千載上，伶俜身世百憂中。
死生度外動安矣，似此詩腸禪可通。

輪　困

輪困肝膽憶丁年，伏闕上書萬口傳。
銀燭三條推壓卷，金吾十善不收錢。
文章老去光無地，忠孝從來厚得天。
同是平頭看六十，輪君書史大才全。

莫 與

莫與烏丸兒作計，且從南郭子盤桓。
顛連誰惜吳霜鬢，險巇長吟蜀道難。
紅豆往時舊詞翰，青袍今日古衣冠。
春風歲歲花如錦，酒店歌樓一例看。

漫 驚

漫驚憂樂到中年，小住因循不盡緣。
論世何妨成獨往，投詩未可讓君先。
曠懷夢逐雲歸岫，長夜棋消雪滿天。
妙諦拈來堪悟否，因心證處自無邊。

白 燕

畫梁并翼玉亭亭，禁苑仙釵破匣扃。
池月光華惟見影，梨花庭院去無形。
何曾刻意方高鶴，却是天生著素翎。
幾許紅襟驕紫頷，嚴莊天女本娉婷。

蛩 吟

蛩吟已壓蟬嘶出，涼意初扇暑氣收。
樓角轉移三徑景，月牙來挂一簾秋。

年光漠漠空黃卷，身世依依竟白頭。
寂寞無教嗟怨作，忍飢樂道却遮羞。

乙未人日贈小川生日

人日連年一贈詩，今年春比去年遲。
盈虛消息窺天道，得失無心問世宜。
六十平頭何所慕，迂頑在我不爲痴。
下簾讀易能長壽，澹泊君平至可師。

陶然亭

陶然亭畔又重陽，卯歲來依半步廊。
雲褪秋晴風拗葉，樓高月淡瓦凝霜。
詩情冷剩衿懷斂，字態舒從筆墨張。
似此安詳何處得，百年彈指恔心忘。

濱江閑居

長日杜門成塊處，花風夢覺最關情。
燈搖矮屋深更雨，葉掩疏窗破曉晴。
生事一由春寂寂，靜時耐聽鳥丁丁。
早從恬澹忘寥落，作底人間有不平。

送宣繼舜南歸

愁予誰料此分携，秋老女墙烏夜啼。
兩眼望穿空碧落，三軍覆盡苦黔黎。
嚴關重鎮等遺屍，拉朽摧枯成噬臍。
君得隻身早歸去，烽烟爲吊海門西。

自 成

自成痴笑坐磨磚，日日孤懷意莫詮。
抗宇風塵無著相，閑階草木亦生憐。
澹吟寥賴垂垂老，苦語低個細細鎸。
滋味如今由咀嚼，高華不值一文錢。

静 坐

我今揮手謝時輩，羸病經春學坐忘。
虚壁日斜蠅影度，小樓風引市聲忙。
謬悠握觚何爲者，磊落空明自可將。
能悟須彌藏芥子，白頭歲月去堂堂。

辛巳歲暮寫懷

垂垂老矣我胡爲，知我者希貴可追。
秦宓尚能逃祭酒，翟公底事怨交期。

犧尊落斫溝中斷，
鐵鬴團沙座上糜。
幻妄即今隨分悟，
關門李涉世身遺。

辭蜀書憤三首

辭家萬里緣何事，
痛哭西來白髮新。
方寸之間惟有母，
百年以內幾完人。
侯王威福皆陳迹，
豺虎嘷啕孰可馴。
我自拘墟無眼界，
吞聲白屋作遺民。

臺築南單只自焚，
國門籌策不堪聞。
與齊與楚同亡我，
投北投南兩廢君。
舉翮誰方雕鶚健，
登壇空惜鸛鵝軍。
羯來權作搜奇輩，
浪迹平生已失群。

垂三老矣我何為知我者希貴可追秦安尚
能逃祭酒羅公底事怨交期犧尊落斷
溝中斷鐵鬴團沙座上糜即安即今隨分
悟關門李涉世身遺
辛巳歲莒寫衷
家琭

個郎生小鄙王侯,耻縛功名作死囚。
不向廟堂陳大計,能安繩戶亦千秋。
私心只恨無人會,叔世難爲直道謀。
漢史徒彰雲折檻,上方未斬佞臣頭。

一　住

東西南北家何在,一住丁沽又幾年。
雞塞花江如昨夢,鼠肝蟲臂總由天。
劫餘書屋幸無恙,亂後箕山誰有田。
肥遯高名吾不愛,死灰槁木坐能堅。

春夜雨過寫懷

閑庭雨過彌春氣,暖逼軒窗夜色開。
天外雲峰蔽星斗,樹頭月片出樓臺。
亂離苟活應無競,貧賤高名是不才。
收拾此生歸澹泊,獨拈詩句稱心裁。

偶　成

楚星蜀月背南天,誰見長眉綠覆肩。
寶劍春風閑度日,龍鬚絕岸渴奔泉。
十千斗酒輸秦俠,天下精兵憶漢年。
我漸消磨豪氣盡,空成豪語負詞仙。

却答張劍鳴蜀中四首

帀歲書來君問我，思君不歇報君吟。
推枰大笑窄天地，灑筆浩歌無古今。
負俗疾時徒有恨，枉尋直尺亦何心。
倦飛寢迹衡門內，避世深慚避不深。

論劍空當十萬夫，壯懷消盡博盧胡。
丁年霜鬢愁多少，子夜月窗寒有無。
身世高談如昨日，風霜自挾味今吾。
掉頭不顧從君說，如此乾坤一腐儒。

侵燈雪夜催寒漏，兀坐書聲遠世間。
異代廢興三兩卷，更番歌哭漢唐餘。
扶搖直上隨鵬運，坎壈羞爲仰屋噓。
將母此生真幸矣，時艱不耻在沮洳。

肝膽即今誰似雪，書翰却寄到初春。
舊游險峽千回首，自許蓬蒿一放人。
幹國諸公多衮衮，埋頭賤子去踆踆。
荷君英邁詞相藉，白首買山好卜鄰。

津平道中

時作風沙二月初，嫩黄薄薄柳將舒。

橫窗日暖客思睡，晝野車過人墮驢。
隔坐歡愁眉目異，遙村茸毀戰爭餘。
三年不踏燕門道，別有傷心出累噓。

歸自宣南得伯耕玄鳥詩走筆爲和

海上珊瑚歲歲期，舊家門巷没人知。
東風乍暖疏簾静，鎮日長條跦地垂。
王謝堂前成閱世，鵠鴻隊裏不爲痴。
尋常物理推尋遍，極望瀛臺月滿墀。

沉　伏

丈夫有志甘沉伏，摽搒深爲達士羞。
能受黄虀三百甕，不消金印上方驪。
馬肝知味儒生陋，霜鍔何心細碎讎。
收拾壯懷歸牖下，耻矜嘴爪傍清流。

天　外

天外長虹光貫日，珍珠永巷後人憐。
繫愁白髮三千丈，揮泪深宫二十年。
此際牢憂餘自語，它時隱恨給誰邊。
迷離惝怳難爲喻，不索解人作鄭箋。

憶沙坪

三年一別巴江遠，轉覺沙坪是舊邦。
隱霧濕鐘聲到地，搖燈疏竹影依窗。
擁寒廢卷人無寐，徹曉孤村吠有龙。
歸去今生問何似，坡公崛强片心降。

却答宋宇涵

一紙慰傳天外訊，三年別系夢中心。
不堪離合悲酸語，餘悸抽戈介馬音。
末技難移孤賞癖，小詩誰使獨哀吟。
成仁成義新非舊，稱帝稱王古變今。

踵輔叔兄丘韻一律

頭白難移事孔丘，外身貴勢等雲浮。
不須故作窮人態，何必高臨俗士流。
寒落萬千思廣厦，闌干十二惜危樓。
邦宗熟喻治平理，衆把犁鋤合有秋。

寄安益齡

除歲君家一局棋，甘貧樂志兩相宜。
喜君兒女能忘俗，問字從容不忍離。

廿載風塵飄白鬢，幾人雪涕盼清時。
歸仍兀守青氈坐，走筆懷君寄小詩。

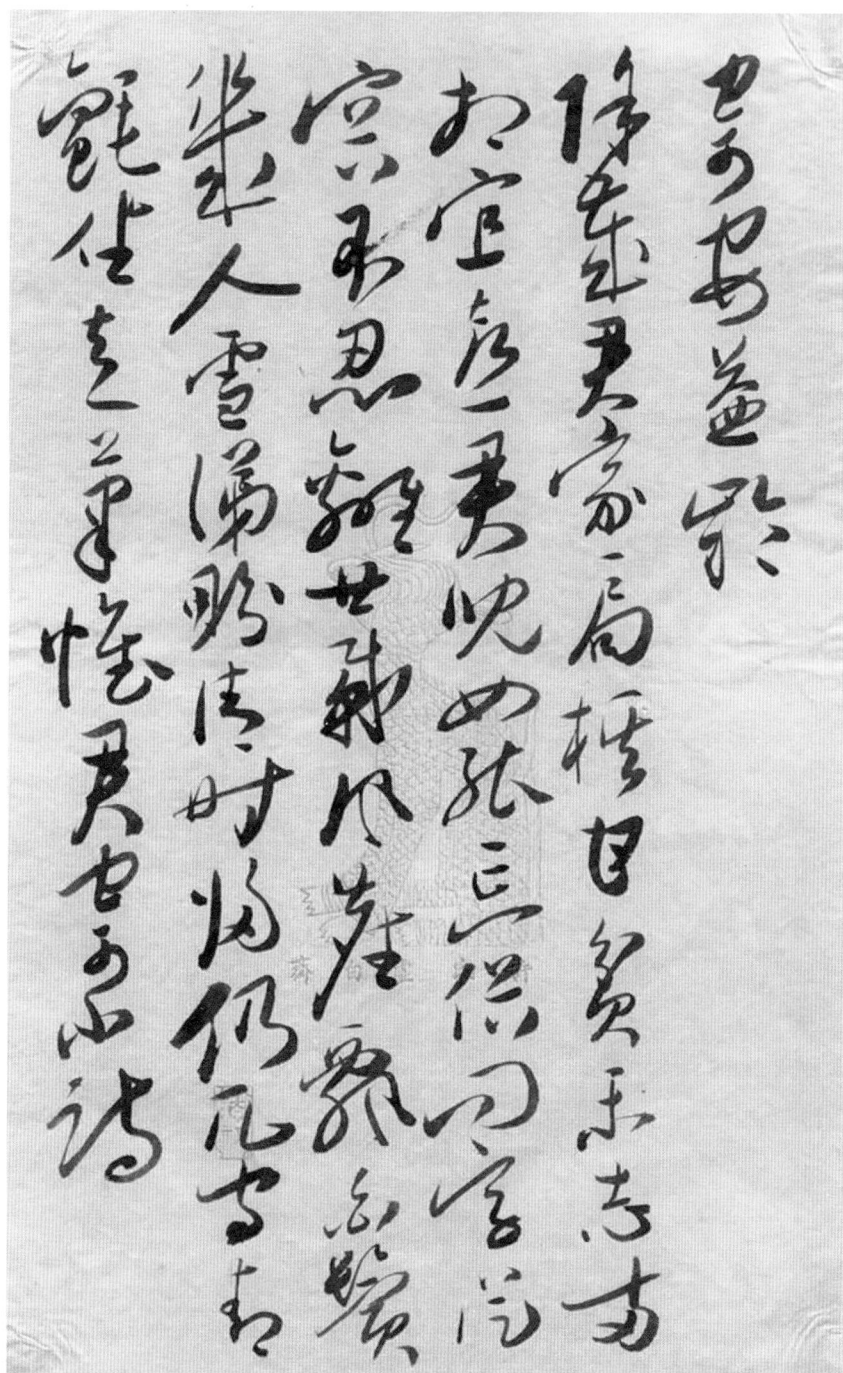

書貽馬萬里

莫言老引南荒去，四海而今喜一家。
庸詡壯夫輕小技，能從宗本發新葩。
廿年身別邕州水，半世心期桂嶺花。
惜我詩篇吟不極，緘情萬里只些些。

馬萬里索書便因寄

從來文字因緣重，結得情親膠柒多。
一幅琅玕猶記取，幾番題咏動微哦。
宣南別憶南天影，河北書傳北郭歌。
是葉寄君惟袖裏，相思骨子爲摩挲。

馬萬里十金索書扇却答

昔如我困笠車尋，投分十金逾萬金。
萬里南天情意重，中秋西笑興誰深。
交聞珀芥非交勢，快睹江山適快心。
脫略一生無挂礙，綈緗質典覓仙潯。

冥嘿

冥嘿一春誰與共，小樓風色夕陽中。
隨階草發明年綠，攬鏡顏無綺歲紅。

細雨閉門人獨坐，窮愁捶句語偏工。
從來孤另成多恨，擾擾膠膠不敢同。

夢　琴

死別於今十五年，他生未卜此生捐。
九泉念我頭應白，百歲懷君意可憐。
梁益間關成老醜，肝腸鬱痛恣憂煎，
山中此日一回首，白下枯墳夢惘然。

述　懷

病到中年肌漸緩，心如枯木意難新。
到山自詡安恬憺，涉筆翻成説苦辛。
萬事才知非強勉，一生能得幾交親。
儻營負郭數椽屋，如此青山可作鄰。

個　中

山中無伴徜徉好，亭觀杉松處處幽。
不厭耳根蟬百叫，却傷心坎雨初秋。
悲歡離合尋常事，蕩氣廻腸抵死留。
只此個中誰解得，晚烟飄渺冪汀洲。

自 慰

唳霜皋上閑亭館，十日流連野趣長。
山色窗中雲遠近，鳥聲籬外樹低昂。
詩懷自分無酸味，天意當容有草堂。
不履不衫友麋鹿，餘生將母未凄涼。

平 生

駒景百年形役役，龍光三尺恨苕苕。
東流海水西飛日，南走荊蠻北度遼。
傲岸平生直如此，優游木石良可要。
紛華一洗崇枯淡，何處人間有沃焦。

十二弟就醫院不久，我亦病腸，伏枕十餘日，所幸不須刀刲而癒速耳。然已消瘦甚，養疴入山，過城中始知宅子脫手也。頃從益齡悉賃屋小石作，長句寄慰。

飄零無母時悲汝，昆季親惟汝最良。
未了驚心駭刲腹，誰知刻意苦迴腸。
藥壚十日憐同病，棋局初秋共一堂。
門帖莫愁今易主，它年山舍我相將。

昔 人

昔人祝髮號爲僧，剪髮生今笑我曾。
不剪髮長搔癢甚，何如身浴滌塵能。
未嘗力踐馳空想，饒贊功諧在有恒。
寸寸韶光頭白了，波流雲詭再難仍。

曉 來

曉來獨立陂陀望，宿霧初開景色都。
填壑綠陰衆鳥國，抹雲絳日一松圖。
眼前廢屋蛛絲靜，墻外頑童竹馬呼。
世事翻騰直如此，入山不反會相須。

感 懷

東流不住時難復，天地雖寬我自悲。
少日壯懷成草草，老來詩味故遲遲。
秀成眉黛遙峰色，痛入肝腸刻骨辭。
只此些麽酬白髮，無心留待後人思。

喜 雨

已逾十日館中寄，頓喜炎歊一夕回。
綴葉雨如珠霰集，沒山雲似浪花隤。

混茫一白吞今古，沉瀣兩間有闔開。
待看初陽湖水際，明朝清氣溢樓臺。

怡　悅

來香山裏自怡悅，暮暮朝朝興未罷。
白髮無多難服老，青山作伴好吟詩。
怪松五百年前榦，哀世三千劫後棋。
放眼乾坤元爾爾，鷄蟲得失莫同悲。

寄質君

好春消息共吳天，琢韵三番付那邊。
文字情親過識面，風華穠冶遠陵烟。
莫言老去詩腸迮，却恨生來賦性偏。
一自阿咸交暱我，服翁藻繪綺紱年。

和尤質君

客處孤襟繹儁詩，凍窗會見發春枝。
久枯筆假君辭潤，小別吟看我和遲。
誦閑居賦潘郎逸，草急就章揚子期。
素心即此跫然喜，不飲還從倒一巵。

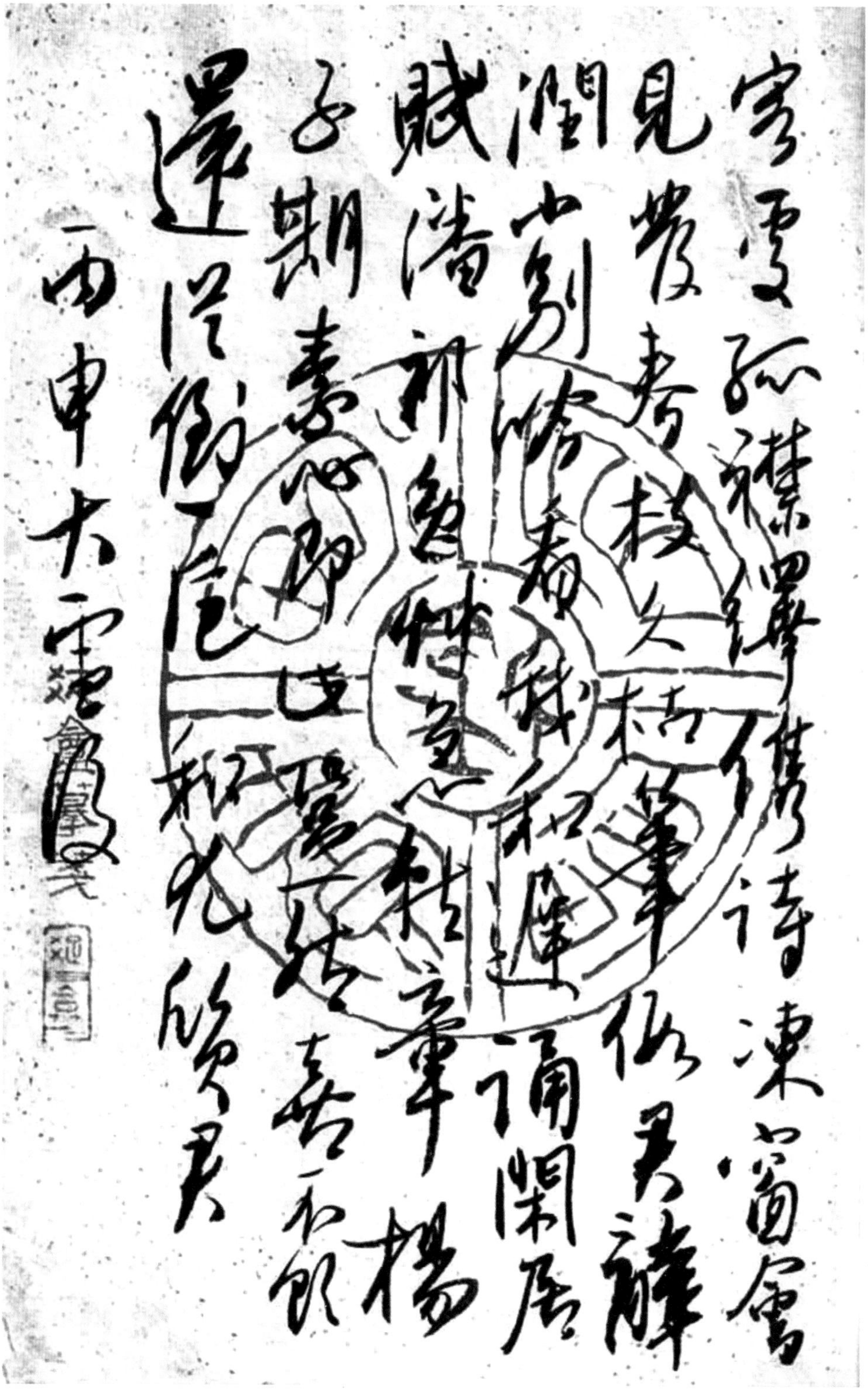

和尤墨髯燈下再有述韵

技癢誰從作論量,滄溟一葦仰梯杭。
個中甘苦資霜鬢,袖裏乾坤鑿震方。
放筆推愁成活計,披箋失喜好平章。
饒將夢藻敷春色,體盡溫柔賦水鄉。

和尤質君

千里春榮百尺柯,高吟快劍倚天磨。
騁懷豪句生無礙,并世狂奴已不多。
眼底風華興萬象,静中浩氣導長河。
抛將苦語和君説,一任寒兒笑阿婆。

別尤質君

貞素含章締遠歡,璚瑤姿禀挹梅酸。
裁篇和埒陽春語,探味清同仙掌餐。
自識吳歈聲軟細,深惟墨叟句傳看。
質君將去求針艾,庶使迂回步步寬。

癸卯立春和尤質君

物我何勞切苦吟,瞥然負負百年心。
已成株朽違奇器,難把石磁引曲針。

萬慮拋歸莫須有，一塵自使不能侵。
和君今日春回許，洗伐牢愁謝刻深。

和尤質君四月十二日寄詩

豈欲相聞偏巧直，未能免俗固應刪。
交游禮數疏狂外，嘲解拘墟可否間。
詩句有情真放膽，人生何事不開顏。
容歸携唱江南好，踏遍青螺紫府山。

秋日聞蟬和尤質君

暑唱繁聲無定枝，秋風行戒已傷時。
七年沉壓難爲骨，幾日清商可解頤。
朝露未晞隨綠化，斜陽肯帶抱寒知。
和君客裏誰同調，似此謳吟慚我詩。

有感　用質君客懷韵

井中窺剩幾何天，跼蹐誰能著四邊。
食乏急難論惡美，境移方悟泊雲烟。
幽憂枯吻衷情怯，冷落孤懷嗜好偏。
涅也不淄成倔强，戒之在得是殘年。

和質君七十初度口號

曾聞單豹肖兒歡，活潑天君却世酸。
爲賦初三眉子月，莫嫌七十腐儒餐。
梅花耐冷清心馥，詩筆求真豁眼看。
情俗於今都掃遍，餘年饒説酒腸寬。

再和質君

寂偶談鋒抉古歡，門磚抛可別鹹酸。
詞人老去吟羈屑，鈍漢從來噎廢餐。
推類聲歌忘接譽，隨心塗抹自留看。
卯年寒九明朝數，日影過窗由此寬。

再和述懷

切磨文字賴銜歡，脱略無妨帶點酸。
意遠簡高三語掾，懷恬賦勝萬錢餐。
陵寒枯樹支心景，欲雪團鴉袖手看。
年復一年究何有，囊琴不理任弦寬。

論詩再疊韵

七字引新眉展歡，百甜妙在著微酸。
心音合比回聲湧，詩味融如秀色餐。

按劍終輸柔可眷，彎弓不發巧誰看。
金針度與清圓訣，萬卷撐腸未足寬。

述懷再疊韵

古今人物緝悲歡，氣味當袪世味酸。
句疊意濃吟宛轉，詩來情重問眠餐。
已無身外千秋想，不釋手中幾度看。
獨羨溫郎歸一舸，江湖浪迹地天寬。

述懷予質君再疊韵

六塵癖妄各沉歡，日顧窮廬疑脚酸。
造韵直如團活火，拈詞權當貢佳餐。
彈箏搏髀爲偏好，亂碧由朱已慣看。
得失寸心原自我，登山淩頂太虛寬。

戲爲艶辭再疊韵

出語殷勤媚所歡，相思不訴匿心酸。
願申長伴身長健，夜午忘眠晝忘餐。
地老天荒無二致，翠鈿金縷等閑看。
皎然星月情深繫，碧海青天一往寬。

論詩再疊韵

呵成一氣愜心歡，市醨方知薄又酸。
宵熠弄光叢草腐，朝霞如綺列仙餐。
情親底事同膠著，詩好真能作畫看。
豁達雄奇昔曾有，筆師造化故名寬。

九疊韵寫懷

勘破塵緣非强歡，長吟應謝吐聲酸。
高車駟馬囂囂逝，粗糲寒蔬細細餐。
知分青衫三徑樂，無情紅日百年看。
枋榆溟海同生事，朝夕書窗方寸寬。

十疊韵寫懷

身世婆娑隨遇歡，十年無競稱吳酸。
惟憂用老休長喟，就食忘時每晚餐。
冰硯禿豪塵外戀，斜輝遠樹静中看。
匡床七尺居容膝，何必門高占地寬。

耐廬老人六秩壽詩

六十之年神泰定，千言美制示瓊瑰。
憨憨沈老擅三絶，落落山公傾百杯。

文字到今成目論，烟雲自可養心孩。
持將八句爲君壽，倘許樽前乞畫來。

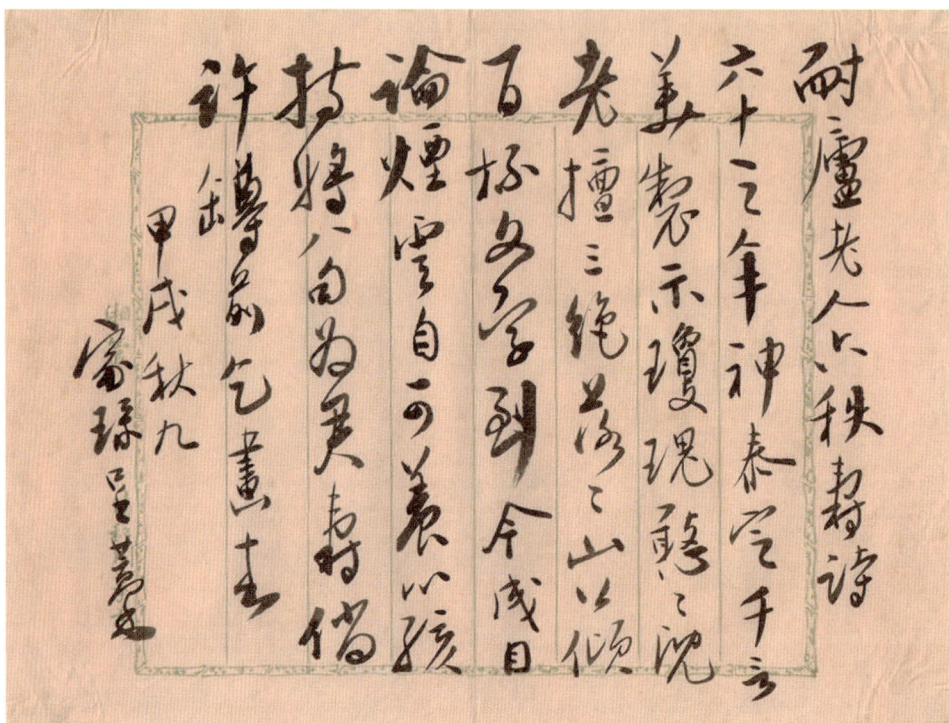

憶往歲香山養疴述懷

達官山館廢何年，吾昔養疴一借眠。
雲障晴看千疊綺，雨松夜聽百重泉。
悲歡歲月同爭老，成敗功名孰是賢。
才識早知違世用，自私活潑寸心田。

墨農携近作十疊哦字韵，予讀走筆示此。冀能洗凡深入也。

尋常感憤莫輕哦，萬古新陳謌委波。

函話詩心機悟少，就摹物態泛中多。
長空天馬羲和馭，日夜咸陽趙李過。
此彼緣依難强興，誰令真力枉蒼旛。

再用韵示墨農

曼聲帖意入神哦，思體前人圓映波。
食古水融鹽味在，澡形梅浸月痕多。
清空靈洞誰都解，瀛觀屑樓不可過。
千里知從跬步始，起行無嘆鬢旛旛。

興　懷

試敞高軒望雲際，此身已幸脫樊籠。
昂頭不怕到天外，快意惟堪搜句中。
火色鳶肩非我相，背人逃世自詩雄。
能教方寸涵如海，腐朽神奇百化工。

駘　宕

分藩奉母障幽燕，兩字精忠母教全。
十萬貔狳心可鑒，五千甲楯守堪傳。
艱難國步辭觴介，駘宕春風引福綿。
我頌婺星懸壽域，慈光河北蔭年年。

書　憤

長沙痛哭年方少，吏部干時窘可嘆。
亂世當違韓賈境，勞生曾涉柳邕灘。
青絲泣血椎心換，白眼低眉曲意難。
收拾河山詩卷裏，廿年牢落此中安。

雷　雨

獨從詩句搏秋色，變象乾坤亦詭恢。
曉霧濃移山景去，松濤怒挾雨聲來。
風雷激磕通三界，水氣空濛混八垓。
孤館高寒容伏處，咏歌不負好樓臺。

山　樵

不向溪邊緣熟路，却從古道陟嶙峋。
耽吟夕霽詩中畫，悅遇風清世外人。
笠影肩飄霜髮古，擔頭柴束雨枝新。
蕭然迹沒烟林裏，勞我羊腸目送頻。

懷張劍鳴

蕭蕭語葉作涼秋，雲暗遙天想益州。
萬里長江千里曲，一生傲岸半生休。

食貧身早浮名外，時晏心惟故侶求。
盼到官軍收薊北，夢中破涕釋幽憂。

寂寞

但得心情隨物肖，尋常事入句中真。
石經宿雨脉餘潤，苔到初晴綠嶄新。
詩味日斜貪竟卷，月華松頂喜因人。
莫傷四野蟲吟苦，似此秋光百可親。

世味

世味厭時已老大，詩心活處是清閑。
一番雨洗初秋月，幾朵荷新淺水灣。
漸悟我還非我相，生知才與不才間。
文章平澹蕭疏想，情性激昂磊砢删。

讀史有感

闖王黃虎誰爲虐，奉聖皇孫遠造因。
竟使傷心哭中土，何由快意慰斯民。
擘開華嶽巨靈手，格殺烏蠻惡鬼倫。
百煉即今成繞指，惟餘琢句很難馴。

寫懷和韵二首

罪歸誰撞好家居，叔世功名委唾餘。
縱得三千成虎兕，已傷百萬化蟲魚。
乘除浩劫翻今古，俯仰孤懷合太虛。
我有今生須我有，衡門不遺子公書。

不從矯飾事居藏，投老憷疏采後桑。
精爽養教心沃雪，扶搖搏上意摩蒼。
羶腥有味圍螻蟻，虎豹無文笑犬羊。
吾道未孤君筆健，詩來細咏一浮觴。

感　激

感激箋傳速我去，已同危幕暫栖移。
累人萬卷弃何忍，將母寸心恩在斯。
回首明朝哭焦土，多君此日訪流離。
不圖風義存師友，卻出茗華兒女姿。

感　事

溝壑未填稱自逸，親朋好我若為酬。
千金脫手輕生事，一語存心不怯求。
中澤哀號誰痛哭，頭銜慚愧是名流。
似今赫赫朱輪輦，依舊豪雄據上游。

贈林宰平

細字飛豪精力滿，古稀庸獨美於詩。
中原板蕩平生守，一代孤高百世師。
正色誰同仇季智，存人不見鄭當時。
學宮卅載垂風氣，擲筆吟成有所思。

又寄林宰平

埋名滬上老詩翁，
人海難期一笑同。
偶爾篇章真絕俗，
疇年意氣可誰融。
企心世變艱來日，
沉迹窮廬閱我躬。
柴米即今成大事，
菜根能咬睨群雄。

贈嚴孟群教授
五首

十年負苦君遭際，
如此蟲沙劫裏過。
貧到米鹽量屑細，
喜搜書畫飫冲和。

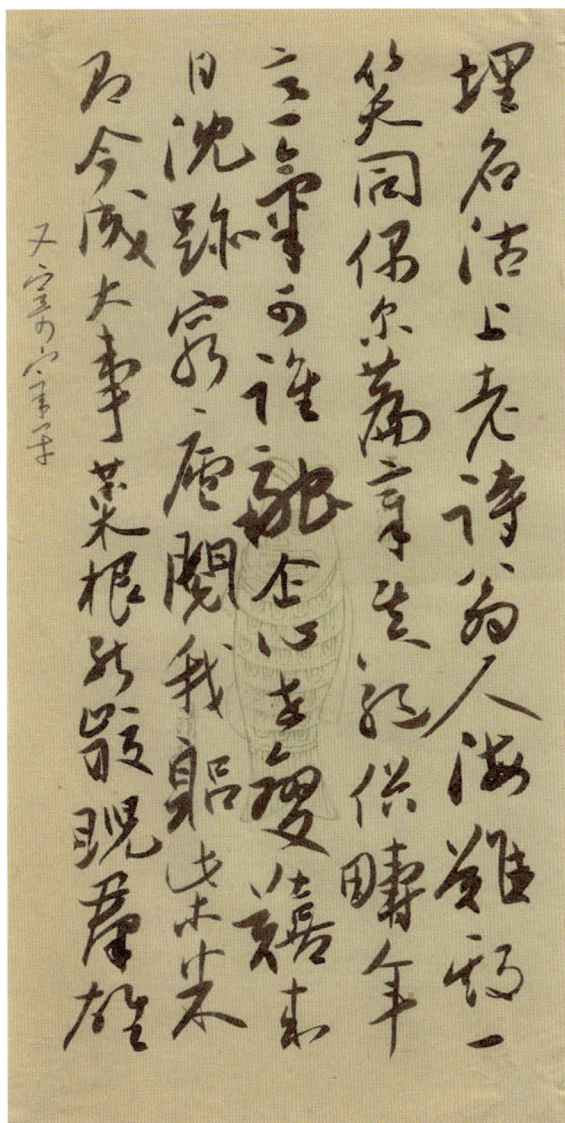

儒生弄疫非容易，世路崎嶇任折磨。
燕市論交知有數，好培士節障江河。

情重來過要一飯，尋常蔬味勝珍饈。
舊家婦自擅中饋，實學君能據上游。
不必趨時斂名譽，自然殊俗有陽秋。
歸從海外方儕輩，不是拘墟短視流。

壁上衡山細字工，恰如朝日對芙蓉。
更看走筆詩中畫，凝想遠天湖上峰。
舊藝誰何談繡虎，今人幾輩駭真龍。
爲君題和增惆悵，前代風流不可踪。

小作句留留幾日，相看身世合餐英。
吟中南國新詞苦，門外西山淡影橫。
歷亂兵戈甘寂寞，飄零書劍寄平生。
從君茗碗深宵話，風雨蕭蕭落葉聲。

讀詩讀畫明窗裏，噪鵲晴鴉雜曉啼。
一老坐看雲樹境，小童背立石橋溪。
詩懷著意石湖上，畫筆多情烟水西。
何日江南歸去也，太平雞犬碧山栖。

乾　坤

乾坤陸陸一常儒，爭敢高張與俗殊。

自是無才成散落，漫談有道冀黃虞。
名城靈粉今何世，大國金湯昔此都。
百尺樓頭花滿眼，春風忍憶舊江湖。

丁亥歲杪和顧隨四首

雪虐風饕見勁枝，艱難食報淺相期。
錦茵緣偶非前定，綉陌春敷待幾時。
世態不妨人簡弃，詩心未覺鬢衰遲。
蟲肝鼠臂皆天予，莫動韓公賤者悲。

寒燈深巷犬驚騷，昨夜風獰萬木號。
羸骨飢腸膏鬼母，褕衣玉食屬官曹。
長鳴隴畝戈鋌聚，短視雲霄燕雀高。
四塞河山元氣盡，不存皮鞹奈群毛。

麒麟巍立傍含章，漢殿高明不可望。
虞夏商周徒古乘，東西南北嘳空桑。
紛拏依舊秦和楚，共殺誰甘弱侮強。
蚌鷸堅鉗好身手，生靈若處叫巫陽。

滕薛夜郎莫與京，蠻爭蝸角自稱兵。
抱薪救火關閑事，袖手伸眉是險情。
我虱其間活濡沫，天隨之子保神明。
吮毫弄墨騃迂甚，自作書廚遣者生。

感　舊

百無長處何騷怨，憂患平生憶韵卿。
未了願惟期隔世，已陳迹剩哭餘生。
中宵燈影闌珊夢，十載心魔末厭兵。
病臥才知非少壯，轉憐塵劫苦拼争。

戊子元日述感有懷宇涵

昨日除年前日歸，懷君新歲倍依依。
不因腐舊稱同調，幾度薪糧濟我飢。
五十過頭真老大，三千插架薄甘肥。
杜門怕聽嚴城柝，即此拳居願恐違。

己丑六月晦滬上大風雨成災

瞬息炎凉今異昨，黄雲人訝碧翁翁。
批籬拔木驚風雨，霾午昏天駭嫗童。
如此春江沉陸嘅，幾多夏屋出門窮。
古稱天變隨人事，邇世文明破妄瞢。

端　居

端居一卷心無外，孤往二毛志未鐫。
急救嚴城偏此日，坐偎破硯又經年。

深深巷犬侵宵吠，落落窗星逼曉懸。
夜氣幾人真悟徹，浩然須歷苦熬煎。

赤牘

黃泥兩腳南天恨，赤牘三春漠北思。
日守孤窗添一綫，夕看群雀集殘枝。
馮陵夜氣燈生暈，陶寫詩聲咏不疲。
繞指柔成心定水，青山活計入支頤。

愛山樓俯瞰

一年幾日閑中過，兒女登臨樂未央。
屋背斜陽延閣影，階邊老柏透湖光。
兩三游艇來還往，高下鳴蟬咽復揚。
獨向愛山樓下瞰，瞰移暝色火雲黃。

呈遯園老人

屢鑠南來八十翁，一身輕快杖修笻。
心田不死登臺劫，腳步能爲到處容。
玉宇瓊樓春夢影，瓦甌芒履古人踪。
飄髯點檢生平事，表聖王官作許庸。

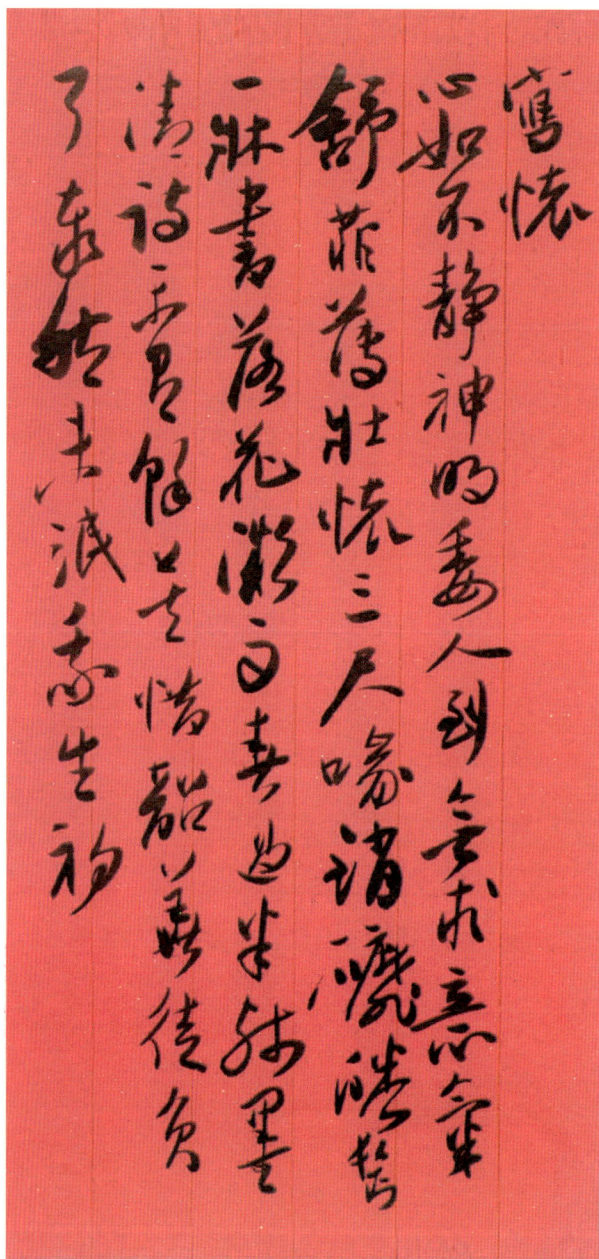

寫 懷

心如不静神明委，
人到無求意氣舒。
菲薄壯懷三尺喙，
銷磨皤鬢一床書。
落花微雨春過半，
殘墨清詩樂有餘。
莫惜韶華徒負了，
泰然未泯我生初。

即 事

落葉敲窗曉氣清，
秋風行戒又年更。
高天尺五無心睨，
下筆攢三有目成。
得失何干人著賈，
賢愚不齒世收贏。
已然老去休悲往，
劣石安磨幸此生。

示諸生

積字成文非草草，矧將文字韵中傳。

熟能生巧鋪平仄，意漸從心到净圓。
圓悟澀生真進矣，净無渣滓出天然。
彦和識器觀千劍，浮薄聰明不可鋳。

行行千里

行行千里古南徐，蒸溽心凉亦坦塗。
亂後迹欣成獨往，老來性自與人殊。
百場冠蓋都兒戲，隔代功名是罪逋。
眼底青山山色舊，藏身今世異唐虞。

惘　然

相將三十五年前，離合悲歡總惘然。
百歲并來餘雪鬢，微生只付聳山肩。
扇頭字感人天劫，海上詩憐邂逅緣。
此聚留教它日想，老來親厚幾生全。

自　嘲

忽忽百年過半矣，庸庸來日又何爲。
莫因離亂生無趣，當位承平世有之。
今悔昨非追不返，我從人願憤能夷。
要知勇守踰閑處，出入嘻應牛馬宜。

唔德君姊弟

龍沙開府風威壯，老去低眉事猛修。
聞説精持垂玉筯，忍看惡閱破金甌。
灾黎百萬今誰拯，弃甲三千亦可休。
我是廿年前幕客，留賓姊弟母恩稠。

興　至

興至偶然作小詩，此中甘苦幾人知。
思窮天地回天籟，度遍路衢傷路歧。
豈止淫哇亂鐘呂，直催舊學等兒嬉。
從來叔季泥塗士，何處雲關問載脂。

寄普光

踽踽時還思友生，我生哭太不逢辰。
詩人欵厚由天性，賤子輕狂坐率真。
毀譽早判如已死，愚賢端不在能仁。
從今浪迹天涯遠，雨打風吹一欠伸。

和藏礀秋三首

蕭殺誰司造化中，一番秋氣萬方同。
枯黄敗緑樓臺影，洇露封泥荊棘叢。

雜舉馮陵由上宰，低摧堆咽偪威風。
飛花自荷春人惜，似此凋殘奈碧空。

爾時小苑翠叢叢，轉盼霜枝恨罔窮。
落魄難為斗柄北，馳心常戀日華東。
誰憐詩瘦郊原冷，不是蠶肥桑柘空。
飄蕩無因分埋沒，翻飛影亂夕陽紅。

未別枝條綠已稀，斑斕石罅水邊依。
舉沉從此非由我，去住何當自在飛。
委命三秋姑以慰，會心萬化問焉歸。
鴉鴉鳳鳳栖無等，搖落關心願已違。

莫　等

莫等詩才混霸才，一團清氣散風雷。
平波千里鏡東海，橫吹三冬駭朔埃。
動靜衡量成彼此，江山近遠互荃萊。
無邊劫數歸彈指，如此生靈如此哀。

讀攝堂詩書感

大雅國風何在是，哀吟苦唱亦人情。
怨而無怨纏綿奈，激矣難安譎詭擎。
恢廓廟謨真膽壯，譸張世態賺心驚。

殘詩幾卷成奚用，地變天荒總不平。

夜　暖

夜暖風輕幾來去，花光月影互勻圓。
放懷六合嗟生渺，縱戀千歡著意偏。
乳犢不驚欄外虎，醯雞爭解甕中天。
情緣自苦非人强，悟到空明已白顛。

得　失

得失寸心惟自啓，古今一轍復誰谿。
能從無競觀雲水，便獲有生擇止栖。
已縛春蠶餘網悔，奈嬰秋露冪霜淒。
循環直昧乘除理，世法空談莫兩携。

人　塞

人塞津門三百萬，幾多文字到精能。
已爲宇內開新運，何得環中掃舊仍。
土木形骸心死久，沙蟲猿鶴劫生烝。
不辜不義看行殺，仁術於今誰咎徵。

亂　離

亂離何幸免屠刲，萬類杈枒理未睽。

世故不爲東野拜，交情誰念北風携。

白頭孤往環中得，紅日剛過雨外犁。

隆殺人間無與我，際春心會錦鳩啼。

石翁詞壇見和落花詩，空谷足音，彌可珍貴，走筆奉謝

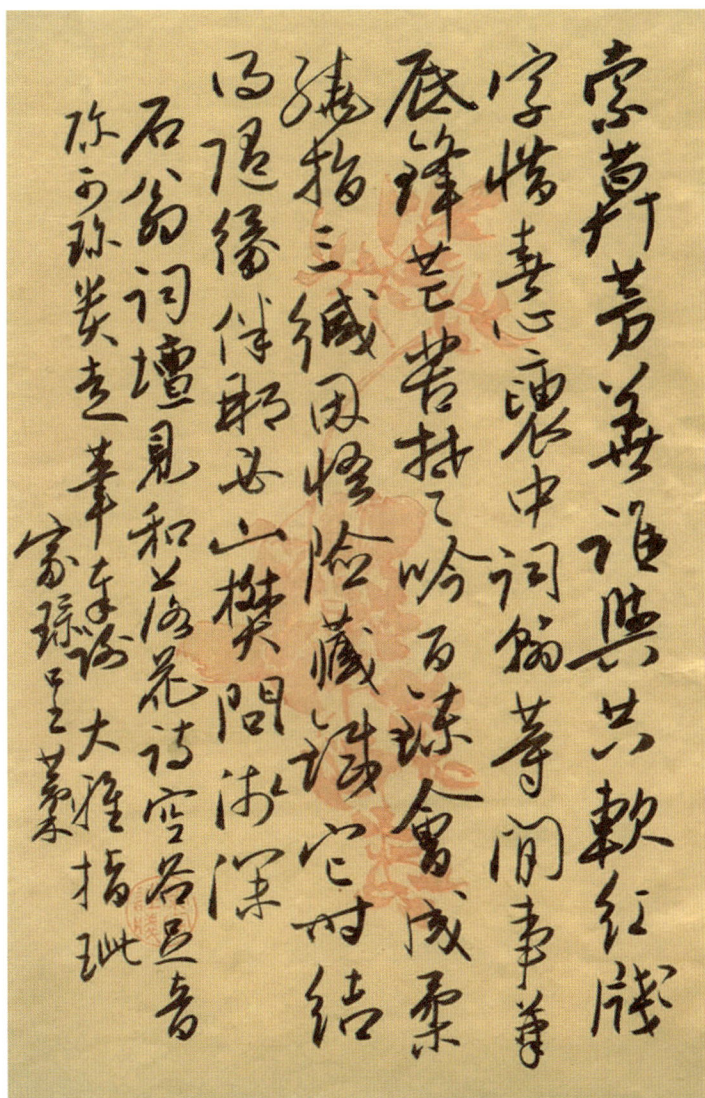

索莫芳華誰與共，軟紅箋字惜春心。
袖中詞翰等閑事，筆底鋒芒苦楚吟。
百煉會成柔繞指，三緘因悟險藏針。
它時結得隨緣伴，那必山樊問淺深。

徙居

徙居無事坐消日，養病深藏詩寫憂。
城外農傷遭硬雨，庭中風急換凉秋。
人生苦樂誰能主，世態榮枯自作囚。
夢裏碧鷄金馬影，不知遂否布衣游。

得舒璐書有作

縱橫萬里男兒尚，楮葉三年造化羞。
兩不相妨從始願，一經成熟各千秋。
滇南若許來迂客，林下同携結勝游。
談藝雕龍無定向，嗜痂君莫譽過頭。

次答昀谷

臥看耕烟畫裏山，繚青縈碧半林彎。
心知問舍無高計，徑欲移家住此間。
棋局長安聊復爾，茶烟禪榻最相關。
能專一壑須奇福，暫領松風即是閑。

李家兄弟

李家兄弟儼雙璧，肯構肯堂娛老親。
人賀椿萱長歲月，天從德澤報精神。
鵠橙熟壽朱顏日，鳩杖扶經綠玉春。
祝享大齡自今數，齊眉七十歲庚申。

一　別

一別雲螺已幾時，重陽異地倍相思。
寒催白雁多經眼，瘦比黃花未展眉。
小醉溫柔情脉脉，微言蘊藉意遲遲。
相逢待得重追憶，願壽君前舉玉卮。

和王月波五十自壽

不期此地遇詩翁，萬卷撐腸吐辯雄。
自有胸襟高鶴算，更將身手學猿公。
多君書劍深難擬，愧我篇章和未工。
百歲即今剛一半，閑輪抱負與人同。

遮　窗

遮窗曉日無涼暖，風雪未遭秋正酣。
獨倚高樓天厚我，人從逆境苦回甘。

145

莫言逞筆詞能壯，惟有安心靜可貪。
愚下何曾難慰藉，樂天無悶自能堪。

何　須

何須知己人間世，莫更希心俗道場。
墨墨安愚身自泰，熒熒作健目同狂。
雪橋梅發江南樹，火宅蓮生劫外香。
養我精神仙苑鹿，笑它細肋大官羊。

老　去

老去年年何自悅，排門春到綠高槐。
逢時未必生無礙，處己終當立有涯。
樂道安貧消息在，拔新領異讀書諧。
休言寡味鍾迂腐，節節推陳濟好懷。

冬　至

僻巷深居如許年，鬢毛添雪著生遷。
柳梅消息家山遠，履襪新寒古道捐。
和疾風形量樹杪，朝昏日景熟墻磚。
坐攤詩卷情何極，遂此優游莫惘然。

吴玉如詩文輯存（增補本）

拘儒

拘儒志業本平平，況直衰頹身世輕。
擱筆意灰無麗句，弦琴心苦不成聲。
天涯消息風花亂，星宇攢芒水景清。
誰與先生憂喜共，子雲彪外體中彄。

敝衣

敝衣隨化無人我，脫略高華泯重輕。
自檢行藏何足論，微嫌白墨太分明。
廿年遁迹傷蝗黍，百世羞名飲露清。
九萬里風斯在下，獨依文字驗餘生。

語從

語從文字揭心聲，造作歌詩自性情。
正氣豈緣憂患始，老來方悟水雲平。
風旛影動人間世，夢幻因隨識際兵。
四大劫灰蚊睫裏，乾坤何托我何生。

無題

諸天一瞥情何極，驀地千年悔可禁。
心語不貪人解識，眉詞盡許我沉吟。

推烟唾月猶如昨，琢恨吞聲直到今。
令是模糊了成夢，冰魂碧血總惝惝。

答和詩筒

詩筒先至極裁量，積步欣看繫法航。
悟到淪漪逐光景，自然造境有圜方。
情田長往規三復，心稱無煩事九章，
莫此鬚眉傷老大，引恬隨處是寬鄉。

許姬傳貽詩索和

已識何嗟覿面遲，每拋詩卷獨支頤。
窗含景注融融日，墙映簾張細細絲。
静味交親詩思永，情緣肝膽意綿滋。
不蒙世網煎熬裏，何必殷勤爾汝知。

哭壽石工

一笑相違成一慟，百年歌哭指彈過。
有情界是無情主，暫別心如死別何。
已厝桐棺都不管，可憐詞筆恁銷磨。
剩教病婦輕生語，聞者酸懷陪淚多。

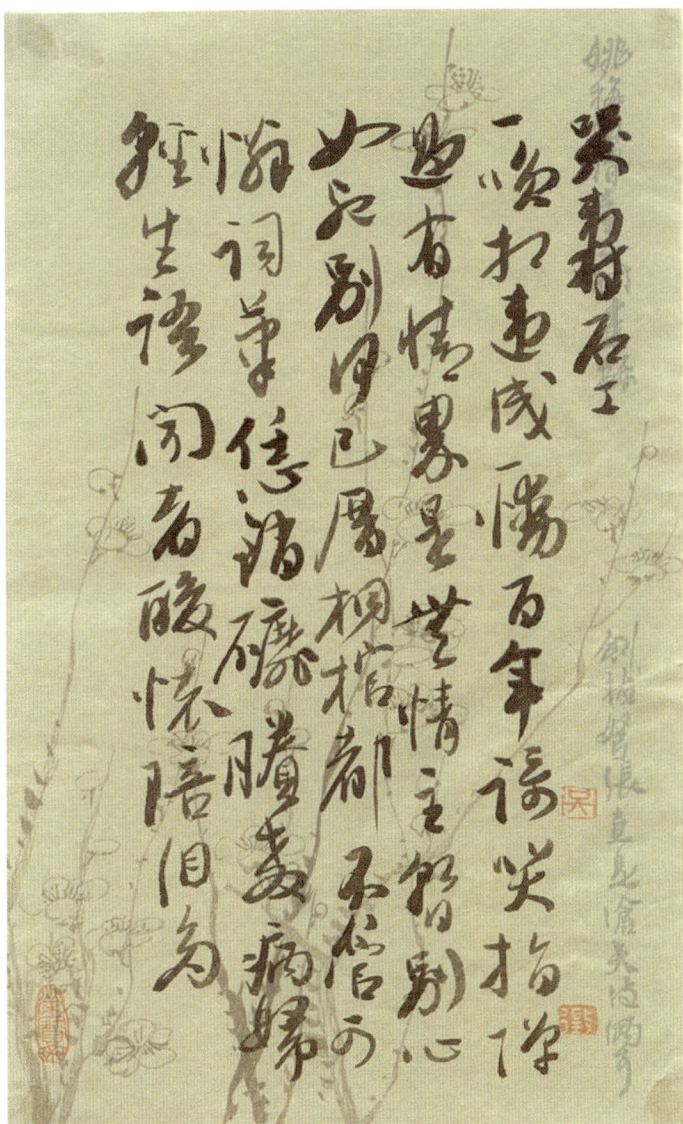

七律

和沈研齋重九原韻

利名脫略任天遊，詩句風雷隘九州。
鸞鶴蹁躚橫海去，黿鼉汩沒大江流。
登高自具抽身想，出世無煩繞指柔。
此日拈毫發狂語，孤懷長憶五湖秋。

149

雙鬟

雙鬟不捫窺鏡懶，緣何還念舊腰圍。
筆端老辣非人强，頭上烟雲負日輝。
今昔已知時代換，江山未覺世情非。
兒孫自有兒孫想，那暇微生憐式微。

讀伏敬堂詩

百二十年世變新，敬堂苦句愨精神。
搜奇遠有當時事，刮目空期後代人。
詩稿兵間喪復拾，心靈紙上喜還嗔。
我生文字輸君美，近始哀殘敝尋珍。

丁巳歲暮書懷

風獰卷霧霧遮窗，丁巳年終羈是邦。
萬樹霜多知未冷，廿年犬盡不聞哤。
成詩選韵吟須熟，習静移年意已降。
貴在讀書能履踐，何庸側擊與邊撞。

無題

山城水國嗟陳迹，錦匣瑤箋泛艷詞。
握管春魂搖燭影，臨窗月魄映花枝。

三生誰省當時事，一夢曾驚別後痴。
忼慨能教傾萬語，已難隻字著相思。

失　意

失意休攀得意人，食貧無怨味貧真。
百年史撮幾行字，一好思籠萬象賓。
世故摶深衰鬢色，艱生悟入妄心因。
才知隨遇安方寸，試勘高卑樂苦均。

飛　花

飛花促舞冒春晴，趁夕槐街放步行。
風壓樹頭強項起，月穿雲脇幻心生。
人寰遭際誰爲主，世路高低總不平。
隨遇何傷貧且賤，澆愁弗借阿婆清。

盈　前

盈前香餌何關我，入定枯灰忘老軀。
翰墨推研無少長，性靈迴悟有精粗。
由知蛻化歸塵劫，涉盡屯艱警故吾。
歲月百年形景幻，虛空摶上滅方隅。

方　春

方春雲物孤襟豁，山徑迤斜絕點埃。
花氣融依風日媚，松根露迸石棱摧。
久淪飢苦渾愁煞，暫許登臨亦快哉。
汗漫果真去不返，餘生鹿豕未堪哀。

辛丑小雪前一日却答曼公南寧

一年瑣瑣敢勞歌，柴米心忘艱苦頗。
風掠枯枝窗影亂，日翔冷几手書和。
天南情重誰思我，硯畔詩清自却魔。
多謝青蚨飛致遠，人間骨肉有如何。

平　生

平生志不在溫飽，溫飽似今亦大難。
皮裹骨清爭鶴立，形枯影瘦埒魚乾。
一枝塞上托延命，幾卷胸中愧抱殘。
舊地兒時莫回首，暮年從此謝眉攢。

遣　興

詩筆還同書碑矼，鬢毛漸與雪崢嶸。
心胸萬夫祇爾爾，肝膽一劍亦平平。

到底無言宜自悟，誰將有價作高鳴。
掉頭不顧今何世，磨墨含毫足此生。

書　窗

書窗曉坐浮生靜，天外高雷觸耳鳴。
瘦葉樹頭隨雨霣，大雲屋角卷風行。
悟從虛幻心無競，身歷炎涼意已平。
嘯傲豈緣甘避世，世間物我兩忘情。

即　事

朅來幾日何情緒，好是無言寂寞將。
山色西迴隤日早，松聲東注晚風涼。
疏簾時隔游蜂路，枯澗已傾涉水梁。
昔日達官布華屋，可憐樹木已成行。

大　道

大道于今已喪真，詐虞翻號則天仁。
名場何別槐根蟻，世路方看陌上塵。
一粒種滋千萬畝，百年史飾兩三人。
石田雨過春無脚，剝極或當蠖屈申。

和王作求

能攄胸臆有餘師，豈是勞生作計痴。
隨遇安知深學養，無求幾耐歷艱危。
米鹽薑芥誰何語，唐宋元明幾首詩。
直道於今離世尚，摛辭匣劍復燈帷。

寄中華書局趙王沈等

久困羞言涸轍鮒，一身口腹賤何如。
文成擲地輕堪笑，交睆攀天老不蹰。
蒐討叢殘爲活計，支離頦放賴呵噓。
從今筆耒經鋤者，莫再生嗟甕罄儲。

寄元珠

將母心情覷藥爐，征袍卸檢縹緗娛。
艱難百戰歸吟稿，骨肉三邊徇國殊。
史實嶄新眸子豁，功勳不伐女兒姝。
昨從談次窺烹煉，志節驚常訝老夫。

贈王仲聞

朅來自漫吟孤陋，老去君能拔困窮。
李杜詩名千載尚，艱難苦恨一時同。

交親文字炎涼外，牢落生平肝膽中。
撥檢陳編結相識，取看仁輔腐儒躬。

書　懷

世紛謝却口中説，時復思量仍可箴。
三四更過半窗月，九千刻裏一春心。
花枝歲歲憐如許，綺夢場場幻不禁。
饒得悲歡詩卷在，何如賀老漫郎吟。

負韶華

謫仙白髮三千丈，鬧市紅塵十萬家。
詩到亂離難暇逸，花從烘暖發明葩。
無情天地終何有，飲恨生靈蔑以加。
遘此猶思麗辭賦，可憐弱翰負韶華。

儻　來

儻來鹿鹿成名者，背去堂堂失意生。
廣厦千間眠八尺，良田萬畝食三升。
遇如止足何煩惱，學未深思直老傖。
理性誰今知古戒，安頑我早鄙時榮。

贈蔣君昂

過訪春申得小休，繞窗花木喜清幽。
三千里外黃塵重，十五年來白髮稠。
尚有老親君愛惜，曾無儲石我悠游。
人生啄飲皆前定，肱枕高眠願暫酬。

遣暑

炎歊可避避何方，宮柳陂荷舊帝鄉。
窗引市聲晨破夢，屋蒙樹影午生凉。
已留十日思逾靜，直待初秋去未忙。
爲問老夫何所得，篋添詩稿富歸裝。

自全

鎮日無人交一語，剩教危坐學枯禪。
撥頭少壯驚飛電，放膽聲歌莫問天。
陰闔陽開金石拊，静澄動濁谷霄懸。
世間幻象休膠著，七十何求庶自全。

一身

一身瓠落過燕市，幾覆滄桑舊鳳城。
爛剥宮墙三百載，凋疏霜鬢十千程。

鶯飛草長溫饜夢，石破天驚惻楚情。
此日霸才問誰屬，坫壇寂歷不堪名。

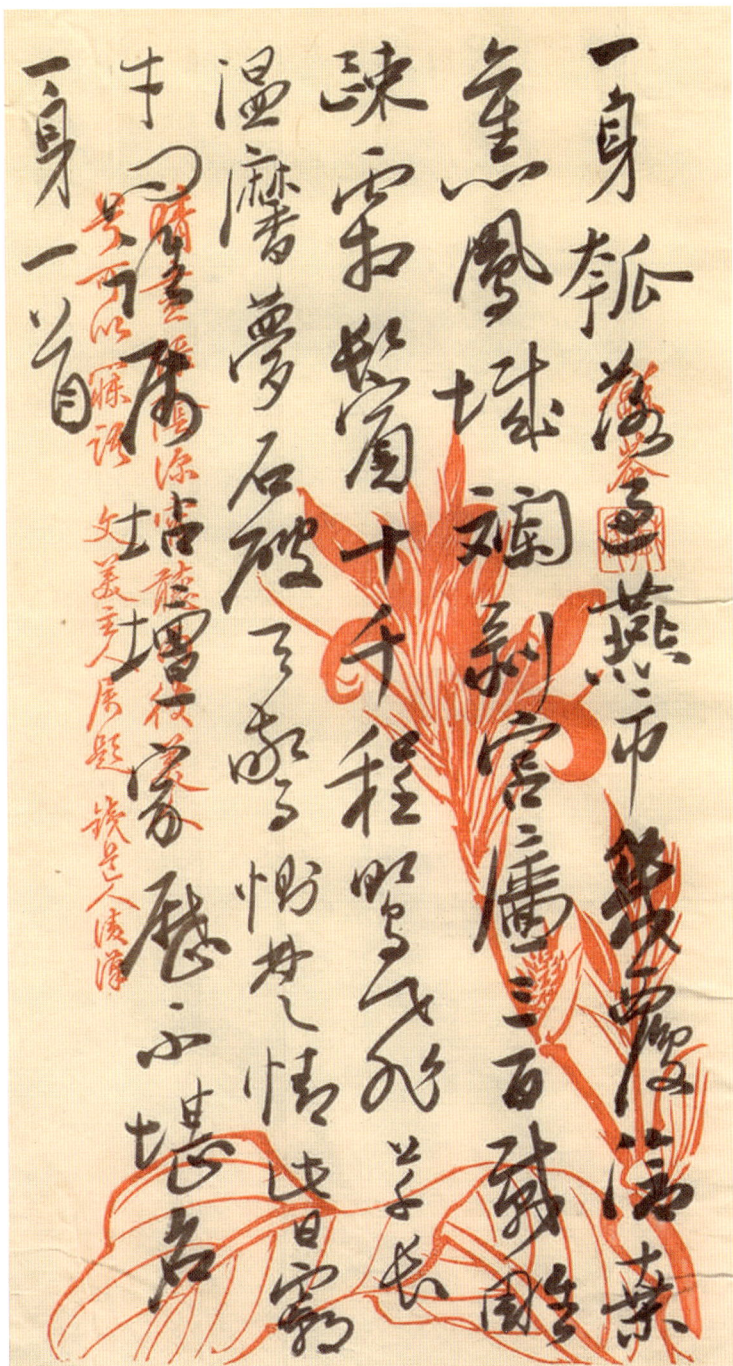

寄潘叟

潘叟傳箋六月初，半年踪迹亦何疏。
人間名利雲過眼，塵外優游蓮戲魚。
動足遲勞疊詩唱，栖身近與校辭書。
管城赴值日無間，不似先時嘆伏居。

作漁古稀初度奉賀

術究青囊不自矜，無求遂得養恬心。
舉觴今日芝田壽，覓句昨宵穀雨吟。
七十人生真率會，八千春寄太和音。
優游歲月隨緣好，萍泊天涯百事任。

寄懷葉六相山

二年八十齊眉壽，一晤萬千傾膝言。
庭院金銀花氣媚，歲時今昔世情奔。
偷閑半日嗟生事，作健無心笑觸蕃。
點檢相思歸落莫，小詩將意當臨存。

歸　枕

日校詩篇枯寂貫，讀書事業自無尤。
勞生寄食傷遲暮，念子終朝又凛秋。

別暫猶嫌歡聚少，心長誰似體憐周。
雨中躞蹀驚相顧，歸枕思綿泪任流。

萬　事

萬事回迂難齒齊，不煩意氣著辭淒。
人間日月詩中度，枰裏輸贏局上迷。
梧几未知天地迮，書城何限古今謎。
百年功業窺成敗，閭澤機心兩斷堤。

贈滌叟　爲滌庵先生七秩晋八華誕而作

晚得情親交滌叟，數朝不見便相思。
罵人劉四人相諒，別悵張三悵可知。
似此駭迂誰結伴，如君高潔合裁詩。
從今壽爲芝仙數，數到期頤歲奉辭。

勖紹良

已然精力不如前，此世何曾見老錢。
試想提孩猶昨日，可知三十即明年。
吾生鹿鹿難爲範，汝學駸駸好箸鞭。
萬語千言究無補，專心不懈是真詮。

獨　憶

獨憶兒年耽净几，老來塵几愧荒靈。
孤燈聞犬人逾静，寒夜鈔書眼轉醒。
莫是紅羅如已想，不煩青鳥致丁寧。
吾生快意終何在，廿載心魂苦奉經。

放　歌

何事籟雲爲闊步，幾多功利誤升沉。
空嗟霸席陵千古，未舉針鋒照寸心。
老矣蹉跎無復訴，淒其宛轉嗣誰音。
一龕如禮空王去，踏遍湖山不可尋。

駷　坐

駷坐終宵哂故吾，誰參天地據枯梧。
浮生栗六能醒者，不顧朝三拾胖芋。
如是我觀今與昔，從來自見虎非狐。
熟隨巧記唐宫曲，工笛人傳有李謨。

個　中

詩意個中惟自啓，人心世外却難同。
綺窗晴日春如醉，硯几書堆義不窮。

少壯幾時驚皓首，
海山飄忽幻空濛。
從來肝鬲誰能并，
昨夕今朝次第鍾。

書悶

逼冬少雪凛枯寒，
歲月駸駸剩浩嘆。
國背綱維涂禍敗，
士亡氣節大艱難。
吾生已分書藏蠹，
世道今誰鐵作肝。
造語不華人漸老，
憂時豈爲腐儒餐。

少年

少年昨日今頭白，
宛轉年華誰與償。
茶苦餘香留舌本，
夕陰薄霧戀春光。
一生詩卷由零落，四月羅衣挽袖長。
無盡乾坤螻蟻窟，才知高下謝衡量。

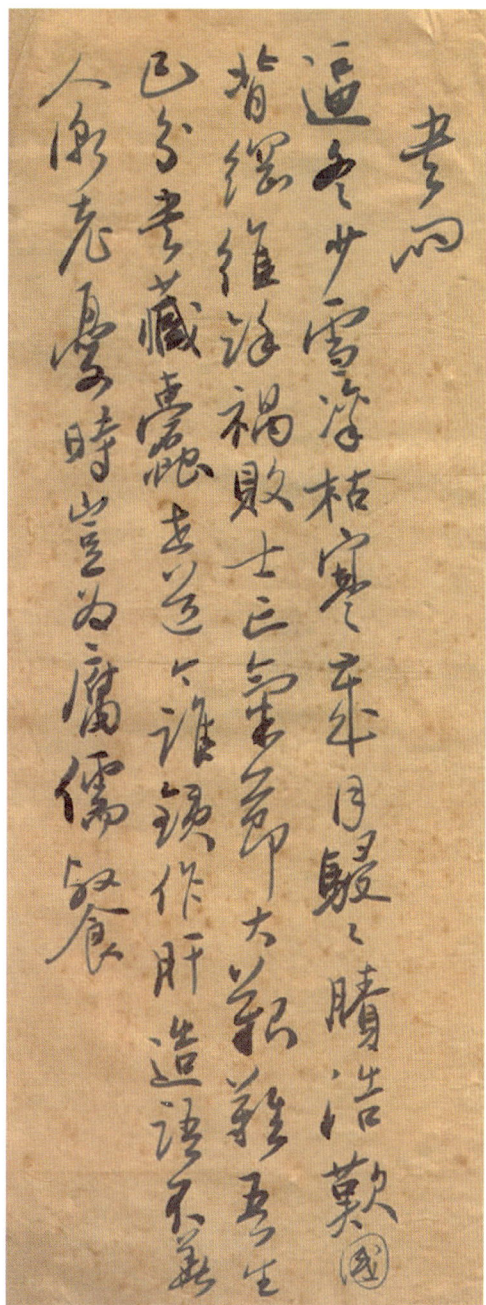

廿　年

廿年憶踏杭州道，柳岸嬉春打槳來。
星斗煥文輝麗宇，湖山嘉氣愜幽懷。
徒捫腹笥弄柔翰，誰稱詞壇作霸才。
自不神奇緣朽腐，微生端合付蒿萊。

大　雪

大雪不於三九至，翻從雨水作甜泥。
豈爲爲罪天公語，聊當當春謝豹啼。
北地梨花璃樹早，南檐冰柱艷陽低。
解嘲堆玉溝塍滿，大旱郊原趁濕犁。

失　塗

失塗誰輓淪幽谷，抱火何爲近積薪。
嘗膽口中難可可，談兵紙上總陳陳。
日來春事人間幻，年去韶光世態新。
有史以還今始悟，痴生當自滌迷因。

魚　米

魚米江鄉圖畫裏，一蓑烟雨静朝昏。
青山緑水芒鞋路，紫蟹黄花竹葉村。

聞道太平緜盛世，不知離亂苦黎元。
人生何幸無惆悵，白頭欣然外飽溫。

疏　窗

疏窗風動秋吟興，蕭爽葉乾月挂林。
舊雨來成暫時笑，寒花香上去年心。
事過一轍殊憂喜，同用三冬有淺深。
好是無方談永夕，吾生得幾抗清音。

祇　有

祇有安愚歸福澤，未聞詐險即芳榮。
敲門我早拋磚景，擊磬誰今注玉聲。
硬語盤空閣語氣，小心一往戒心兵。
檐前霜瓦風前燭，惟檢飄零笑此生。

163

今　日

今日是非誰定讞，它年揚抑待真詮。
焦頭爛額爲忠烈，牛鬼蛇神各聖賢。
天地同時能變色，洪荒異代不同權，
無言豈在糊塗例，木偶何妨香火緣。

寂　叟

寂叟新詩犀辟塵，賀公今又閏嘉辰。
偕過大野風吹暑，願共名園秋復春。
老去仙翁安祝祝，亂來達伯喚人人。
江南雅集空回首，塞上高歌尚有鄰。

如　斯

年過六十如斯耳，莫笑生平太不祥。
性近心耽老栖戀，唐詩晋字漢文章。
此時縱覺百無是，一落何妨千丈强。
爲馬爲牛都唯唯，大千世界粒中藏。

遯園賞荷二首

幾回延佇小池邊，乞玉玲瓏事種蓮。
臨水紅妝驚絶塞，通仙縞袂想南天。

晚烟初日常含笑，
怯露依風總帶妍。
花裏時穿雙燕子，
多情飛過主人前。

蓮葉田田出水來，
兩三花朵向人開。
縱非玉井如船藕，
已有珠荷吸酒杯。
當艷每忘羈塞上，
遠香時若在池隈。
花能解語花應盛，
歲歲新詩杖履陪。

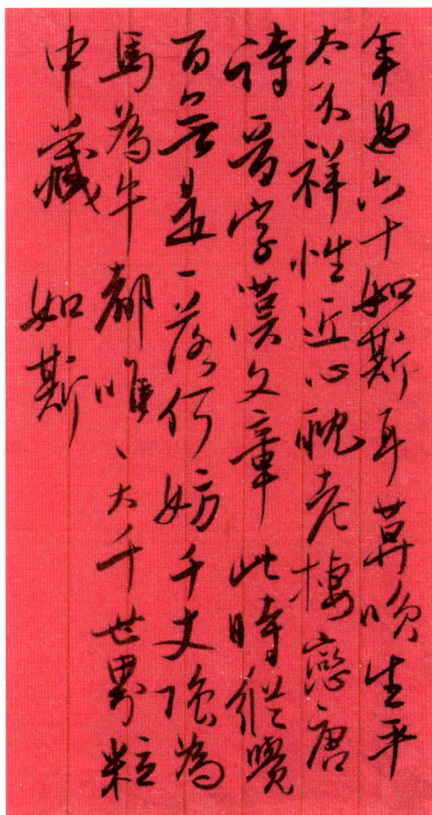

呈寂叟四首并步其韵

興來得句醉醍醆，莫作思玄托想韓。
輕鳳揚歌憐寶幄，祖龍不死笑銅棺。
利名瞰破人天見，談語抖連主客歡。
群和耆年好詩卷，幾回徙倚擁燈觀。

悟道優游老學農，繁華歷盡澹相從。
平園自主且爲樂，亂國何人能救凶。
幾日王侯狂似虎，百年身世變猶龍。
桑麻課遍清譚好，塵尾當須手植松。

疊韵連篇未肯休，元龍豪氣喜同游。
牢愁博得文章價，慷慨羞爲肉食謀。
白酒黃鷄三日醉，玉樓金闕雲時漚。
主人早識盈虛理，相伍高吟暇飼牛。

何必疏慵不剪蒿，祇看青紫九牛毛。
軒前瓜棗饒培廣，壙裏琴書偃臥高。
榆柳陰成長笛隱，葡萄釀熟短瓢操。
兩三舊客頻來往，詩賦江關亦是豪。

揮　却

揮却磷淄意已堅，那堪蕩漾逐波圓。
羞儕俗子雙蓬鬢，未隘人寰一綫天。
萬古心胸開眼界，兩場風雪作寒烟。
無何日色春如釀，淺艷温馤直許憐。

事　往

事往痛思嗟痛定，寸衷有數自天倪。
尋常去就無朝夕，緩急從違重醒迷。
失足難回千古恨，稱心争可再生徯。
一言拂意巴江遁，誰識當時早見機。

濟南道中

南來二月喜春融，三五耕犁不斷逢。
彌望田疇生意滿，道旁楊柳綠先融。
廿年衣食仍奔走，身世如今羨老農。
田上扶犁牛步穩，翻嫌城市太匆匆。

高　天

高天雲冪斜陽晚，眼底樓前看里閭。
一繼兩人雷雨裏，三春四月牡丹初。
尋常澹泊平心見，詰曲聱牙總不如。
強出頭時灰冷後，百端懺恨百無餘。

曉　坐

薄暮秋林歸鳥逸，小齋書几客心清。
未知庭雨窺階濕，却借燈窗漏幕明。
藏老人前成一笑，曾凉病後怯三更。
怪它無事興偏早，魚白被衣遲曉晴。

兒　歲

兒歲難爲言老境，從來經驗必身親。
世情宛轉和非佞，時事翻騰漢豈秦。

白眼當前青眼遠，桃花落後李花新。
試研今古千年史，不負心才見幾人。

今　生

今生已矣望來生，直恁荒唐誑此心。
各掃門前門裏雪，宜知世外世間襟。
從違學道人人異，山海藏真色色尋。
成者自成誠格物，浩然正氣掃空吟。

却答蔣君昂

少小相依期卓越，
誰知木木度中年。
面河密接繁霜鬢，
心海寬從舊硯田。
未到奇窮詩避苦，
羞爲媚俗語難妍。
解南放北自民聽，
似此生靈可戶便。

即　事

開繁白白又朱朱，
晚坐風廊興未孤。

飛去巧覘蜂抱葉，歸來慈戀燕調雛。
支筇閑話來鄰老，擔水澆花亦雅奴。
指點明朝凉可卜，山頭雲日色模糊。

昔　聞

昔聞惠澤敷遼海，今喜軺車屬使君。
沉敲自來戡大計，從容方見策殊勳。
釋疑萬里符銅虎，將命三時破陣雲。
旌節還來傳道路，國中爭指識星文。

影杯　傾酒杯中倩影即見製甚巧也

望中影子意中人，相對盈盈笑厤真。
恰有思時杯在手，難忘情處酒沾唇。
未因繾綣何成恨，一任端相總不嗔。
麗色人間明是幻，娉婷還愛玉精神。

次韵葆之都門贈行

一邱三徑已蹉跎，辟地看天且放歌。
事往乍如吹雪散，路難猶喜見山多。
百年來日同旋磨，千里驅車竟渡河。
賴有故人勤好我，小詩微尚獨相阿。

和消寒五集

列甲揮戈偪戰場，誓言慷慨巧如簧。
誰將碧淚悲青社，我欲甘台叩紫陽。
天下已無干淨土，人間想像水雲鄉。
唱酬一卷今何世，豕突狼貪取次償。

題《敝帚集》示湜華

百年亦是指輕彈，如是人生如是觀。
多少酸辛心血枉，新陳宛轉覺醒難。
庸庸未礙痴餘福，歷歷常因想不歡。
披盡斯編憐著作，好從没字覓神安。

梅妹五十詩以壽之

百餘一歲兄和妹，五十中年我壽君。
離亂衷腸惟有骨，飄零生死昔紛紜。
青燈依佛明知幻，紫塞還家喜有問。
今後餘年吾自惜，老來須念汝殷勤。

書　懷

身外窮通無與我，每從體悟驗平生。
孤雲會作彌天雨，片月能支向晚晴。

一往蛩聲添夜靜，獨依燈景足詩情。
栖心莫爲無知者，曉雀臨窗渾不驚。

冬　藏

冬藏扇暑無留躅，轉盼晨光日景移。
得句旋忘驚老矣，特生有誓究安之。
當年蜀道歸飛急，此際燕山滯迹疑。
搏髀莫教長太息，疏疏窗葉逐風吹。

天　留

天留人弃誰之宰，春奮冬藏不可違。
遠霧樹頭光晃瀁，近樓枝底雀因依。
廿年何事憐陳迹，萬卷徒勞論是非。
能識一身無我境，才堪世幻外輕肥。

名　場

高世名場窺定價，出人頭地在登游。
一逢時會千金子，誰不顏承五鳳樓。
山澤埋珠光自照，乾坤有象命無尤。
胸襟看取清凉否，那問平居第幾流。

悔否

悔否讀書無勝概，讀書那爲撥長貧。
憂來惟有詩真率，老去何堪迹遍循。
世事詭恢誰避世，人情冷澹我爲人。
不經烈火精金晦，大敵幾從小挫踆。

贈顧鄙陋

豈言才調委榛荊，難見高華際有情。
老去相逢慚道合，從來無間自心傾。
百年文字崇時軌，一偈通明接化城。
要得須彌藏芥子，歸斂白黑任推枰。

賀魯安締婚廿二年

雖説相携廿二年，魯安大半寄蒙邊。
悠悠世網甘人後，歷歷身經在眼前。
祀竈於今删俗尚，結縭此日記因緣。
同心偕老聞三願，歲歲新歌即綺筵。

和潘綏

蠅頭端正自鈔詩，七十猶能唱柘枝。
好在生平無外慕，何曾耳目嘆衰遲。
開襟不論今翻古，發笑真忘耄與期。

人世交歡難得是，非從貌合進金巵。

杜門勞落構思遲，耽和西堂春滿枝。
斗室書堆惟益懶，寒燈吟几驟添詩。
鬢眉徒說彌修潔，肝膽今誰不負期。
豹隱綬紆相爾汝，放懷看盡掌中巵。
世道循環因有悟，變宮變徵遂生商。
莫須憂患心千古，直笑功名紙半張。
塊處群書無寂寞，作人兩面必偉徨。
詩來敬和秋光裏，雅奏今微報俗章。

重讀蒹葭樓詩題後

文章華國空言耳，
變雅變風迹瞬陳。
留得咄嗟悲往世，
可憐顧頷更今人。
雕蟲即藝終何補，
蠟鳳爲嬉老未珍。
讀罷君詩自慚沮，
宜予冥嘿不求申。

一　燈

一燈詩卷耐寒宵，
筆硯清疏未寂寥。

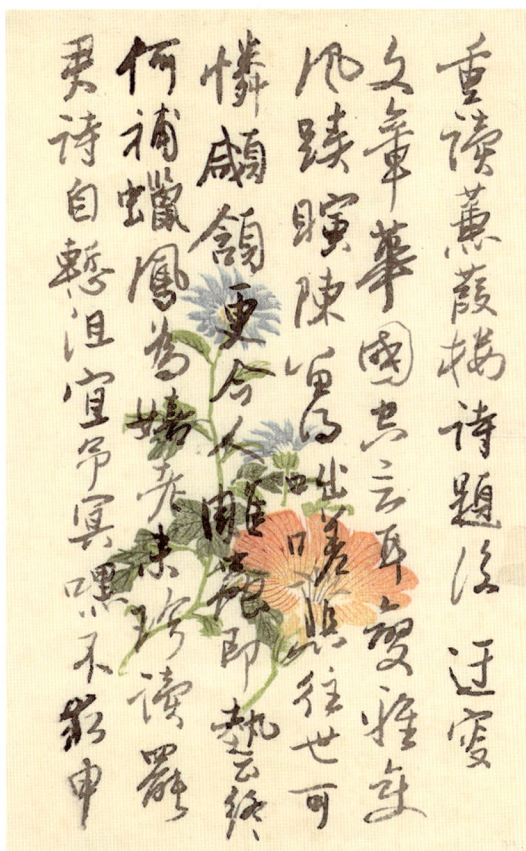

已白甫頭心海闊,難青籍眼意塵消。
儻來富貴訛訛醜,無外威棱漸漸驕。
霜薄冰堅誰主宰,陽和會擁百花嬌。

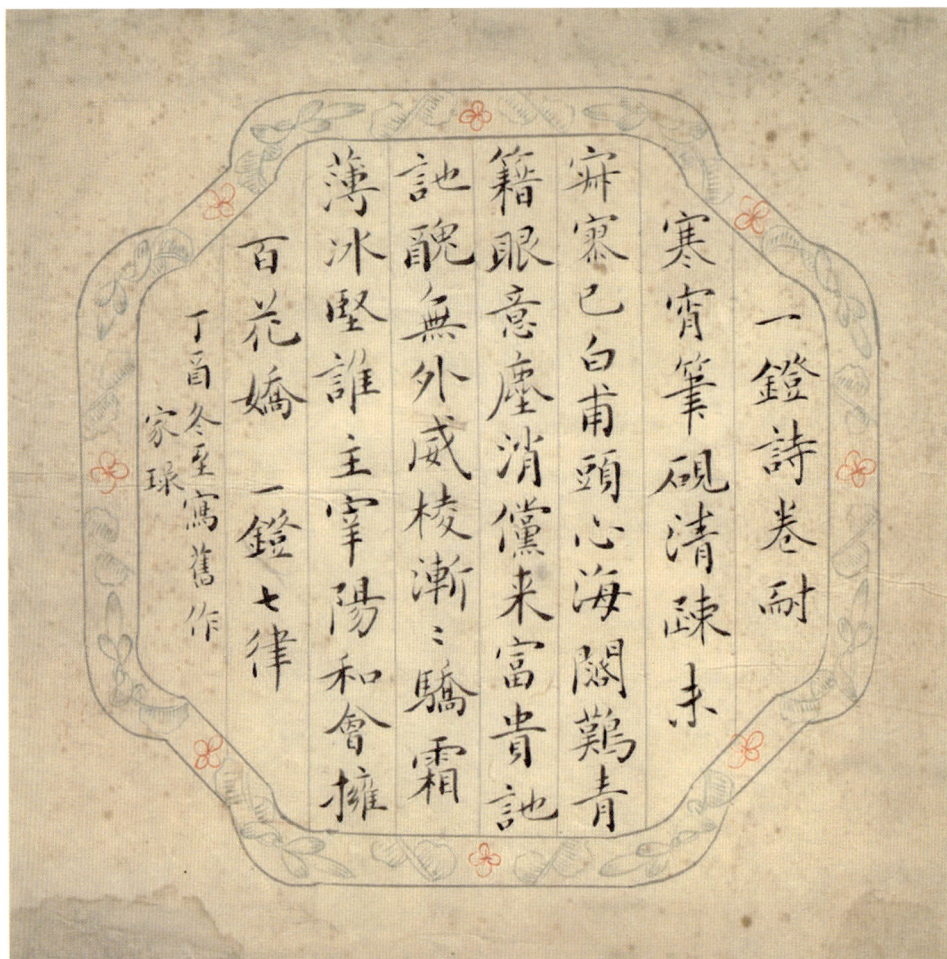

示諸生

盡瘁國事今不見,燕燕居息稱高賢。
吾曹貧賤莫自負,男兒七尺軀可憐。
白髮種種翰墨場,生民如我邦國顛。
爲語後來諸少年,學須有用心須堅。

莫鶩

莫鶩鉛華本色淹，妍媸翻覆自來兼。
六塵不染空明見，一轍無違志趣歡。
緦慧文心方透闢，郊寒詩骨獨清嚴。
未曾度德與量力，多少緣竿上竹鮎。

十載

十載索居陋何有，每因物候感凉喧。
葉凋枝孕明年綠，境易情疏舊日恩。
不必我私方稱意，未妨人遂用銷冤。
自依身世量今古，誰泑山河作吐吞。

十載索居陋何有每日物候感颸
暄葉凋枝孕明年緣境易情疏舊
日恩不必我私方稱意未妨人逐
用銷冤自依身世董今古誰泐山
河作吐吞

右十載一首

人春和韵五首

日對南窗柳，盈盈綠染春。　春來無限思，不作苦吟人。

往者無可說，莫孤來日春。　一時珍重意，持慰眼前人。

憔悴緣何事，年年有好春。　應知心造境，春色正迎人。

此生勤計在，好是一年春。　問字專心得，學成無與人。

灰死無還火，心枯難復春。　誰知紅粉淚，浸活白頭人。

踏　青

楊柳池邊綠，鸚聲花外聽。
一年春好處，莫負踏青青。

瀑　布

瀑布從天下，花香水霧中。
日光爲撮合，詩思一襟融。

題　畫

雖然三兩筆，同是瀟灑姿。
蘭竹清風裏，相依亦有之。

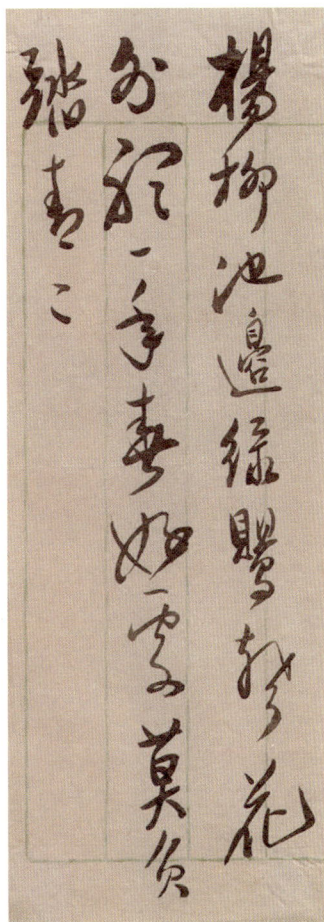

177

自題畫蘭

不與衆芳偕，自然成馨逸。
三春幽谷中，豈欲俗相暱。

題馬萬里松菊圖

松貞千尺榦，菊傲九秋霜。
體此口語心，延齡自有方。

獨　鶴

雖有一家言，還須萬卷書。
不然獨鶴去，終嘆碧天孤。

往　因

寸寸光陰去，生生一往因。
百年追舊迹，何必動心塵。

片　時

片時亦可寶，百歲豈從容。
悟得即生貴，讀書在有功。

癸丑歲朝春書紅

年復一年春，雪晴丑歲新。
豔陽揭朝采，興奮老來人。

筆　墨

筆墨須天縱，性情貴克剛。
果能從自覺，一往可徜徉。

書窗中所見

新綠碧于油，春光滿眼收。
凝神萬木静，一葉忽搖頭。

題　畫

秋意荒江上，遙天櫓去寬。
要知詩境在，千里寸縑端。

春　風

春風天上月，萬里燭清光。
江海無窮盡，人間泯低昂。

古　意

午月流清光，照人不能寐。
推窗一延佇，樹色飄凉吹。

和藏碢秋二首

老圃寒香裏，花前晋一杯。
是年秋可紀，懷抱爲君開。

碢叟詩篇好，長吟味始終。
東籬晚節在，情重是秋風。

七絶

壬申元日呈遯翁

四郊壘散晉壬申，扶病初痊謝老人。
自己不來嘗柏酒，端書帖子祝新春。

乙酉書紅二首

歲朝老不棄書紅，於見襟懷未礙窮。
庸是解嘲故自慰，平生塊處意融融。

客中那得書紅紙，篋裏還餘五色箋。
一朵香桃紅芍藥，用來添作筆頭緣。

甲午元朝

甲午書紅別癸巳，庚寅四載蠮難申。
不希獨有飛龍象，百稔人嬉浩蕩春。

庚子書紅

昔年庚子吾三歲，庚子今逢六十三。
童卝書紅昨日事，無貪歸老静心顏。

七絶

癸卯書紅

歲朝紅染墨痕新，癸卯臨爲重六人。
六歲塗鴉發祖笑，白頭身世果何因。

甲辰書紅

歲朝紅寫甲辰年，屈指春來第九天。
試看樓頭楊柳色，微黃已孕萬枝綿。

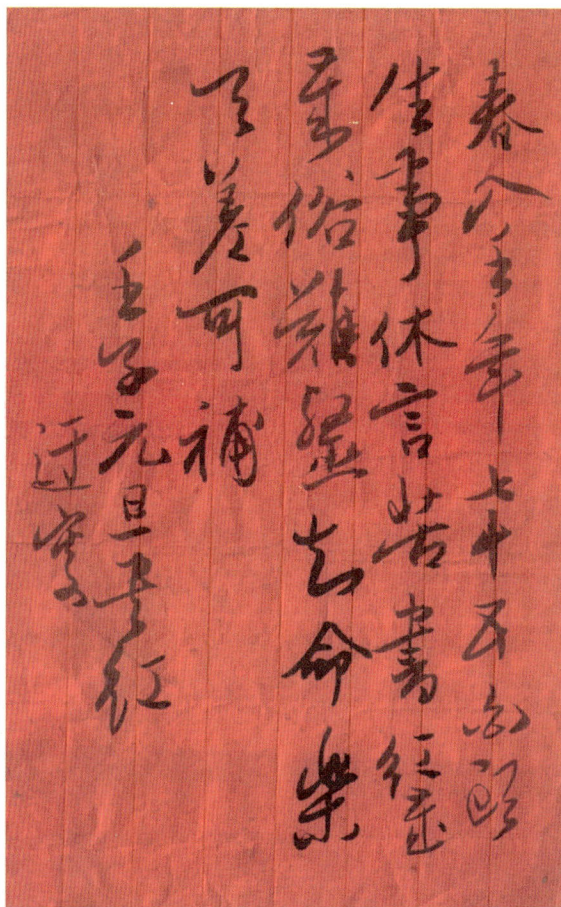

壬子元旦書紅

春入壬年七十五，
白頭生事休言苦。
書紅歲歲俗難醫，
知命樂天差可補。

丙辰歲朝書紅

右安門寄我行踪，
隨處因緣一笑逢。
世事盡忘憂患裏，
水流花放的從容。

戊午書紅

孑然人海書紅又，不動天君避鬧場。
爆竹聲中除歲了，兒童未解惜年光。

己未書紅

歲朝喜襲書紅例，羈旅能新自慰懷。
身世何爲援古唁，別栖星界樹根荄。

庚申元旦

喜從元日向新晴，老去難忘世事新。
千載塵寰今異昔，少年莫笑白頭人。

笑　料

賀罷新年賀舊年，年年兩鬢雪增妍。
目瞀耳聾君莫笑，行看笑料到君前。

春　思

春思無極春江水，楊柳青青夾岸多。
紅處飛來雙蛺蝶，輕過花下莫驚它。

春　山

春山秋水情無極，夕雨朝陽望不窮。
好景誰能同領略，歸心遙寄五湖中。

失　題

輕陰漠漠春如釀，細雨霏霏草作妍。
景物眼前詩境界，性靈自寫豈貪傳。

春　寒

盼到鵝黃著柳絲，突寒還舞雪參差。
東皇不諒人間苦，靳放融和被己遺。

待　逢

寅午戌年多阻滯，亥子丑月漸亨嘉。
待逢玉兔金鷄會，枯木逢春自放花。

回　首

回首三春橋上路，楊花隨夢到天涯。
韶光苒苒風和雨，水色差差柳間鴉。

癸酉春中作

重來不覺易華年，湖上桃花似舊妍。
烟雨樓臺無恙否，春風一半已輸前。

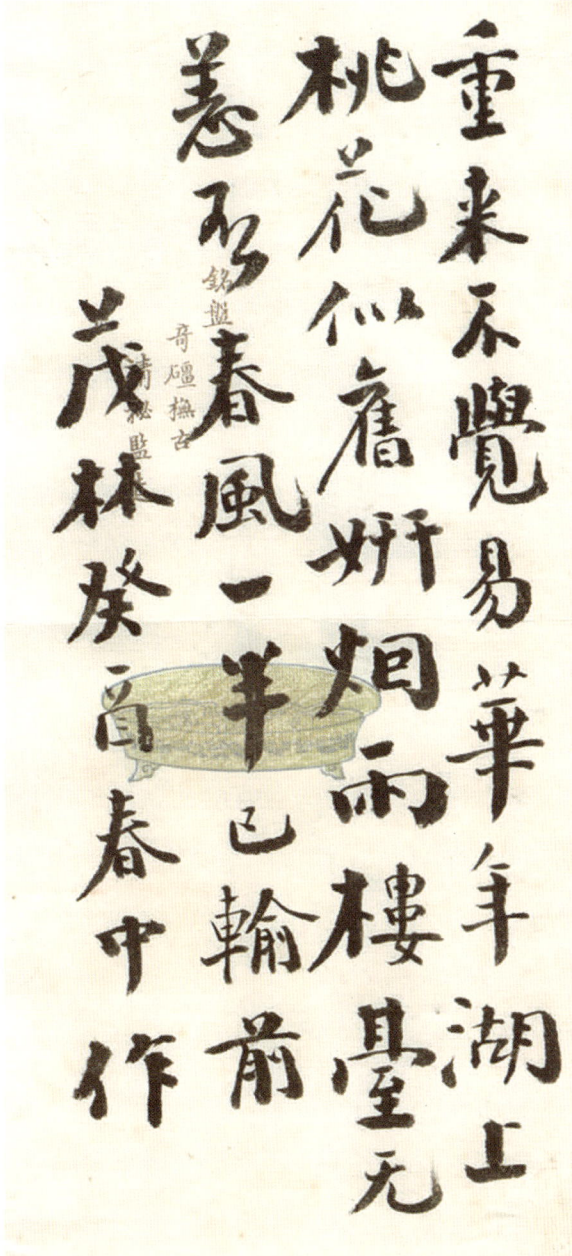

兀　坐

兀坐春齋不識春，天長方覺到春分。
今年花事如何也，風度小窗著袖薰。

花　事

二十四番花事了，荼蘼開後燕雙飛。
落花滿徑春堪惜，更惜春歸無人歸。

大　地

大地艷陽萬態新，一花一草綽丰神。
縱然斫盡籠堤柳，不信人間無好春。

閨　怨

吟幾何時梅映雪，又看柳眼逐春新。
吳儂命薄紅顏老，不向人前說苦辛。

南　窗

南窗柳色已舒眉，管領春風又一時。
年去年來人老矣，不因世路掉心期。

春　曉

鳩鳴曉度海棠去，昨日黃昏霞照明。
燈景樓前看細雨，春寒夢覺喜春晴。

近　寒

近寒食雨草萋萋，箸麥苗風柳映堤。
等是有家歸未得，杜鵑休向耳邊啼。

過　門

過門不入我行吟，如此春光惆悵身。
又是一年逢雨水，四時八節霽風神。

檐　頭

學生張朗孫晚間來圍棋，口占二十八字送之

檐頭月上新晴好，來共閑窗一局棋。
相送遙街人定後，槐花香遠暖風披。

沉　吟

漸看屋角鄰家樹，枝滿榆錢綠作陰。
已是庭中風日好，碧欄杆外一沉吟。

即　事

風華孤負一年年，小病相思路幾千。
十日不來春便老，綠楊垂過板橋邊。

口　號

市城身虱春何許，偶出街頭日影斜。
行到槐陰門巷寂，無情風落紫藤花。

辛巳除歲前日登白塔，立春多日矣，奇寒，得五首截句。

入城直上瀛洲塔，此意由來人不知。
歌哭千年一回首，惟將清淚付新辭。

光拖冷日山頭雪，聲亂鐵鞋海子冰。
俯瞰鳳城人百萬，我無飛翼破雲棱。

十五歲看清社屋，卅年中幾玉闌憑。
高城落日懸終古，裊裊炊烟閱廢興。

望極四邊城闕古，天風凄慄不成春。
鱗鱗屋瓦蒼蒼暮，獨往獨來一個人。

辛巳除夕前日登白塔立春多日美裔寒

己丑首截句

下城直上瀚海塔此意由来人不知誰哭千年

一回首惟悵清淚付東流先拖冷日山頭雲

静觀琉鞴渺子永儀瞰風城人百葉上元辨

翠硯雲棲十年歲看清社屋丗丰中葉玉

南憑高城廛自然竟古皂衣三炊烟閣慶興

望極四望城闌古天風漂石成喜鯢屋居蒼春鴉往

獨求一簡八九萬里飛斯在下信千場笑等曾經天闕我妃

叶天語念潦扶桑不許偃

九萬里風斯在下，億千場笑幾曾經。
天閽我欲叩天語，急轡六龍不許停。

甲申春津燕道中

平疇綠間花紅白，頗似江南二月初。
寒雨霏霏淹柳色，斷腸天氣句難摹。

癸巳春暮京中騎河樓寓齋口占

青滿町畦花滿城，來今雨到海王村。
邇年莫問情何許，冷落春窗賦斷魂。

己未正月廿七日

虱身人海今何世，世味參差苦耐參。
大雪拳團風定墜，節過雨水日猶寒。

讀　書

讀書本是平生志，計卷論錢意已慵。
皓首不才誰可怨，春山無路若爲容。

有　意

有意作詩詩惡拙，無心拈句句清新。

行雲流水天然境，活許心源無盡春。

口　占

一別不知經幾春，相看白髮惜逡巡。
人間骨肉思今昔，聚散無端亦有因。

栽花婆

栽花婆喜買花多，日日栽花盼雨和。
雨水節中連日雨，買花娘笑苦婆婆。

口占一首

清溪屈曲映山屏，山外平田麥正青。
遠俗翻來近猿鳥，一春孤往笑山靈。

春郊晚行

行行漸覺中衣暖，百丈飛雲日影斜。
莫怪狂風驚四野，春來好發萬枝花。

雜詩四首

南花開落北猶新，北去殷勤爲覓春。
頭上驕陽春不似，一天風雨送行人。

我來拂曉聞雞犬，幾處人家不閉門。
雨洗林端新綠净，雲山暗度是春魂。

小橋流水碧無塵，遠岸沙明反照真。
翠壓山腰雲景逝，晚來鴉陳噪晴因。

平生性愛佳山水，風雨一從此地過。
流水送行聲不歇，別時山色覺晴多。

雜詩又四首

風片雨絲晴定後，香盈懷袖步行遲。
花開紅白人如醉，疑是春濃已夏時。

趁曉風枝迎雨緑，塞邊四月柳才新。
遲遲莫怨東皇晚，惜取年華緩放春。

葉齊迮徑剪榆墻，舊燒春痕草自芳。
幾樹杏花紅媚我，獨憐無語對朝陽。

東風寂寞慰詩魂，憑久闌干手不温。
爲愛無人亭畔路，朦朧花景月黃昏。

雜詩又一首

閑街静午緑楊肥，引瞽兒童倦倚扉。

最是撩人初夏日，笛聲送暖入輕衣。

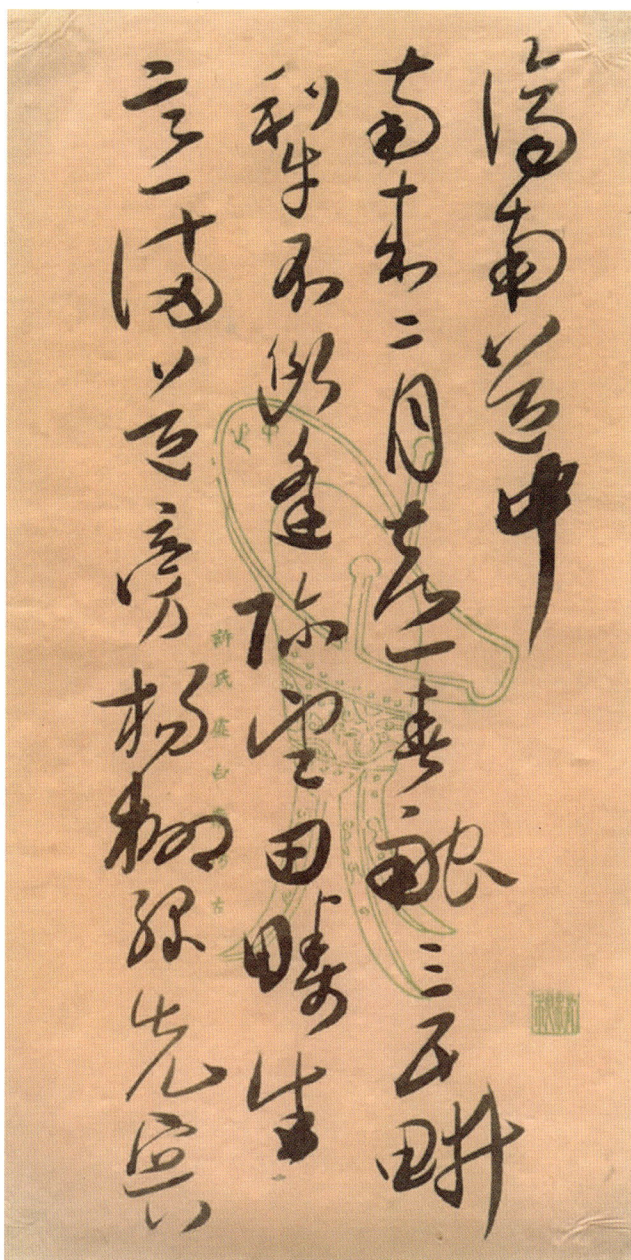

濟南道中三首

南來二月喜春融，三五耕犁不斷逢。

彌望田疇生意滿，道旁楊柳綠先容。

廿年衣食仍奔走，身世如今羨老農。
田上扶犁牛步穩，翻嫌城市太匆匆。

無邊野色迎人笑，千里新疇綠不同。
帆景最奇平地湧，細看流水界田中。

燕門雜詩三首

無邊春色風光裏，乍暖東陽大地熙。
年去年來人老去，不勝惆悵綠楊時。

一派小桃長倍昔，石橋春水漲清波。
即今風景無殊異，惆悵瀛臺不肯過。

垂楊景裏曲闌干，天上輕雲映碧潭。
無限豪家門帖換，春光依舊滿燕南。

回首二首

病榻臉偎慈母手，春風和煦到衾邊。
睡醒午巷聞驚綉，回首兒心五十年。

朝朝巷午聽驚閨，少小經時鬢髮衰。

入耳之聲猶昨耳，滄桑翻覆幾多回。

過客

過客酒爐不問價，少年豪俠賴尋思。
誰知廿載重來日，細數囊錢一飯遲。

口號二首

冬去春新憐歲月，吾生克勵忍休休。
如今世運瞻人意，黃葉飛來怕打頭。

杜門日日何爲者，世態尖酸花樣新。
說到無聊慵考據，翻塗詩稿覺天真。

清明前一日早起口占

遙街嫩綠綴輕紅，柳眼桃腮一望中。
屈指清明明日是，春和不厭五更風。

清明口占

一年又際東風裏，乾涸清明花奈何。
柳外墻頭露粉色，犯寒杏靨示春過。

甲辰清明

天時不測韶光裹，栖泊生涯又一春。
歲紀甲辰春冷甚，清明柳色雪中新。

丁巳清明

大堤日麗踏青游，楊柳絲絲鶯語流。
待得花繁成艷賞，春風何處不堪留。

手　植

手植何嘗顧劫塵，當時窗下未花身。
廿年枝葉扶雲上，還喜春風蔭別人。

瓶　花

軟紅嫩白折將來，似此春工看剪裁。
到死憐它香不散，花枯硯畔未虛開。

懷敖大

懷君端的又經年，如此薰風四月天。
不忍來過花下路，石橋堤柳綠無邊。

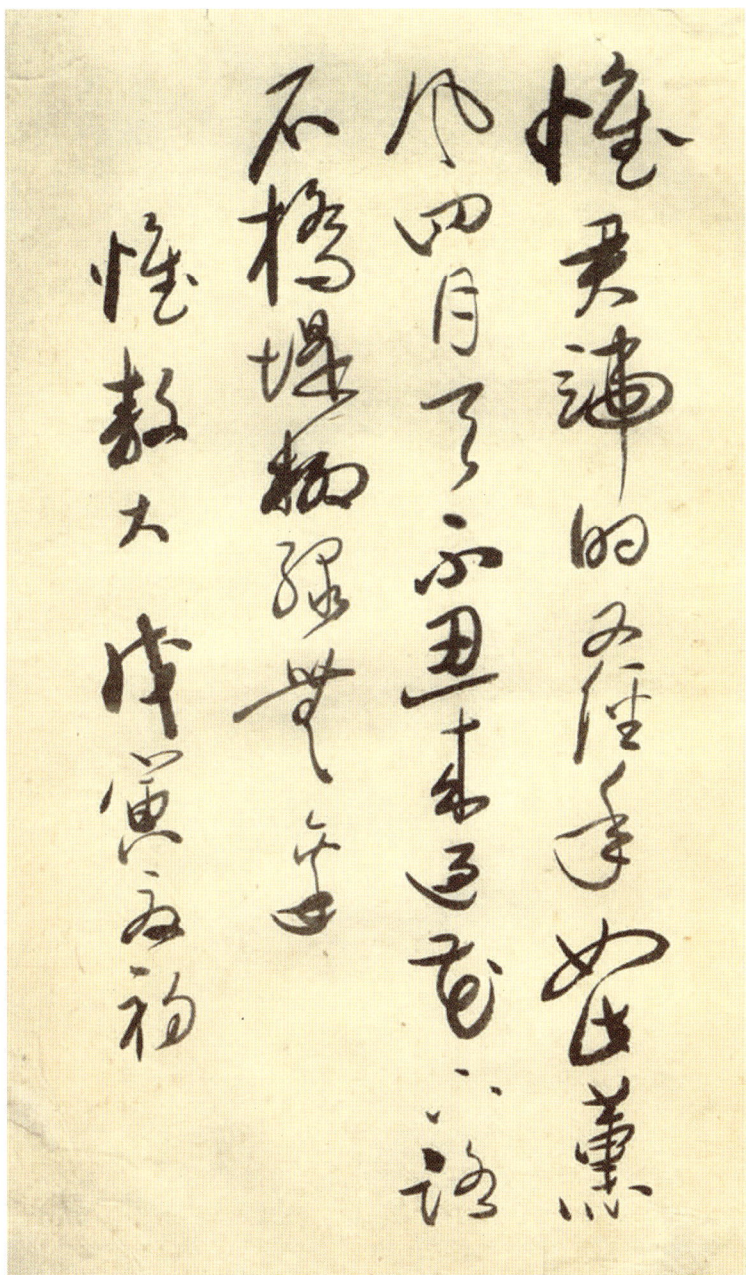

臨黃庭

仙人碧落誦黃庭，烟火千年久不經。
寫罷雨窗晴則個，紫雲何處乞通靈。

曉 寒

雨中草色烟中柳，嫩绿鵝黃特地新。
不是曉風寒故故，雲陰釀作萬家春。

尚 餘

少年不學老來悲，此世蹉跎悔莫追。
餘日尚餘一口氣，著鞭前路莫遲疑。

古 意

幾曾青鬢不黏霜，歲歲濃春綉海棠。
無盡黃流悲往事，少年莫負好時光。

口 號

細雨斜風寒惻惻，歸雲倦羽意悠悠。
鵝黃明日東風裏，染遍垂楊天盡頭。

籠 鳥

主人窗外籠中鳥，百囀聲高命已窮。
樹外飛禽籠裏見，何心再啄飼杯中。

雲

閑庭獨立一翹首，如蓋輕雲黯淡紅。
不逐蒼龍化靈雨，悠悠白日昵晴空。

幾　番

幾番睡後幾番覺，雨滴高簷花事稀。
連夜夢君君夢否，夕陽初下小樓西。

雨　意

游蜂乳燕貪晴出，回望峰頭日色蔫。
雨過濕雲猶戀戀，青山小沐不鮮妍。

一　雨

一雨連朝萬綠敷，春耕秋穑費工夫。
生民應念蒼蒼意，苦得贏糧自飽無。

口　號

出門一霎雨傾盆，如此天時不可論。
惟願奔雷飛電頃，已安穩到坐層軒。

入　城

入城好乘雲陰去，詩思何如此際多。
細雨斜風驢背上，玉泉山過望頤和。

口　占

冥蒙烟雨舊江天，自撫風塵又十年。
贏得鬢皤顧遲暮，誰知翻動是兒憐。

喜少年

大好河山喜少年，
精神抖擻荷新天。
男兒卓犖心光遠，
只注浮名不值錢。

感　賦

憐它雨夕接風朝，
毛竹籬根雜破蕉。
生在江南難自重，
幽燕座上映人嬌。

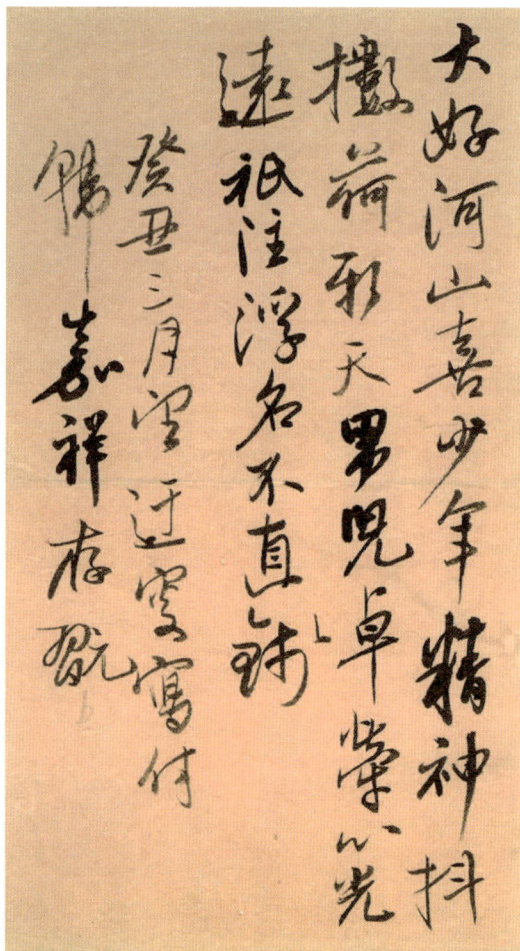

曉　晴

遙天一碧松圍翠，净沐山光雨色開。
眼底雲浮孤塔影，浪邊輕泛一帆來。

白　蓮

水月空明不炫妝，依依縞袂拂橫塘。
遠香十里圍紅粉，獨立烟波迷曉陽。

今　日

今日神州屬少年，幾多熱血瀝桑田。
橫流滄海終枯竭，天道好還明這邊。

豪　氣

少年豪氣今何許，憂患餘生百感韜。
張目向人成訥澀，獨從墨海恣波濤。

雲　峰

嵯峨天半雲峰起，氣象真堪五岳師。
俯首似爭山比并，可憐危聳不多時。

積　陰

早晚廊前雲没樹，遙山不見雨沉沉。
老農時說田家好，我底敲詩恨積陰。

即　事

已成陳迹駒過隙，遒軫來方悟庶幾。
最是無人枯坐夕，紗窗遙聽一聲鷄。

向　夕

短衫跣足舊蕉葉，無客到門身世遺。
閑看群雛爭草裏，墻陰負手立多時。

寸　金

那不能知惜寸金，寸金不抵寸光陰。
倘循熟路尋真理，過去便忘耻不禁。

有寄(回文)

工拙辯忘詩寄速，短時聚恨別時長。
同君笑著棋思幻，中夜雨回夢驟凉。

凉驟夢回雨夜中，幻思棋著笑君同。

長時別恨聚時短，速寄詩忘辯拙工。

簡邀沈五

火樹銀花徒涉想，更無梅柳報春晴。
晨炊才罷思何事，思得公來對一枰。

寄葉立齋

喜從枯寂覓權奇，曉就春窗獨譜棋。
盡夜狂風花事了，令人愁煞牡丹期。

燕郊逭暑

措大勞勞秋復春，
居然逃暑此身輕。
搔頭何苦百年短，
兀的清閑又一生。

丁丑仲夏

樓外綠蔭花事了，
簾前紫燕柳風輕。
午中揮汗人思睡，
入耳新蟬第一聲。

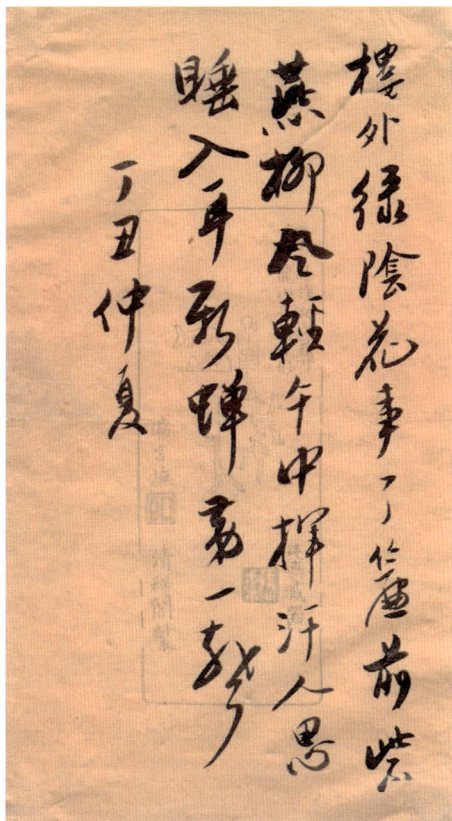

萬壽山逭暑

詩人合向山中住，息景瓜廬亦泰然。
只是難求乾净土，違心且與世周旋。

什剎海口占

葉葉荷翻雨態新，菱娃蓮販覺天真。
湖邊小立垂楊外，一角西山晴媚人。

戊寅夏貽嚴景珊

亂離相挈倍情親，如此青氈亦可人。
不是紛華無覓處，紛華一洗足精神。

丙辰夏末頤和園中作

今年酷熱夏何長，偶度頤和趁夕陽。
白露未來初七日，園中秋浸柏松香。

閑　坐

十年無復此清閑，永日無人終掩關。
坐向亭中看不厭，晴湖一片玉泉山。

有 勸

好從根柢繁花葉，那有榮名藉軸裝。
健羨飛升君記取，玉堂閑話選仙場。

立秋夜口號

不寐空山聽夜雨，雨過窗白曙星侵。
百蟲號野聲無恙，酸盡人間秋士心。

秋 花

秋花墻脚不知名，賦色天工作氣清。
於識微生同造化，豈緣將護始英英。

迷 離

迷離烟雨近秋天，何事中懷總未捐。
應豁塵襟開境界，莫令利欲涸殘年。

底 事

底事牢歌劍鋏彈，隨人俯仰太難堪。
松間喝起東山月，伴我行吟北斗南。

昔　歲

昔歲遲君消息斷，君今要我莫低徊。
相思石鏡團圓月，不待秋高我便來。

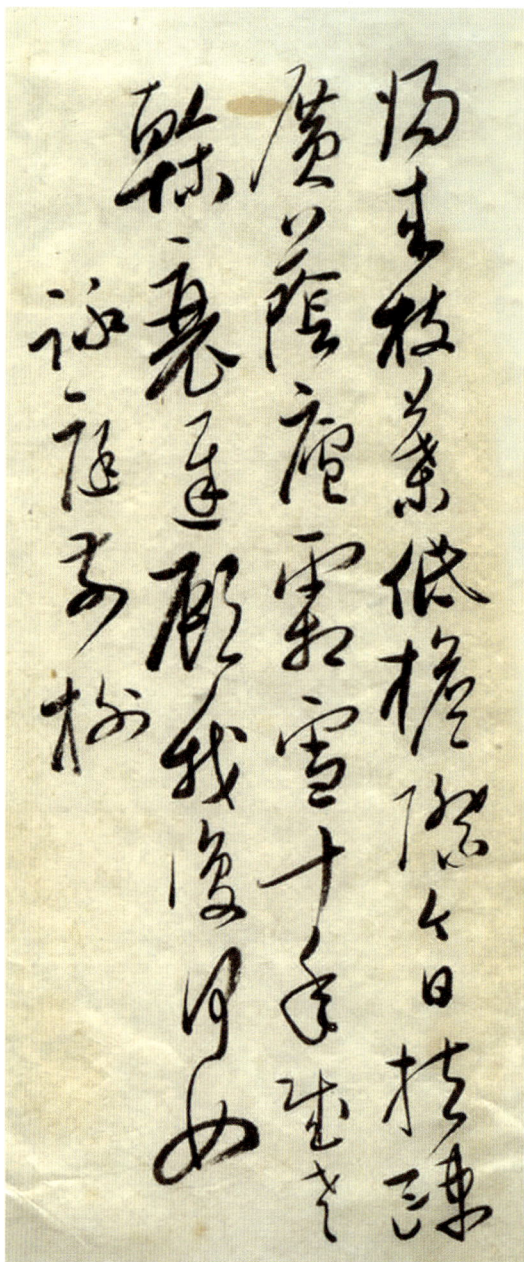

即　事

漸看黃葉上高槐，
小院無人作碧苔。
秋草寒花如伴我，
書邊時送晚香來。

咏庭前樹

歸來枝葉低檐際，
今日扶疏廣蔭廬。
霜雪十年成老榦，
衰遲顧我復何如。

曉　風

迂生率直性靈真，
掀枕下床動足勤。
處世艱辛無所謂，
曉風濃散揭秋雲。

秋　聲

何來閑興夜中吟，鐵馬金戈作慨深。
莫愛秋聲鑄詩句，一番殺伐動千林。

口　號

稱戈歷亂各爲雄，腳下牽絲傀儡工。
焚掃六經歸浩劫，文章只合苦秋風。

蟬

七年沉土方成果，一歲栖枝擲幻身。
莫詡高鳴意瀟灑，秋風隊裏正愁人。

秋　夕

秋夕清涼喜無汗，老來情味怕勞形。
閑將兒女庭前坐，仰數雲中幾個星。

滿　天

滿天風雨沒秋光，濕溽蒸人氣不揚。
淡墨潑空層嶂起，而今始識水雲鄉。

秋　燈

秋燈樹影夾秋声，兀坐中宵百慮清。
四十裁知讀書味，少年一往逞才情。

口　占

秋光寒綠草猶滋，歸寫詩窗日影移。
停筆許時成自笑，老翁心款少年時。

秋　光

半林黃葉足秋光，漸覺金風冷夕陽。
袖手冬衣當點檢，薄衾誰熨枕邊凉。

秋　荷

何嘗輕艷風騷漾，獨立池塘瀲灩波。
要識亭亭無傲意，那因枯敗黜秋荷。

放　眼

清宵一棹枯荷岸，放眼東南水接天。
萬里秋光誰領取，湖頭大月正孤圓。

輕 舟

輕舟一葉大江濆，渺渺予懷寄此身。
月白江空天地外，利名何苦損天真。

山 中

置身澗壑遺人世，踽踽行吟山鳥疑。
紅徹千林楓葉裏，一年秋緒付誰知。

秋 霞

日晚秋霞紅映陌，陌前楊柳綠微黃。
明年似舊垂青眼，不比人衰綴鬢霜。

紅 葉

丹黃雜樹鬱斑斕，秋士情懷別樣酸。
最是經霜憔悴色，人間偏作畫圖看。

落 葉

墜去悠悠傍落暉，淒涼身世淚沾衣。
試從百尺樓頭望，比似秋魂誰遠飛。

秋閨怨

月影中閨鬢影侵，低回婉轉費沉吟。
團欒訣別思何限，一樣清光兩樣心。

題陳少梅畫

水灣容與又山灣，景物蕭疏天地寬。
今日相思復明日，清明只向畫中看。

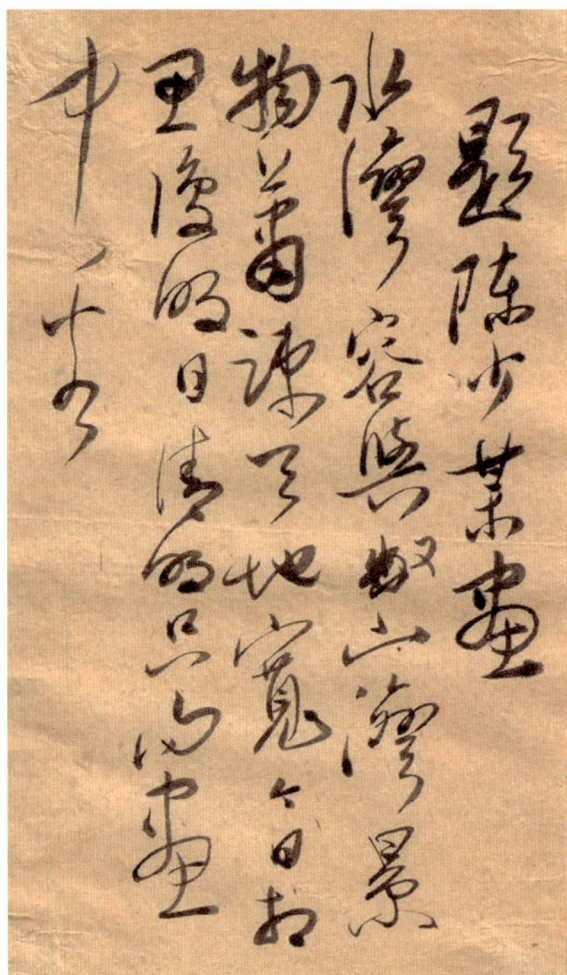

別香山

行行却舍香山去，山頂回頭亭館深。
不許秋來留此地，怕書紅葉醉秋心。

憶香山

香山九月秋光好，驢背泉聲塔影賒。
借問白雲何處戀，嶺頭紅葉是吾家。

夜　雨

人生靜躁各天性，墨墨非關老去思。
淅瀝山中聽夜雨，殘燈秋被憶兒時。

惝　怳

松間影照花前過，廿載回頭惝怳思。
如果多情屬風月，悲涼應不笑衰遲。

舊　京

燕塵重踏舊紛華，住近紅牆識帝家。
點檢興亡三百載，宮門老柏有栖鴉。

留贈孟群

燕郊小憩依嚴子，獨立空林鳥語清。
紅葉樓頭秋色重，碧天萬里若爲情。

遲張果老不至

雲凝不動山如睡，鳥落無聲雨未央。
遲子不來天悶悶，自携詩卷坐空廊。

七夕風雨寄調内子

世間多少痴兒女，祝向今宵願不停。
休怨酸風和苦雨，離人原怕見雙星。

回文詩

秋花菊愛寄籬東，許幾人詩説好同。
不恨心酸風挾雨，囚幽自作諱靈通。

通靈諱作自幽囚，雨挾風酸心恨不。
同好説詩人幾許，東籬寄愛菊花秋。

江中泛月

清秋泛月大江東，眼底澄波萬象空。

心與水天融一片，不知身在小舟中。

秋江即景

蕭殺秋風秋草黃，秋山遠樹鬱蒼茫。
漁蓑一棹秋江上，不識人間歲月忙。

秋江即事

鐵橋橫鎖岸南北，獨倚危樓風嘯哀。
極目滄江餘落日，天邊端正一帆來。

寫　扇

霜降風高日景明，衰楊抵死綠爭榮。
窗間人老塗秋扇，忘却塵區歲月獰。

感　事

欲疏筆硯學頑僧，拂鬱心情愧未能。
不寐披衣侵曉起，玉階霜氣已棱棱。

文　字

一生文字著痴迷，潦倒終難追世爲。

白首寒蟬教理會，倔强斷送老頭皮。

送舒璐還滇

金馬碧雞雲外想，急烽濃燧域中哮。
送君不必多惆悵，天地回觀會應爻。

吟　詩

萬慮入山收拾盡，獨將詩思连幽尋。
檐頭鳴鳥聲何烈，松影高窗助我吟。

人　寰

人寰百歲無時住，少壯回頭事已違。
試想春風裏明月，陽和好處已全非。

已　過

已過莫念經時憾，得覺心如泛晚霞。
向佛餘生持戒定，那能再發等閑花。

一　息

一息尚存忘老憊，静中究竟妥心猿。
萬葉不搖天寂寂，微聞群動隔街喧。

感　賦

悲歡思逐花開落，去住因隨月有無。
似此一生波委委，亂流何日是歸塗。

口 占

虎尾春冰頭易白，龍吟秋水寢堪思。
浮生差勝營營者，五十痴頑解作詩。

戊辰中秋無月寄琴娘

兒女家家辨瓜果，中宵雲陳合森森。
多情爲謝天邊月，不照離人萬里心。

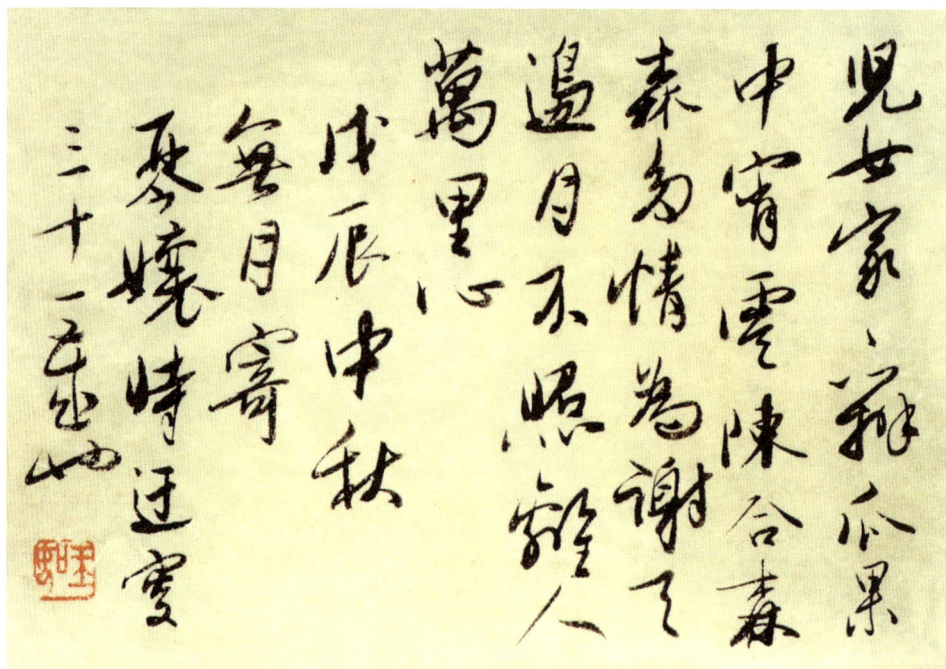

壬午秋日過廊坊至舊京道中野綠彌望

酷日林蟬噪逼真，一年幾度踏燕塵。
有秋自是吾民樂，田舍阿誰作主人。

戊午秋日三首

羯來戊午又初秋，塵劫光陰不少留。
相識此生能憬悟，方知展轉自恩仇。

無心彳亍城南路，楊柳堤邊映水長。
一寸一波明滅裏，中原萬古有斜陽。

當歌滌舊撮新辭，何處新辭入我詩。
雨後天藍秋萬里，蟬聲初斂欲涼時。

寄袁紹良二首

兼旬小病又深秋，動足下床似水浮。
老態即今才體認，龍鍾兩字驗心頭。

再歷五年臻八十，兒時短命幾驚心。
悠悠歲月生何補，如汝曹當惜寸陰。

題萬里畫秋雙紅圖

休話春秋兩樣天，秋花顏色比春妍。
老從少得少經老，老少年偕美少年。

丙申秋中養疴妹家，庭中折枝花，甚惜之，手栽竟活，小詩自慶

一枝誰折擲泥塗，已分香魂不可呼。
插向瓦盆才幾日，花頭扶起葉新蘇。

沈憂老去，絕少少年綺麗之作，秋雨枕邊，舊游重省，爰成二十八字。

亂荷十里秋如醉，潭外高低禿柳環。
詩卷船頭剥蓮子，板橋流水夕陽灣。

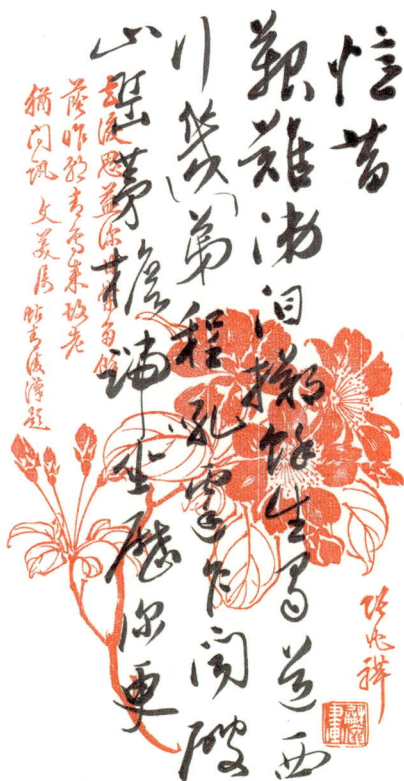

已　然

已然憔悴面河深，
攬鏡生疑非昔人。
試問昔時心在否，
悲來那合哭前塵。

憶　昔

艱難涕淚擲餘生，
蜀道西行第幾程。
吼霆乍聞破山岳，
茅檐端坐歷深更。

追　悔

追悔何如新猛覺，能時自進勝埋憂。
莫談老耄嗟黃耇，回想兒年歲有秋。

書　憤

海王星數數冥王，冥想星河無竟疆。
文字漢唐才幾日，渺予何事哭興亡。

贈紹周

慷慨生平惜肝膽，有諭骨肉相因依。
寄身燕市休長喟，道合從來世上希。

贈陈陶貽

感惠徇知綜五合，飄零此老獨憐才。
如虹劍氣干霄斗，繞指柔成已可哀。

和微塵二首

烏集營營誰可呼，閉門仄徑任荒蕪。
北窗風雨初涼夜，秋士心腸似我無。

詩來引吭爲高歌，快事生平得幾何。
局罷推枰成一笑，如君脱略已無多。

好　墨

好墨輕研噴細香，一生破硯煉時光。
能教心迹離塵浣，無際空明浴太陽。

桃　李

桃李春花秋有實，蒺藜布地刺偏多。
終年矻矻夫何事，莫顧倉箱忘幼禾。

口　占

白松亭畔有荒臺，終日無人我坐才。
目眝西山山色幻，肩敲松子似人來。

畫　圖

畫圖一幅簾前看，釋卷經時意自閑。
多少雲烟流眼底，詩中好寫米家山。

清　福

清福天然歸落莫，嘔心詞客亦堪悲。

看它愁鑄迴腸語，可意低吟暫慰時。

小　立

出門小立看西山，鄰院無人畫掩關。
似此蕭疏成世外，緣何攘奪不知還。

咏　史

積重誰能期驟反，車書渾一失精魂。
雄才大略兒皇帝，功罪千秋待細論。

風　雪

風雪一年三九裏，秋霜始履尚陽和。
當從克己安方寸，不藉餘光樂已多。

大　地

大地小陽迎大雪，人間可愛是天真。
青山綠水江南客，爭信今過八十春。

題　畫

梧桐寂寞沙洲冷，漏斷幽人獨往來。

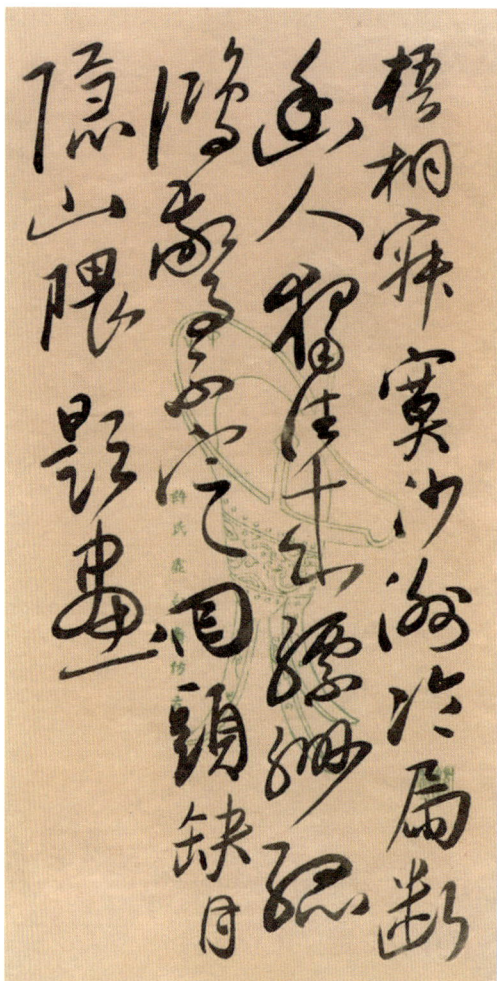

縹緲孤鴻驚不定，
回頭缺月隱山隈。

甲辰小雪過却不寒

節過小雪何曾雪，
辰數今年又一年。
衰柳屋頭猶帶綠，
搖風可似好春前。

古　意

雁吊關山雪作花，
千軍獨騎度明沙。
緣何一敗成零落，
大將輕謀百戰誇。

雪　融

咏聲、森書兩兄，春寒取譬，同怨東風，謹持二十八字用廣兩大吟壇之意，敬祈政和是幸！

雪融一片池塘水，鎮日東風暖不成。
柳眼未舒花未發，好留春色付清明。

題畫竹

一從拔地成天挺，雪虐風饕生所甘。
留得青青照百世，桃夭杏媚不能堪。

咏紅梅

冷落無煩爲斷腸，水邊籬角静年芳。
心腸鐵石天生就，縱抹胭脂也不妨。

古　木

古木寒鴉噪一團，陰陰欲雪歲將闌。
兒年況味回頭省，未熟黃粱夢醒還。

放　學

五十餘年何遽爾，童心静裏老來黐。
黃昏兀兀攤書坐，雀噪寒簷放學時。

兒　年

兒年夙夜耽吟諷，老去春秋笑蠹蟫。
問道邇來詩作否，遂名刻意兩無心。

冬曉書懷

白頭處處成追憶，陳迹收歸七字中。
一事兒時難忘得，鴿鈴窗日枕邊融。

癸巳大雪節夜披卷逾子

自負牢騷遂以多，庸常例已便平和。
古今何限文章伯，代謝新陳等逝波。

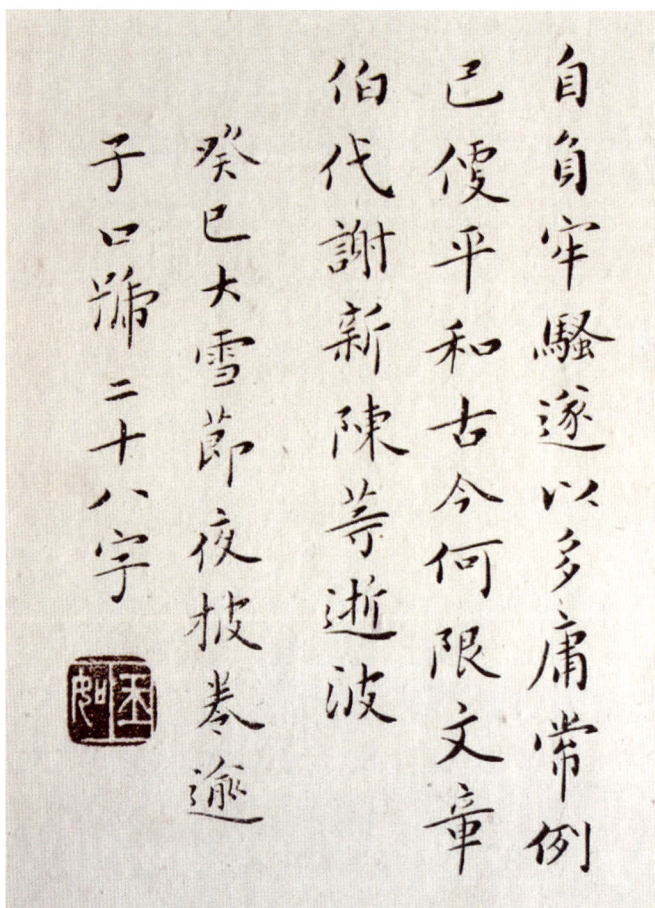

簡寄李仲都

密雪圍燈又一年，萬千里路寄蠻箋。
心情莫問今何似，枯坐吟魂學坐禪。

除夕病起和沈研裔二首

能教神守自精存，小病無妨氣海溫。
檢束一年舊詩稿，無邊寄托慨時元。

交游落落感相存，酬唱時親笑語溫。
叔世幾人甘澹泊，願從無欲養靈元。

口　號

一年寒暑稍將息，此日春江百慮捐。
百萬買鄰今可已，暫時寧處亦前緣。

世　幻

世幻滄桑莫駭然，白頭青鬢兩何慚。
往不悔嗟今足樂，乘除生事早無貪。

馬萬里寄李墨馨贈天地廬回文詩屬同作

天外天非非想連，闊襟胸寫筆如椽。

仙中畫合詩吟好，便自得神心養全。

全養心神得自便，好吟詩合畫中仙。
橡如筆寫胸襟闊，連想非非天外天。

題宋徽宗畫白鷹

何緣神凜海東青，竟爾竄身五國城。
休說帝王貴無上，回頭畫識旅魂驚。

誅鋤

誅鋤荒穢思田里，玉帛干戈至德難。
天下蒼生千載裏，幾人生死握叢殘。

弱歲

弱歲讀書老未忘，休將弱歲等閑忙。
要知老去回頭省，年矢無情悔不償。

謝孤桐老人

將命紹良稱有喜，孤桐不厭惠加重。
休歔側陋無人問，受此過於十萬鍾。

冬曉即事

幾許草行兼露宿，街頭縮瑟曉暾紅。
鴞鈴不解人間苦，時作清聲揚碧空。

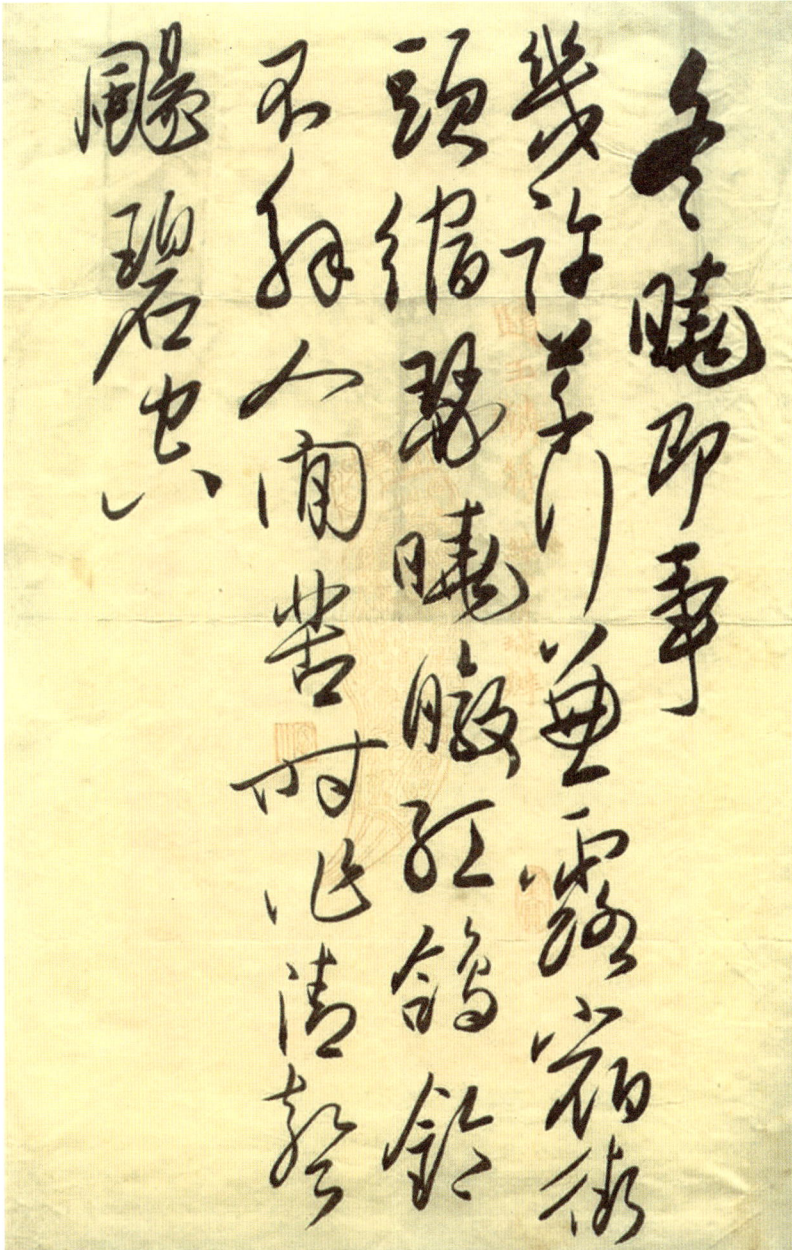

煉 愁

煉愁世味酸和苦，放筆奔流海注川。
百事雄心今已矣，老來詩句一淒然。

不倒翁

木鷄瓦狗差堪匹，紗帽籠頭襯襪公。
莫漫擺搖誇不倒，爛泥妝點腹空空。

咏 史

時會當知運會期，世間浩劫等兒嬉。
千年史局英雄死，孺子成名未足奇。

自 視

自視人書俱老矣，忍從身世怨飄零。
太平鷄犬生靈望，回顧神州戰血腥。

乾 嘉

乾嘉嗣看東西滙，誰是誰非又百年。
跳擲兩丸日無住，今來古往任纏牽。

有　贈

亂世紛紛何比數，一枰相對足精神。
不將盛氣陵儕輩，此著如君已勝人。

轉　憶

轉憶童時如夢寐，舊京風物總傷神。
黃昏鬧市猶能見，二十年前擊柝人。

咏　史

李唐趙宋都陳迹，幾見千年不易王。
饒與英雄成霸業，小民興廢總堪傷。

有　感

七尺之軀何所恨，埋頭自覺愧今生。
莫多感慨淒涼意，或者兒孫見太平。

吳　迂

吳迂莫認作倪迂，能學倪迂似不迂。
貌得倪迂迂可笑，能從神入便非迂。

倪吳迂莫認作倪迂能學倪迂似
不迁貝得倪迂三可笑能從神入
傻非迂 吳迂一首
丁巳清明 迂叟付洪千

失　題

小齋危坐獨攤書，伏處何嘗志不舒。
最愛滿窗晴日共，案頭合卷静思初。

有　寄

毋知饋藥生憐意，昨日殷勤笑語過。
爲識相思了無益，病間枕上讀書多。

長江大橋

險言天塹畫南北，飛駕長空亦壯哉。
冥望車過何所似，火龍蠕動跨江來。

絕　句

而今事事西方好，文字順從顛倒來。
碧眼黄毛終不似，恨無仙藥換娘胎。

能　從

能從律己莫尤人，便是乾坤不壞身。
墨墨魚魚空度日，洪荒甚處覓精神。

自　譴

不爲博浪沙中擊，不作邊亭障上巡。
如此烝民如此劫，却施眉目作詩人。

付袁紹良

飛黃生不等駑駘，繞指還從百煉來。
淵穆埋光成大器，莫輕揚己露驚才。

自題小像二首

任人笑指説窮酸，笑我窮酸幾個完。
世上本無羞恥事，倘知羞恥做人難。

何來小子太顛狂，把筆不曾顧四方。
識得讀書真理在，輕他南面不爲王。

造　作

自慚造作未恢奇，文字當時所業非。
已是白頭難貳我，何須嫛母綴明璣。

四十自嘲

弱小見人年四十，笑他投老已無爲。

弱小見人年四十笑它
投老已無為誰知此
日筆為者卿寫飯告
頤向可此寒四十葉之詩也

233

誰知此日無爲者，却到鯫生白頭時。

文　字

文字語言爲國寶，精魂欲利判人禽。
要知舜禹非容易，百代兒孫挈此心。

寄敖大蜀中

幾年抛別舊京路，蜀道迷離負此生。
賺得相思揮泪寄，阿珍憶否塔邊行。

衰　頹

衰頹八十老夫身，苦辣酸甜夢裏真。
饒得這生無賴是，清剛到底一詞人。

兒子索詩口占

甕中摸索粟多少，眼底推敲辭正奇。
莫道老夫無積貯，充囊歲有幾篇詩。

夢琴二首

醒中歌哭夢中身，恩怨由來總不平。

省識聰明歸薄命,當知襁褓可長生。

只合模糊過一生,多情誰向白頭論。
要知傷逝心頭泪,老去難忘總角恩。

寄　內

三載遄歸如昨日,旬餘小別似經年。
書來慚愧丁寧語,薄倖休吟太白篇。

憶西江二首

將軍斧劈憶西來,此地山巒平衍哉。
我最難忘臨逼迮,斗然萬頃碧江開。

自東徂西真碌碌,心力龍文非可扛。
刻苦回首十年事,香山此日憶西江。

禹　力

禹力艱難洪水平,九州理亂百堪驚。
大江浩浩流終古,潮轉磯頭作恨聲。

伊索寓言

封狐延客鴉難豆,鴉飲瓶中狐對看。

兩者報施誰狡獪，自招輕侮坐宜安。

憶兒時句

兒時吐屬何危苦，世亂悲涼百感并。
頭白才知真亂世，兒時世亂是升平。

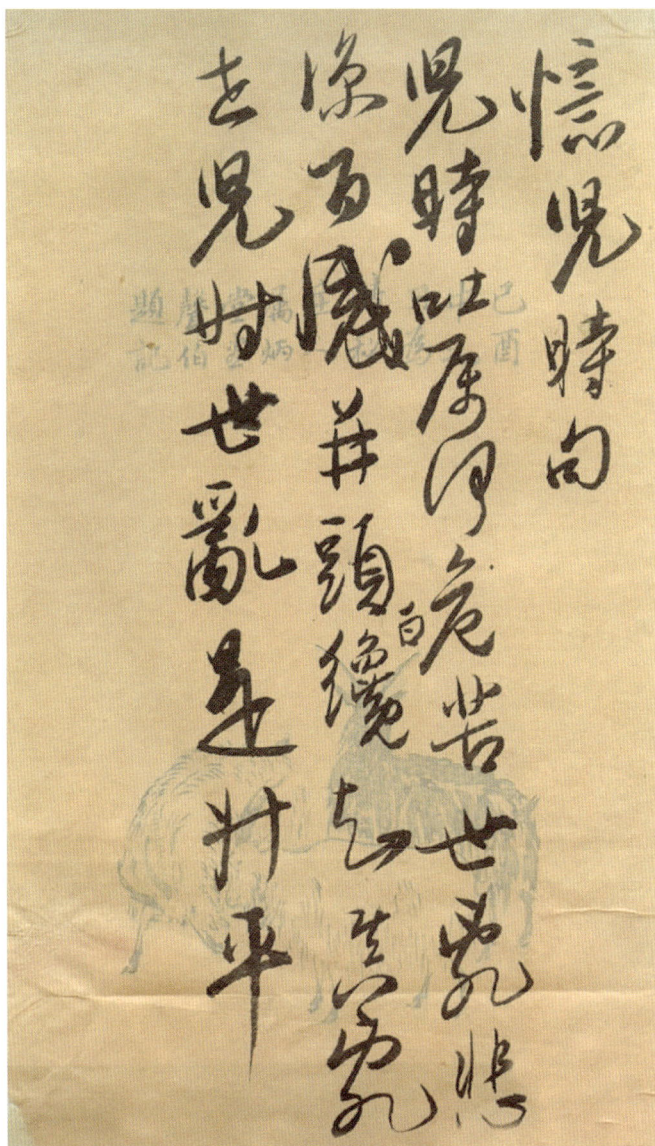

雜詩三首

重樓密葉華燈燭，急管繁絃百樂奢。
此日座中何雜遝，當時歌舞帝王家。

珠冠寶輅空陳迹，刀劍階盈作古寒。
行遍宮墻斑剥甚，鐘樓冷落葬銅棺。

雲端客館傍通衢，繁軌輕蹄市夜驅。
萬里而今旬日至，夢中故國苦思吳。

俗　人

俗人祇恐呼奇怪，唯否聲聲左右忙。
品到歸莊學到顧，歸奇顧怪又何妨。

有　感

敝屣聲名非妄作，闃然廿載敢知微。
試看狙擊尋常事，詩膽當能遠殺機。

有　寄

涼暖遲遲無定在，往來兀兀繫高情。
天頭莫怨風兼雨，會見東皇作好晴。

自　戒

昨日之因今日果，善生之果不枯因。
無何八十生胡寄，從此益知莫拗真。

題畫二首

櫻笋時光肥鱖魚，江南風物惜幽居。
十年一別嗟頭白，尺幅題詩恨有餘。

著墨無多寫頑石，細看向背亦玲瓏。
此生歷落終何補，筆底由參造化功。

題陳少梅耒廬鈔書圖

讀書小愒即鈔書，似此生涯亦自如。
炮火承塵侵不到，恬然方寸是安居。

題嚴孟群藏文衡山畫册葉

甕中無米質青蚨，却易衡山尺幅歸。
身值亂離無慰藉，壁間對此可忘飢。

即席賦詩贈李逸孫

詩酒從來有別腸，我詩君酒愧相當。

長鯨吸海渾無醉，
即此輸君敢擅場。

丁巳歲暮解嘲

我本江南客未歸，
解嘲幸自免痴肥。
飄零能悟無嗟怨，
不問窮通似我稀。

燕　塵

燕塵歲歲襟前滿，
到處淹留百事違。
此日漫游無母盼，
傷心不作準時歸。

示普光

偶讀新詩詩類我，
潛修非我我非君。
此中消息潛修悟，
私我薪傳薄我群。

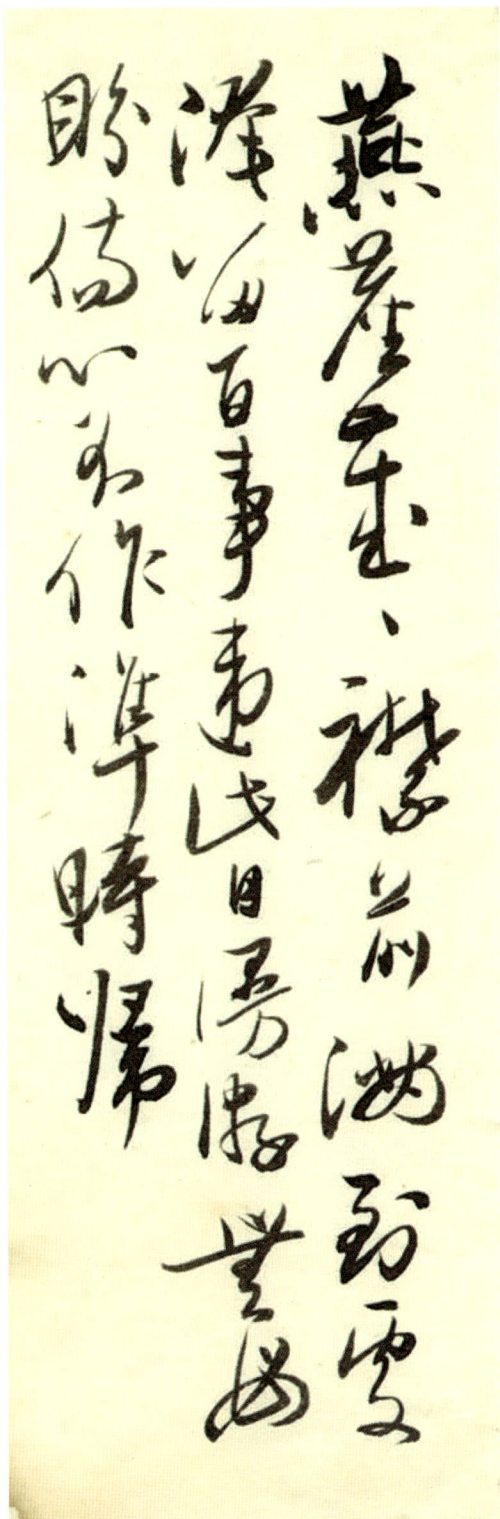

寄介眉

經時不見介眉君，筆墨遙知切琢新。
老去我欣逢畏友，精神磨練後來人。

積　累

積累寸銖非驟得，精誠專一乃能神。
縱然此語人人解，作到工夫始逼真。

寄宋宇涵香港

喪亂屢經人易老，平安猶幸苦中存。
從今殺伐倘能免，同是炎黃好子孫。

贈林德輿

同客巴渝慳一遇，春江比屋日相過。
感君顧拂殷勤甚，寫贈投緣一曲歌。

述懷五首

莫駭雲山遙不見，一心去處到頭能。
未堪艱險分歧路，更隔雲山一萬層。

兩人知各兩人心，合否心雙一處尋。
同度小橋同去路，莫嗟路不礙雲深。

少小青春泡沫耳，回頭萬古直塵埃。
塵埃埋却千年境，及早醒捫未死灰。

東風楊柳蔽關河，歷歷朝昏百事過。
自是春陽敷淑景，人間何事不平和。

叢木寒山餘宿霧，無人石徑間張羅。
去城百里烟村外，別見清凉古趣多。

恨　無

恨無高語卓平和，律己終難刻意何。
來日時時當省覺，莫因久暫遂蹉跎。

無　言

無言静裏安天籟，老味情緣忍是真。
年少讀書憐骨鯁，寧依軟媚向人親。

老　郎

時覺南童韶秀甚，疏疏學草見風神。

能傳燕趙悲歌氣，付與吳歈大可人。

違 天

違天不信有天機，地坼中原古所稀。
方寸清凉人未喻，春蠶誰縛就泥犁。

題畫梅

人各筆端有本真，不從肥瘦別仙塵。
寒梅劇放胭脂色，穠艷先爲天下春。

題水仙

韶秀天成非偶然，香清花發水中仙。
淩波不自誇顔色，一淡千嬌百媚捐。

哭翔宇四截句

十五同窗事眼前，百年到此哭誰邊。
終身相業清無我，盡瘁生靈百可傳。

爲相生平幾個如，試看到死蔑私圖。
公忠舉國人心印，巷哭誰曾出强呼。

哭翔宇四首

十五同窗事眼前　百年剑割此哭
谁逢终身相业清　每我亲痒
生灵百可传其一　为相生平教
苟如试为劫此藏私图公忠
擎国人心即苍哭谁曾出
喤呼其二　巳江一别世年中冶

此云沉避不通老去伴离共听乎
阅情一会笑孤桐其三　孤桐问某
窘戏君名若是同学近闻从难孤
桐笑谓我未知也如此不烦为作事卫美
归谓阁来忘君必教者我为达之因
仅六十发生活贺于津市人民图书馆

一自受施来何忘私恩我不说国
即单生日饿身无涴惟此生平
生故常
乙卯二九末云松都中

赖翔宇
方万余里长征有道终
为天下法
二十八年宁相无私情
得姓名香
又一聪
廖名山鲁虚博雨来欧美
毁归无思不服
功业是积劳以筹著温敏
勤毅有口皆碑

巴江一別卅年中，從此雲泥避不通。
老去仳離君聽得，關情一答笑孤桐。

一自受施未可忘，恩私我不說周郎。
畢生甘餓身無涴，惟此生平是故常。

附　輓聯二

兩萬餘里長征有道終爲天下法
二十六年宰相無私留得姓名香

聲名豈虛博而來歐美亞非無思不服
功業是積勞以著温敏勤毅有口皆碑

挽章士釗

一別三年傷永訣，交憐文字夙相親。
庸嗟衣食君能濟，清白心期感有因。

悼聞一多

蔽屍聲名非妄作，闃然廿載敢知微。
試看狙擊尋常事，詩膽當能遠殺機。

悼亡回文七絕

魚和水比情歡愛，誓死生憐自不如。
餘恨苦吟清夜冷，疏燈曉枕淚乾初。

初幹淚枕曉燈疏，冷夜清吟苦恨餘。
如不自憐生死誓，愛歡情比水和魚。

贈蔣君昂

一別中年憂患裏，縱談朋舊老侵尋。
深沉不似兒時態，白髮知多世故心。

過平伯詩兄三首

要君席講猶前日，歲月梭穿皓首憐。
建國門東今記取，永安南里十樓邊。

三江浙皖大同鄉，鄉迹琴溪我未遑。
文字飄零虱人海，神州何意昵南疆。

何恥乾坤一腐儒，呼牛呼馬我誰徒。
隨安隨遇人間世，尤怨人天不丈夫。

題韋奈册葉呈平伯

此是誰家汗血駒，聰明已讀五車書。
多年未面俞平伯，得句西塘我不如。

讀俞平伯《寒澗詩存》奉題三首

才難太息又今時，詩筆天然耐細思。
欣處即欣平伯句，爲書非晚借燈辭。

聞道曲池補詩句，丹青一幅故園花。
是處憺恬都可寫，不須因夢到天涯。

相逢話舊觀如是，何競人間有與無。
最愛君詩吟試聽，濕雲如夢畫西湖。

答孤桐老人

老來何幸遇孤桐，薄劣時慚舉累公。
琥珀古聞耽吸芥，銜恩何以副酬衷。

代紹良致孤桐老人

刎頸何難恐負恩，丈夫心迹炭可吞。
墓門瀝血冤悲舊，惟願當階釋戴盆。

寄滌庵

如此京華憔悴客，涼涼踽踽度年年。
情多滌叟偏愛我，臨別倚門半邊看。

題中日書法展

一衣帶水那分家，文字千年百寶華。
同葉同根莫異向，好扶持著好生涯。

從　來

從來古井謝翻瀾，冷落吳迂靜不歡。
一自紅雲朝夕近，頓教相憶總無端。

心　田

相逢何不廿年前，只重新鮮未是緣。
斯日才知中夏事，禹湯文武重心田。

天　然

天然豈是強攀牽，水到渠成分外妍。
多少口邊好詩句，淺人何敢著吟箋。

昂　頭

昂頭天外目高頂，睥睨平生百不諳。
七尺珊瑚三尺劍，尋常笋餡我何堪。

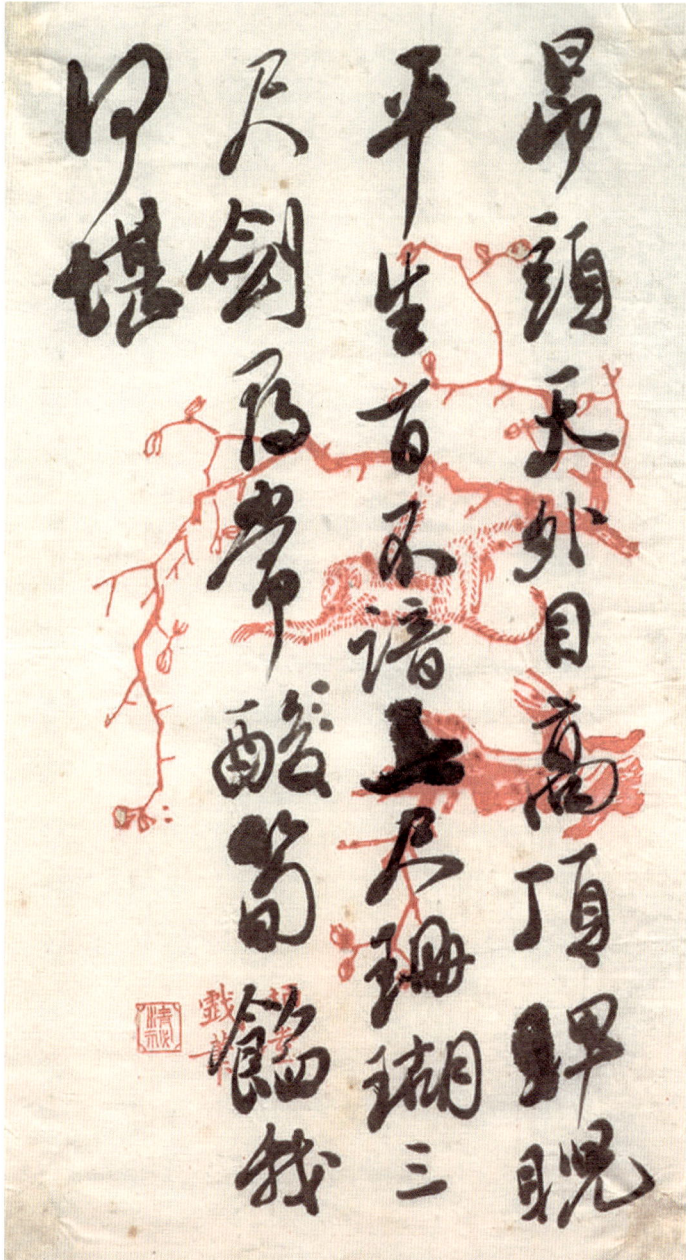

白　髮

由來白髮添多少，不動心君已有年。
世上幾多愁不已，都緣忘己責人偏。

情　緣

點滴情緣無浪與，一生自愛莫由人。
再世知誰能再得，撥開名利是精神。

到北平口占

徒揮酸腐憂時淚，十四年中事可嗟。
卑帽歸來問何似，依然弦管舊京華。

老　人

老人康復喜心田，杖國謳吟合散仙。
咫尺東華何日到，士之常我久安然。

一　生

一生憬悟非容易，海闊天空覺幾人。
莫妄談玄成自誑，揅心無怍識中真。

儻 來

儻來我早悟泡浮，控地何爲笑鷽鳩。
百代聲名已無與，天然生喪逐雕鎪。

著 落

自己精魂無著落，他人軀殼若爲容。
登場傀儡牽絲巧，終異靈犀發阿儂。

口 號

自顧百年敲石火，誰揮感慨没天機。
欲知死後何滋味，須識生前無是非。

答徐蛻庵

生慚困學學無師，陋巷過承問疊施。
城北徐公之美麗，吾何修以報來詩。

贈尤質君

悔不同夫没字碑，迂頑老去嘿甘痴。
憑君莫究斯文境，謬種流傳語可悲。

質君滬上寄詩走筆答二十八字

詩先人至愜孤悰，帀月南行時既冬。
爲謝墨髯予箋紙，多書歡健莫書慵。

奉和見懷兩截句即質老詩兄大雅之屬

聞道蘭成老更成，達夫五十後吟頻。
似今喜有尤夫子，苦志謳歌追古人。

七寶玄都認玉京，十年獨我往來頻。
重情不是尋常意，眷眷痴頑我輩人。

寄鶴年

年來幾日得相逢，寸寸光陰寸寸工。
不是無因傷栗六，邦家造福幸無窮。

口號謝鶴年

油鹽柴米事躬親，較盡錙銖日必勻。
喜汝遠來煩替我，排班小肆市勞薪。

付劉光啓

有暇讀書每不成，多從刻苦見菁英。

風花雪月非真賞，肝膽男兒別有情。

送別紹良

男兒不憚萬里游，我今送汝到瀛州。
足下風雲從此始，好爲禹夏騁驊騮。

贈別紹良四首

曳裾笑奉袁皇帝，逝去交親幾輩存。
無告零丁誰痛汝，孤桐九十撫兒恩。

井中下石笑孤寒，報德當能具肺肝。
名節它時無墮地，回頭此日護良難。

繞指能成百煉剛，些些艱苦莫淒皇。
人人看汝從今始，到海宜知謝黍量。

老夫視爾自孩提，提耳深慚少町畦。
去此不須勤囑咐，人生軒豁重天倪。

贈筆予紹蘭紹良姊弟口占二首

姊弟蘭良各一枝，讀書還不廢臨池。
今雖不重簪花格，端正無訛亦可師。

生無長獨耽佳句，誰念迂頑不入時。
最愛天真小兒女，居然肯誦老夫詩。

庚寅春示諸生

文字聲傳千百載，
語言惟作一時親。
能知此意須勤學，
集義兩間浩氣新。

題無染山水畫册

布筆弱年已不凡，
烟雲供養老來參。
幾多險怪驚人目，
偏此端凝意逸潭。

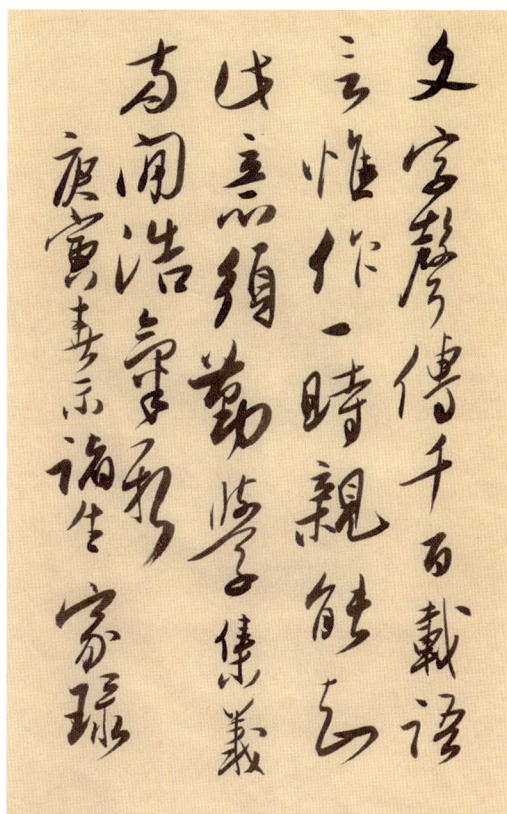

題曼公畫古木竹石圖

新枝古木發年年，榦色鐵方坐石堅。
具此心腸作圖畫，更教勁竹潑光鮮。

怪 僻

一年詩稿笑些些，心語那能競物華。

脫略古今成怪僻，任從散落任人嗟。

水　龍

百丈餤高看撲殺，天龍不見見應龍。
決江倒海夫誰力，指撥無人亦罔庸。

絕　句

無心莫怕有心猜，知己何嘗一息乖。
詩句築成誰惜取，百回不厭就君來。

縱　研

縱研八萬四千偈，不著字時誰等閑。
星界幾程槐幾國，蟻窠原未識區寰。

已　逾

已逾八十生何企，豈欲人張我學純。
但得世間真理在，莫教王霸雜無倫。

自　懺

百事人間皆學問，讀書惟賴自身修。

空空不覺年年度，莫待難堪悔白頭。

自懺又一首

一霎當前曾不覺，少年轉盼已休休。
是人都有過時悔，何似清心早撥頭。

口　號

此掀彼歇波瀾壯，千載乘除不可寧。
萬事人間如此去，乾坤以外又繁星。

似　此

似此神州誰沃灌，軒轅甲子到如今。
祖功宗德饒傳說，腐穢荒殘易陸沉。

頭　銜

頭銜弗愧是書痴，那得心頑學媚時。
時有不爲纔不苦，何曾毀譽礙迂辭。

口　號

雖然能作幾行書，頭腦還羞只故吾。

兀兀孳孳誰會得，頹齡綺陌掃榛蕪。

寄　興

寄興豪端亦可憐，乾坤逼迮孰拘牽。
放開眼界乾坤外，盡有三千又大千。

賈長江訛筆長沙自嘲

長江信筆作長沙，漢傅唐僧一筆差。
似此當時胡不覺，老來庸昧自堪嗟。

有　贈

夜窗無事刿藤親，潑墨淋漓迥出塵。
快意何須弓滿彀，銀鈎筆底已千鈞。

口　占

片紙案頭爲吉羽，蠟箋敷色愛乾隆。
及今尚可端書日，析入豪厘静審容。

狗蠅花

世間萬事無憑據，雅俗何曾判有涯。

名字之呼胡不可，
蠟梅偏號狗蠅花。

鏗然

鏗然待有杖頭聲，
已是衰頹老病人。
此事須令兒輩熟，
方知自惜少年身。

小燈籠

竹構紗糊表潔瑩，
中因有主吐光明。
攲斜失却心頭正，
瞬作灰塵救不贏。

樂天

樂天生死無關我，
得失雲浮自在身。
回念兒時一彈指，
百年何苦灼精神。

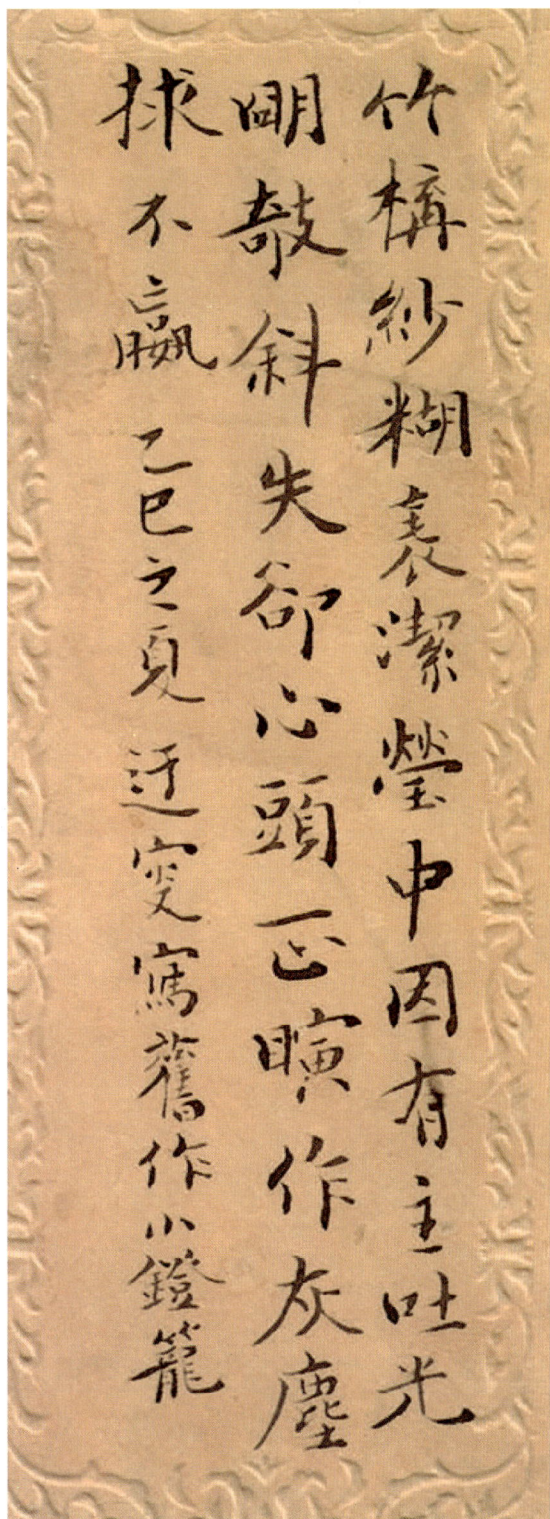

儻 來

儻來我早棄榮名，白髮無成悔不勝。
少壯未留今日地，縱然騰趠已難憑。

冬 烘

吮豪濡墨恣冬烘，識字真爲憂患叢。
能耐罾騰外遇聖，無灾無難貌天公。

惘 然

没事几邊吟順口，迂兒遇事總由天。
有情句任無情有，有使情多便惘然。

莫 嫌

活潑天君却世酸，莫嫌七十腐儒餐。
詩筆求真豁眼看，餘年饒説酒腸寬。

我 願

謂之打油詩亦可，然其意則非打油也。

人都望有好兒子，不是自私亦自私。
我願汝能爲祖國，弟兄四海愛同之。

憶琴百絶句

少小青蛾不識愁，相當花葉自綢繆。
百年結恨相思子，別鵠分鸞未白頭。

階日晴翻紅玉珮，春風抽出緑楊枝。
千絲密意誰從解，一寸芳心獨自持。

慚愧才華作慶宵，擁書摘艷宿相招。
螺痕酒暈非吾好，不比明珠愛緑綃。

津橋送別意如何，每向晴川惜逝波。
笑樂常思相見日，試誰强記讀書多。

鈿蟬金鳳鄙時裝，翠管銀箋盡料量。
多少痴兒争欲婿，一生知己屬吳郎。

猶記青廬紅燭下，低鬟結願侍書城。
不依花艷驚郎目，卷軸丹黄過一生。

輕雷細雨香車共，紫竹林頭霽色殊。
帶月流波光不去，遠星隔岸接平蕪。

依依嫁後訴從來，惆悵蘭閨畏母猜。
驀地喜心時自慰，背聞大父説郎才。

籠燈就月是疑非，疑夢相逢喜乍歸。
并坐清宵論細細，言長翻使泪沾衣。

十分春色在兒家，秀句吟成月正斜。
圓頂碧文洞房夜，關情莫念舊京華。

裝綿買布愛粗繒，貧日樓居最上層。
稱意當時胡不覺，剪裁夜伴讀書燈。

吹綠東風染柳梢，良辰索句事推敲。
最耽白石清空思，閑向春窗手自鈔。

晴雲指點覓孤踪，半日輕離意已慵。
磨墨攤書春晝事，照簾花影一重重。

紫陌華燈試比肩，垂楊幾樹碧籠烟。
雕璃鏤玉渾閑事，舊恨新愁不可詮。

隱囊斜倚看多時，暖意紗幬月上遲。
愛惜春華教莫睡，東風已過海棠枝。

詩腸未與世人同，神韵紆餘避餖工。
若此同心生不憾，琴娘詞句綠窗中。

眷依日暮橋南路，冰橇衝寒度雪圍。
江上凍雲吹不去，病中爲我結毛衣。

屏風六曲別床遮，書滿床頭處士家。
不厭高吟成獨臥，幾回伴剪燭燈花。

花氣疏寮蝶夢迷，同捫殘篆裊金猊。
秋千院落斜陽晚，墻外飛紅惜馬蹄。

喜看奇峰起夏雲，樓頭徙倚薄紅曛。
遠林野色長橋路，幾度歸來望見君。

小園人靜多涼思，薄鬒輕衫總不佻。
同倚闌干天際望，一棱秋月可憐宵。

青春曲子摸魚兒，枕畔低吟一笑時。
解識深恩無隱事，清愁叵奈夢中詞。

疏鐘蛩韵秋聲裏，辨魯疏魚到夜分。
瓦硯藜床相對坐，不輕言笑自溫文。

兒眉秀徹動人憐，拜佛時依祖母前。
病久偏多思子泪，爲卿藏去哭兒篇。

迎面朔風雪如掌，曉行三步兩回頭。
牽幃不忍重依枕，歸去雙眉始解愁。

九月離懷百束過，綠衣人慣却愁魔。
一朝病劇飛書報，如此驚魂耐得麽。

海帆迢遞風姨懶，大月船頭恨不行。
生怕相思添病重，石城已近轉心驚。

相逢病榻百堪憐，半晌凝眸引手前。
謂我心枯情不竭，只無眼淚枕函邊。

弱腕扶郎思強步，床前咫尺量垂頭。
明知撐扎緣何事，欲減郎心一段愁。

几邊殘燭坐更闌，瘦影支床枕未安。
愁淚如珠禁不得，佯回頭怕病人看。

遲郎湖上芙蓉滿，待得郎來病已深。
楊柳陰中城堞古，青天碧海夜消沉。

最傷倚枕氣如絲，還問新齋筆硯宜。
目錄群書由檢點，從今卷束自爲之。

眉棱瘦盡心胡細，記得郎來十日尋。
一句傷心求早死，速郎歸去慰親心。

幽櫬衣衾潛料理，神清午夜語淒然。
可憐到死爲郎計，世亂須知惜俸錢。

皤鬢須看六十娘，無教瘦損笑東陽。
誰知一夕丁寧語，日久思維更斷腸。

輕移忍泪爲裝裹，合眼舒眉膚若冰。
甘后玉人今莫妒，心詞密誓兩難憑。

綉衣就殮覆紅衾，口納珍珠繫絳綬。
齊整蓋棺郎拜爾，梵聲直裂此時心。

緣何不早山間住，五月江南苦濕炎，
訣絕任抛郎不寐，斷魂淒雨聽廉纖。

哀詞牽恨到江南，藥裹茶鐺忍手探。
自是兩心情義重，旁人錯比影梅庵。

穗幃遺像香花供，默向門陰化紙錢。
一束孝衣空作樣，兒魂當戲逐娘邊。

卅年讖語成何事，造物無端太忌才。
身世已憐歡意少，那堪相憶到泉臺。

連宵慘怛夢中思，排遣無方自不支。
驚醒殘更猶迸泪，哭他脉盡息無時。

銀釭醉草聞時輩，粉黛嬌嬈漫比儔。
誓死移天終不變，停辛佇苦一生休。

誰言死別勝生離，死別曾無再見時。
縱得憑棺判一慟，三生石上渺難期。

未依素質誇才思，庸是鍾情了宿緣。
曾道目非皮相士，教人爭得不相憐。

郎來引綍慘離鸞，安旅堂中不忍看。
殯散回頭餘箔爐，紅櫺白紙郭新棺。

三十年來卿夢覺，五千里去我神傷。
別離昔日何珍重，瞑目如今不問郎。

營齋營奠事淒涼，辭柩將行淚萬行。
輓句今生難著筆，惟扶木主伴歸裝。

颺輪目極情何限，揮手旗亭事可哀。
此際淚珠思昔日，相違猶得盼重來。

憔悴何堪寶瑟僵，猜疑枉自破緘瑯。
要知已是悲孫楚，莫入盧家妒玉堂。

舊題弱歲頌頭陀，未了因中盡折磨。
早使今生不相見，此情來世待如何。

心曲沉憂聽漏乾，曩時我戚子無歡。
可憐反哺身難貸，結愛空言死并棺。

埋骨誰逃數尺墳，紅顏白髮幾曾聞。
他年東皋安仁思，二鳥枝頭願共君。

浪頭白雪翻千丈，眼底流雲去不回。
悄立蒼茫無一語，海天拭淚獨歸來。

蕭齋筆硯自清疏，歸去凝塵待拂除。
插架懶開縹帙看，牙籤照眼半卿書。

朋儕相見勸忘憂，雲斷蘭空願已休。
打疊愁腸尋樂去，無端觸景又心頭。

讀書著述待功深，世上今無峻譎淫。
錦句紅詞都散佚，早知珍重護奩吟。

臨殘幾葉米顛書，每喜晴窗拾硯餘。
此日裝池成錦帙，一回展對一漣如。

蛇驚鸞舞悟多時，善學狂僧自敘詞。
難得畫沙真筆力，不同春蚓寫烏絲。

疊疊今周期月矣，玉床仍臥舊茵幬。
江南幾日重相見，生死分攜入夢不。

細根嫩葉手親栽，日日摩挲掃碧苔。
花木有心應有淚，玉郎忍復見花開。

奩無漬粉與零脂，硯匣墨床餘網絲。
觸處傷心還背母，淚泉惟有枕函知。

春風詞和綠楊天，好句經時轉可憐。
自古多情多蹭蹬，非卿薄命我無緣。

樹影檐前驚宿鳥，蟲聲牆角晚來悲。
當頭月色天如水，坐久無人冷露垂。

愛疊小詞長命女，梁間燕子誓成雙。
年年歲歲爲虛願，結夢迷離恨曉窗。

幾回惜別幾相逢，青鳥殷勤不斷踪。
一自夜臺悲寂寞，單情拾句更無悰。

圓荷塞上亦青青，想像銀囊墨客醒。
携手去經逯園路，而今悵望碧池亭。

寒水浮瓜六月時，憶將甘液注冰卮。
悲同輟半思如晦，更有人間不斷痴。

扁舟容與望林隈，暇日排愁水面回。
陡憶昔年船口去，凝晨送我渡江來。

吾生役役何爲者，獨此悲煩不可夷。
作底私情重兒女，孤高明月照相思。

偶抛魚食水紋圓，水靜雲開見碧天。
嘹唳長空橫雁影，一番秋思憶從前。

窮愁莫問舊情懷，舊日窮愁尚有涯。
此際悲君深似悟，浮生我亦是枯骸。

紅埋翠隕恨成痴，更有清詞付阿誰。
莫向者番驚瘦損，玉郎心病已多時。

書愛稚登貽便面，同臨早許報陳髯。
一從臥病江南後，藤骨蕉心久未拈。

涼颸拂鬢園林曉，莎徑徘徊近畫樓。
遮莫當時長憶得，池邊懶倚昔年秋。

弱年消削卿憐我，嫁後辛勤服伺真。
誰料而今筋骨健，相思留得哭卿身。

伐性爛腸名實鑒，精心不似女兒曹。
金題玉躞非虛鶩，濁世從誰曲和高。

漫惜多情損少年，少年影事渺如烟。
秋慵春瘦渾無賴，禪味何時徹大千。

消息無教鐵鶴聞，當年麴餅束元纁。
雙瞳秋水兒時譽，此日泪泉不可云。

榆槐陰滿昔時居，野蔓荒樓未剪除。
坐處迎凉憐草色，不堪重問碧羅裾。

九州博大其惟女，遠逝狐疑不可循。
一卷離騷同背寫，能當瑝美又何人。

厭厭隱几廢書臥，裛裛低吟聞耳邊。
半睡半醒心不信，芳魂今已隔重泉。

雨林殘照入秋光，蝴蝶成團過短墻。
若使琴娘今傍我，又將題葉惜年芳。

豈有黃金買身貴，神全抗目布衣尊。
嗟嗟此意無人會，哭汝能甘咬菜根。

丁園偶過主人留，風月婆娑樹報秋。
樓上闌干同倚處，出門月色忍回頭。

去年憶別秋光暮，今歲秋來意更傷。
景色小園吟蹙蹀，雨圍雲氣吊斜陽。

雙心不分成連理，作弄今生敢怨天。
妄想嗔痴都解得，只無智慧破牽纏。

靜對秋花紅間紫，紗窗隻影鳥聲閑。
群書堆几甘寥寂，綺障情魔得盡删。

鐵鶴詩來含笑咏，雙修端在幾生前。
玉人字并吳儂句，特地思量一惘然。

六曲屏風空有月，一階玉露奈何秋。
游仙枕上銀河畔，量取人間萬斛愁。

猜道情從身上重，枯時荷葉藕根沉。
不知身在情常在，身不在時情更深。

鳳兒晦迹吊西堂，漫唱伊州玉韵長。
恨紫愁紅看委土，千年化作瓦鴛鴦。

昏昏默搵燈前泪，一一重溫往事哀。
如此酸心如此恨，今生誰復慰郎來。

俗乖寡合異酸鹹，知我惟君理默緘。
比影雙心天亦妒，此情不死畢生銜。

腰際香毯紫織囊，十年緊繫未相忘。
解看泪迹臨紅燭，鬟影今惟夢影長。

失笑昔吟刮骨鹽，空閨魂繞水晶簾。
牽愁百丈游絲起，何似吳王八繭鹽。

麗藻休嫌卑格調，美人香草許消愁。
彈毫鏤錯真情外，誰是人間第一流。

不慕乘堅與策肥，挾薪持畚願空違。
生平若個真知己，肺腑楂枒事事非。

昔比黃花笑易安，今歌白紵一生酸。
玉臺朝蕣何由寫，兀坐凝思任墨乾。

相憶試敲兩耳鐺，夢中幽恨亦難平，
縱然說與多情種，空向塵寰懺這生。

吳玉如詩文輯存（增補本）

詞鈔

詞鈔

憶江南

秋光好，簾影颱晴階。塵世時隨陳迹異，雜花鋪地恁安排。先後色和諧。

憶江南

池塘外，村舍酒家旗。草色遙爭春水闊，笛聲晚送落霞飛。牛背牧童歸。

憶江南

微雨霽，涼意入晴林。人向斜陽看葉落，雁過寒水喚雲深。時節數秋分。

憶江南

林際望，一雨一番黃。日出窗前禽弄羽，風迴簾底葉堆廊。秋思在橫塘。

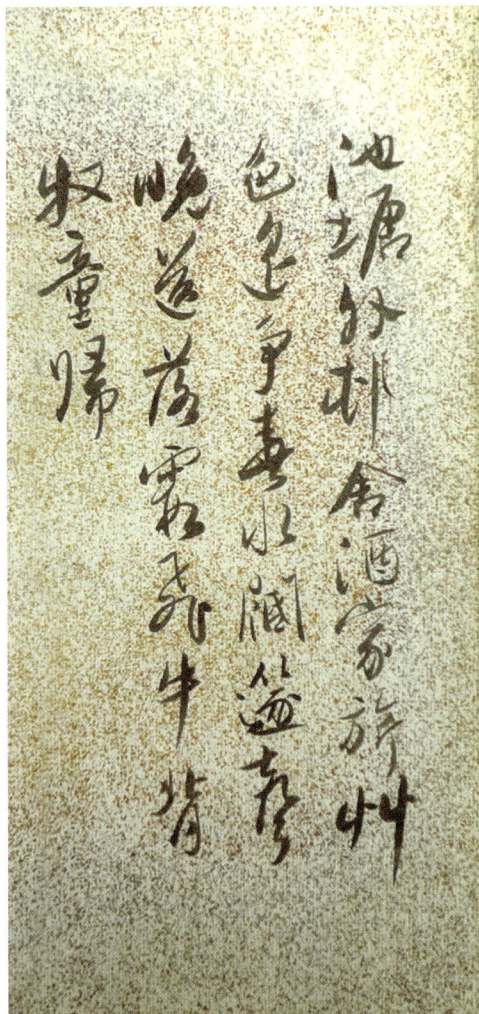

273

憶江南

秋風起，殘葉夾霜飛。病蝶夢魂春草碧，華年情結白頭悲。何事苦低徊。

憶江南

侵曉去，濃霧斷前岡。雪上烏驚人度陌，松間日起葉零霜。千榦背株黄。

憶江南

斜橋外，新柳繫湖船。詞筆情淹紅粉泪，心魂涼入碧波天。斯意復誰傳。

憶江南

秋波灩，秋色百年新。湖上月篩天山月，眼中人立意中人。生死誤前因。

憶江南

文棟兄嗜音，能制美琴，才藝人也。才藝人多與世遠，小詞夜彷佛。

翻巧思，良制極琴才。壯志風雲歌與哭，恨人遭際合還乖。金劍任塵埋。

烏夜啼

　　誰能難倒天公，有無中。芥子須彌充類若爲容。　　争和禪，治和亂，大槐宮。説與先生都付耳邊風。

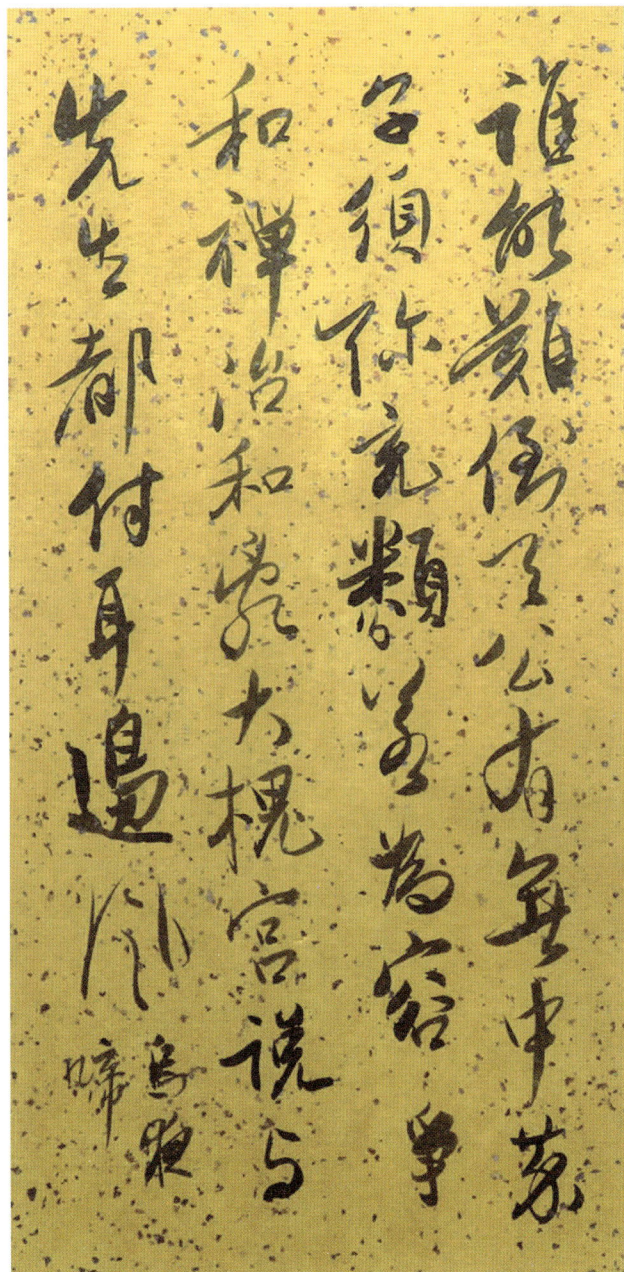

浣溪沙

碧海青天兩縈思，樓頭雲影月遲遲。夜闌私語誤初時。　　不是尋常兒女恨，奈何淒絕短長詞。個儂心事少人知。

浣溪沙

花事東風付等閑，天涯凝望泪涓涓。舊愁新恨了無邊。　　直恁纏綿由惜別，無端魂夢總流連。多情不是故生憐。

浣溪沙

九十韶華萬蕊光，東風隨處是歡場。温柔誰解奏伊涼。　　盡可香輪梅冷峭，那能心嫁絮顛狂。更無春緒到花王。

浣溪沙

溟海鯤鵬誰往還，枋榆鳩鷽亦居安。春明挂眼幾花殘。　　乘化歌榮吟悴忘，游心席地幕天寬。百年無妄繫悲歡。

浣溪沙

消息吟邊久未還，詞心枯寂轉恬安。閑窗聽雨到宵殘。　　縱使花風搖影亂，無妨箏柱閣弦寬。世情拋撇古情歡。

浣溪沙

久別何殊暫別情，個儂曾否忘叮嚀。夢回呵欠帶惺惺。　　皓腕半申窺鏡影，紅窗亭午賣花聲。無心嬌鬢一枝春。

浣溪沙

一繫同心許雪郎，幾回歡笑玉田坊。而今徒自拗柔腸。　　強向花前收拾起，悄無人處又思量。不由珠泪損紅妝。

浣溪沙　咏蝶

水颺殘紅草滿蹊，也知春老莫遲疑。欲前翻却轉淒迷。　　露重翅邊摧宿粉，月微夢裏褪輕衣。返魂香得幾時攜。

浣溪沙

篙點中流畫舫輕，兒童争指五龍亭。遙山仍著舊時青。　　樓背綠楊新沐雨，湖漘紅日半黏雲，無風蕖朵吐香匀。

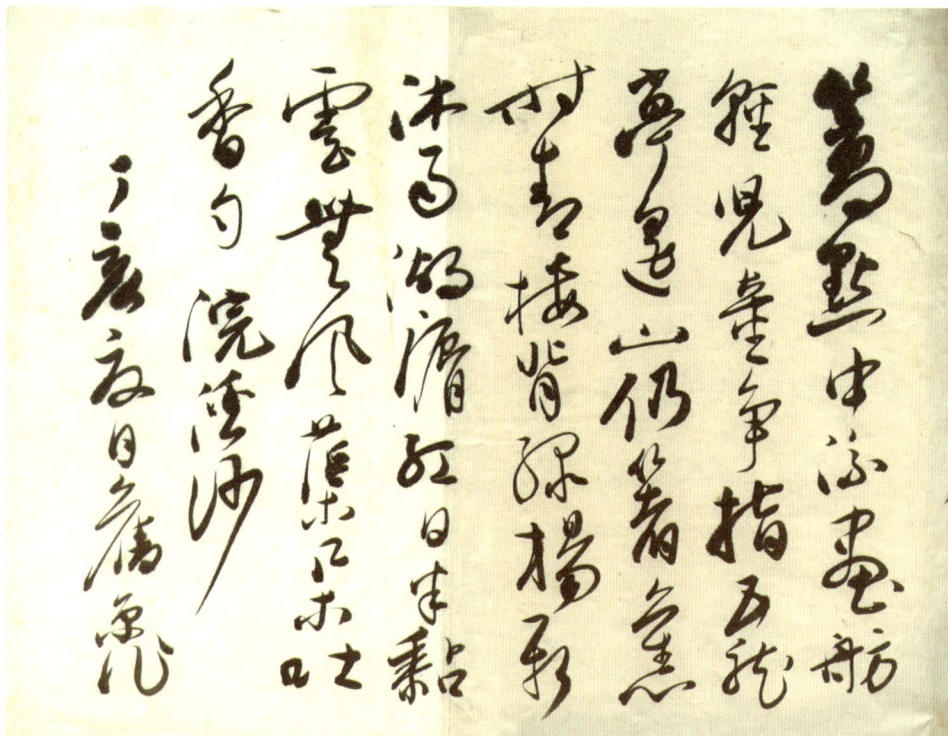

浣溪沙

天半朱霞夕漸暝，橋邊樓角晚風清。整鬟飄袖有餘馨。　　千片桃花三徑月，兩行楊柳一溪雲。韶光留戀不勝情。

浣溪沙

意軟辭濃舊日心，番番惆悵顧生平。到頭春夢幻牽縈。　　已是鬢衰人老去，當年能脫墜崖傾。竭來真幸謝浮名。

浣溪沙

義氣相逢話未休，亂離將母復何求。誰能黏著學痴猴。　　新綠洲前詩思遠，夕陽橋外櫓聲柔。一番風物一遲留。

浣溪沙 題張牧石《夢邊雙栖樓圖》

傾蓋白頭誰可期，相逢何必定相知。披圖身世惹相思。　　江燕雙栖憐舊壘，寶笺諸色漾新詞。夢回塵景一生吃。

浣溪沙　湖水

問我何時景最好，初陽湖水明一綫。風來高松吐微吟。　　矜眉遙山不輕見，亭前石闌露暈濕。坐久落花蛛絲罥。

浣溪沙

樓外雲過月影橫，淒涼遙聽筑三更。何堪花事又清明。　　由我生疑多幻妄，饒它不識更淒清。夢中啼笑總難憑。

卜算子　秋日經舊居口占

板屋舊栖遲，園徑埋荒草。一片垂楊已合圍，莫怪人兒老。　　獨自漫徘徊，十載憐襟抱。雁陣斜陽入望中，塞上驚秋早。

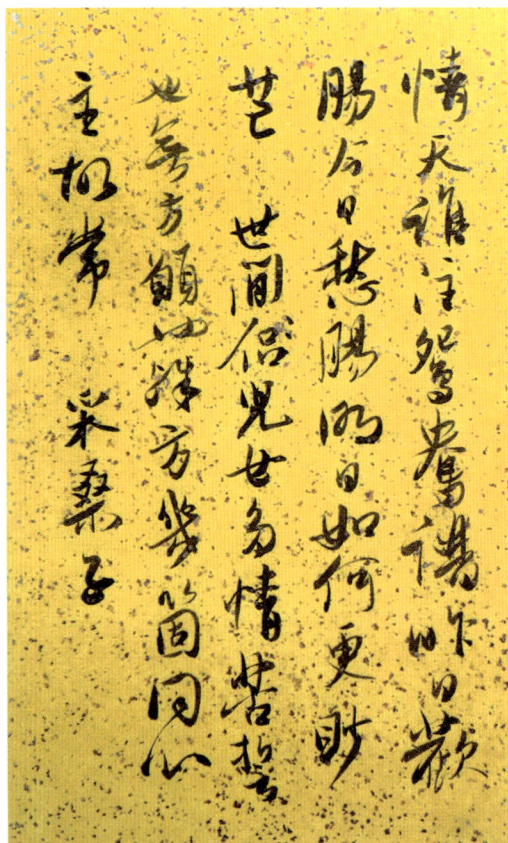

采桑子

情天誰注鴛鴦譜，昨日歡腸。今日愁腸，明日如何更眇芒。　　世間兒女多情苦，誓也無方。願也殊方，幾個同心主故常。

菩薩蠻　古意

韶光只媚新桃李，春風只戀陽關裏。步穩數駝鈴，天山千丈冰。　　黃河天上道,道上枯黄草。朝雪暮雲平,全無些子晴。

好事近

幼和兄於繪事,每經年不執筆,今執筆而得如此,所謂慧業文人者誠多才藝也。將有益州之行,出是冊囑題,爲書四字并繫好事近一闋,即希拍正。

玫瑰可人香,天賦嬌嬈顔色。雕繪無端憐彩,筆凝愁誰繹。　　送君萬里蜀中行,相逢又何日。好句留鐫巫峽,莫空令白頭。

好事近

花下繫驕騘,悵望霎時南北。持袂叮嚀須寄,與征人消息。　　明年花下可相逢,低頭泪沾臆。萬里長風何事,甚離情堪惜。

憶秦娥　寄琴娘金陵,時戊辰中秋前一夜

秋清絶,樓頭倚墜墻頭月。墻頭月,無眠斗憶,昔年離別。　　昔年心苦難磨滅,今番離索情還切。情還切,萬千珍重,嫩寒時節。

鬲溪梅令　贈向仲堅

柳溪玉瑄爲誰妍,惜華年。似此關河凄緊覓歸船,蜀山

281

青可憐。　　　末由酬唱翠樽前，怕流連。去住如今真個少前緣，者番離緒牽。

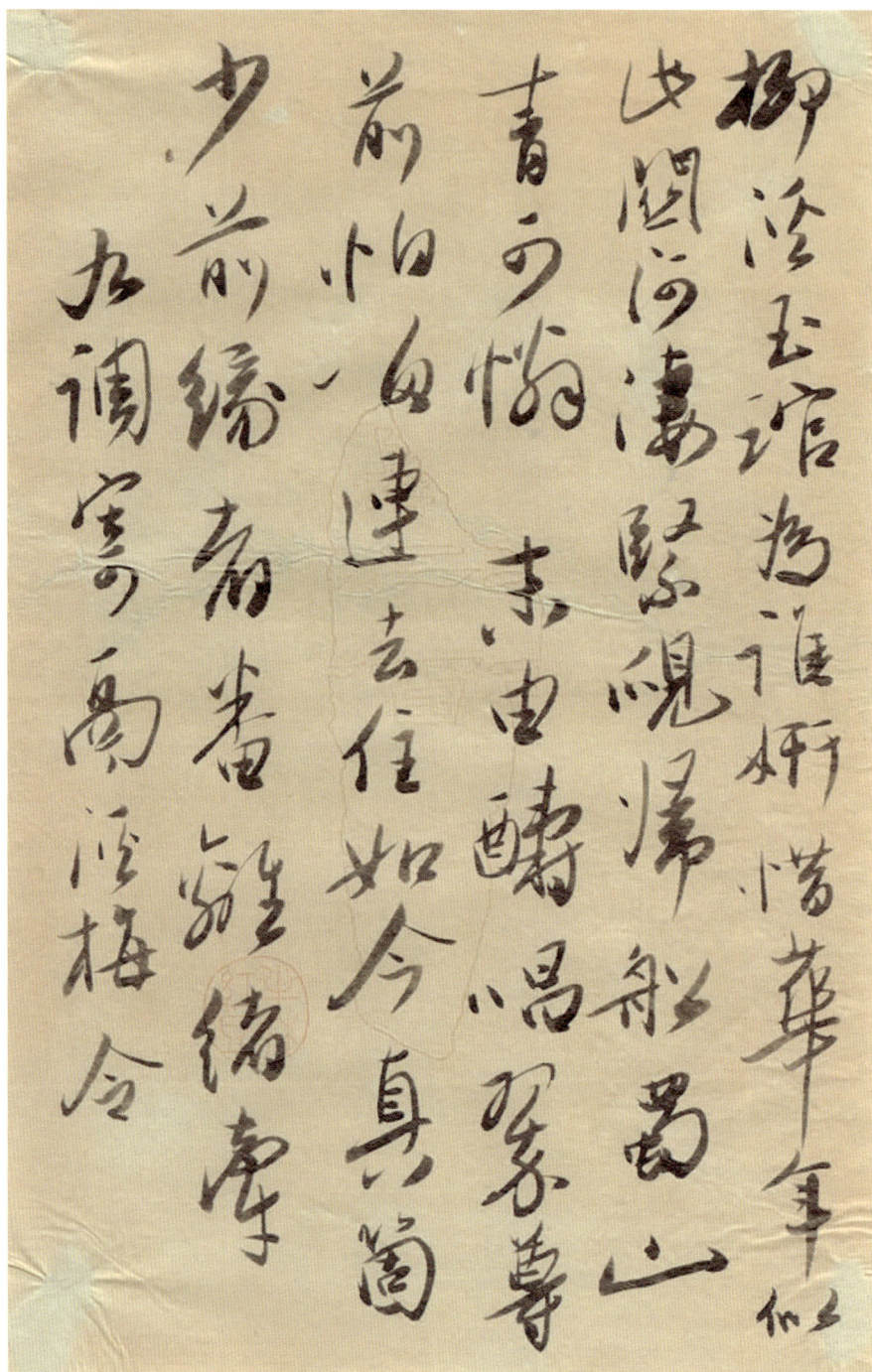

人月圓

甲申初夏,學洪兄出畫索題,率成一解寄調《人月圓》,亦喜吟之否?

卷幮花徑春如許,芳草綠依依。輕衫試暖,倦闌不語,紈素支頤。 薄妝初就,雲鬟新樣,誰畫峨眉。泛來心上,盈盈淺笑,人月圓時。

西江月

漫浪京塵幾載,強顏今道還家。支撐門戶汝堪誇,保我蝕殘十架。 論甚百年榮辱,惟餘兩鬢蒼華。兒孫學問且由它,清白人間無價。

西江月

駟馬高車冠蓋,瓊樓玉宇京華。儒生蔬笋舊生涯,止足元來無價。 昔日身爲兒女,今朝老作娘爺。酸甜今昔究根芽,人世循環無罅。

浪淘沙

冥色醞輕秋,凉雨樓頭。眼波穩媚鬢唇收。笑不壞顏殘夢影,誰解温柔。 詞几一燈幽,恩怨休休。錦箋百叠束綢繆。綺債此生酬盡未,孤冷無尤。

浪淘沙

車馬動塵埃，人影遙街。獨憐草色漫長階。依舊青青同故國，如此樓臺。　　燈火徹明開，鎮憶書來。闌干倚遍甚情懷。傷逝而今成負負，莫個安排。

浪淘沙

膠箸竟如斯，真個情痴。情緣冤債兩難知。拍我小詞吟百遍，可慰相思。　　綺語陊泥犁，人世迷離。百年何事踏蹺蹊。求也苦從求不得，求得堪嘻。

浪淘沙

檐滴夢中長，晨霧迷方。西來不冷亦微涼。昨夜秋風驚戶牖，已近重陽。　　高柳綴疏黃，籬菊含芳。我生何處是家鄉。笑說閑雲無定在，却也微涼。

南鄉一剪梅

零落分長乖，眇眇春愁杜魄哀。一寸芳心紅未減，生是春荄，死是春荄。　　風雨逼瑤階，紫燕呢喃傍鏡臺。爲感多情憐舊幕，風也歸來，雨也歸來。

南鄉一翦梅

蕭落夕長乘眇眇春愁杜魄
哀一寸芳心紅未減生是春
羨夕是春羹　風雨逼瑤埵
紫燕呢喃傍鏡臺為感多
情依舊幕風也歸來雨也
歸來
醉哥吟正　茂林

鷓鴣天

桃李嬌嬈似舊妍,那堪弄景碧池前。從來絢爛招時輩,滿路衣冠已可憐。　　春似夢,夢如烟。斜風攬雨度城邊。英雄白髮渾無賴,如此登臨又一年。

鷓鴣天

遮莫隨珠作彈投,干將錐履兩錢羞。蜂衙歷亂三春逝,蟻穴功名一笑酬。　　歌楚些,看吳鈎,等閑身世雨中漚。閻浮渺幻千年恨,牢落今生值許愁。

鷓鴣天

碎語瓊鈴怨不勝，九華未必坐教成。花開是處悲龍紀，春到何人識鳳城。　　新譜按，舊愁生，荒荒月色度窗櫺。紅塵夢景元宵淚，惱亂詞腸爆竹聲。

鷓鴣天

莫信山移願不移，堅冰一夕化清池。炎凉人世無憑據，宛轉兒心作許痴。　　堤上柳，月中姿，春風依舊度花枝。兩情誰分成今昔，咫尺天涯悔已遲。

鷓鴣天

娃艷針神倚母憐，別郎心事訴誰邊。錦繃亦有相思字，半晌低鬟手不前。　　情的的，意綿綿，秋鴻人字碧雲天，姜魂夢逐衡陽去，夢到衡陽路幾千。

鷓鴣天

小令宜非七字詩，溫馨端賴至情持。生香活色天真遠，刻木圖繪體性遺。　　雲宛宛，月依依，春風秋水自然師。宮商譜合雖人籟，弦外音聲有等差。

春曉曲　賀人婚

好天良夜春風裏，花燭去尋偕樂地。長安街上上燈時，明月歌前前世契。　　雙雙艷説緣諧麗，文字締歡歡不既。畫眉妝靚縈詞箋，待得歸來排次第。

南鄉子

年少不如人。老去何心又認真。昨日不談今瞬逝，陳陳。衒史華名却誤身。　　塵夢妄生新。桃李城中色趁春。萬戶春濃酣醉日，津津。嚼蠟當時未厭頻。

南鄉子

幾載味艱辛。忘了今生越與秦。偏是逢它遭狹路，微顰。無限情懷故澹人。　　却步避相親。水剪雙眸意最真。妒語溫柔誰解道，尖新。都是來生未了因。

虞美人

晴雲湖上天初曉，似此清凉少。黃琉璃間碧琉璃，飛閣紅墻橋影水漣漪。　　柳邊畫舫人何處，獨向山階度。危闌凝望塔尖頭，春色滿城翻起一生愁。

虞美人

十年往事心頭惡，反覆思量著。思量反覆不勝情，明鏡朱顏換得白頭新。　白頭詞筆歌當哭，幽恨今番足。今番幽恨付誰知，無奈翻風驚雨夢回時。

虞美人

村花陌柳年年好，人向春前老。無邊春色好誰家，彈淚東風送不到天涯。　世間哀樂疇能賦，一夜紅樓雨。風華莫戀眼中新，墜溷飄茵俱是夢中身。

虞美人

偷閑爲愛秋光好，只惜秋光老。樓頭殘葉綴深紅，付與新詞留不住秋容。　一宵風送疏疏雨，秋被凉深趣。兒時情味老來心，入夢秋魂疏雨渾難禁。

虞美人

不揮愁泪男兒耐，携手何時再。淒凉我自聳吟肩，月色中宵雲破更清妍。　交親爾汝心難有，一別情長久。跼天蹐地笑偏身，飛向天涯魂夢不關人。

不搐愁溪暑現耐携手何

可再凄涼我向沿吟眉月

色中宵雲破夏清妍

親你女心難在一別情長久

編天臻地笑偏身死向氣陲

魂夢不關人

虞美人

虞美人

西風曉色吹晴起，日映西山紫。回頭紅葉不勝情，待我明年春好賦清明。　　眼前古堞人烟驟，縮項寒时候。颮輪驚噴滿頭塵，斗覺曦光城闕霧昏沉。

虞美人　贈高名凱

壁間澹約瘦瓢畫，清絕真無價。待君一晌不歸來，大地柳陰蟬唱繫吟懷。　　養疴幾日城中住，山裏秋風妬。何曾秋士負秋心，一任冷風凄雨總能禁。

虞美人

油油垂綠朝暾起，新雨花邊霽。無人早睡夢魂安，小病今秋端悟老來閑。　　少年隊裏難爲我，只有閑中可。閑中書畫自沉吟，惟此煦融涵育少年心。

虞美人

西峰銜日霞流綺，橋影風枝裏。船移晚愛柳堤長，清沁詩心鷗點月波凉。　　青衫皓首生相稱，生莫縈非分。遙山大月好相親，似此情懷休漫怨飄零。

虞美人

無風荷氣秋光媚,湖擁山頭翠。樓臺如水月中天,月下柳篩疏影動人憐。　　憐它秋譜詞兒就,賺得年時瘦。瘦來明鏡鬢皤皤,饒説者生酸苦又如何。

虞美人

情緣深覺姻緣巧,盟證憑張老。才華夫婿擅名揚,眷屬神仙如此璧成雙。　　洞房羅幕珠燈下,儷影肩相亞。畫眉人看曉妝遲,記取春融花發牡丹時。

虞美人

質君兄來,道墨君叔索所爲詞。生平雖喜古人詩餘,粗諳而已,信手塗鴉,又多從散落,勉拈是解,陳向往之意,惟墨公詞壇拍政。

秋風詞筆吳江上,萬里吳門望。從來文字重因緣,小阮情懷儀想墨翁賢。　　白頭忍説飄零者,我亦南人也。時清此際自由身,杖屨追歡何日便相親。

虞美人

一燈十載詞腸拗,誰個同懷抱。蟲聲闐耳度秋宵,悽切夢回窗冷曙星遙。　　爾時言語情何重,反覆如簧弄。由它鑽火説曾冰,白羽青錢好忘總無憑。

虞美人 贈滌庵

　　燕臺漫浪誰相顧,填首詞兒怨。入門諧謔笑相傾,忘却蕭疏雙鬢掇星星。　　從來世味擅飴酢,幾許驚和妒。一場春夢古今憐,只是當時沉湎覺無緣。

虞美人

　　斜風細雨春如夢,春水流光送。縱然泪濕海棠枝,那有花魂人世理相思。　　來生莫作多情種,恨是多情蛹。已然蝴蝶老東風,何事淒凉拌死戀殘紅。

踏莎行

　　踽踽凉凉,淒淒咽咽,無端又是春三月。東風何處繫相思,枝頭堆滿丁香結。　　歲歲年年,花花葉葉,妖嬈不改芳菲節。人兒却換舊時顔,怎教抵死心如鐵。

踏莎行

　　碎語蚩階,淒吟蟬樹,柳塘莎徑秋風度。年年人自賦秋詞,誰能挽得韶光住。　　烈士悲歌,美人遲暮。寄懷別有傷心處。白雲蒼狗總無端,黃龍紫塞空回顧。

踏莎行

碎語螢皆潯崦蟬樹柳塘

莎徑飢氣廢年三人自賦秋

詞誰能挽回韶光住烈士悲

誦美人遲暮寄懷別有傷心

雲白雲蒼狗撼無端貫乾坤

空空回顧

蝶戀花

津北燕南旋蟻磨，年去年來，玄鬢添霜破。人道精神歡樂大，個中誰會愁無那。　　不似寒酸遭困挫，却似寒酸，語不逢人和。呼馬呼牛由笑唾，青氈不是胡孫坐。

蝶戀花

庭院閑閑圍死樹，綠草春稀，徑濕煤炱污。昨歲秋洪成劫數，危樓窗外停橈處。　　自我遄歸秋已暮，病臥經春，鬱鬱愁難訴。母老依兒兒忍去，閉門不作蒼生蠹。

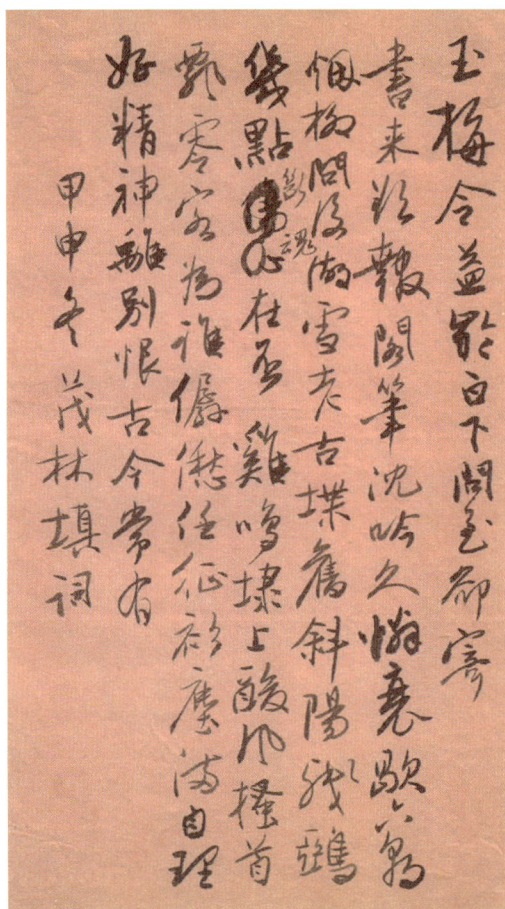

玉梅令　益齡白下問至却寄

書來欲報，擱筆沉吟久。憐衰歇，六朝烟柳。問後湖雪老，古堞舊斜陽，殘鴉幾點，斷魂在否。鷄鳴埭上，酸風搔首，飄零客，爲誰偫懨。任征衫塵滿，自理好精神，離別恨，古今常有。

最高樓　聞笛

危樓笛，飛響裂秋雲，激越恨難平。興亡一霎千年夢，悲涼一曲百年心。放歌喉，贏熱泪，問蒼冥。　　盡猿鶴蟲沙填浩劫，盡鐵馬風雲成幻滅。如此辣，若為情。酸鹹已辨頭堪白，鴻濛已斫意堪醒。解人誰，持付與，譜龍吟。

華胥引

牧石詞兄出是圖索題，因成一解調寄《華胥引》，希拍政。乙巳夏中，迂安倚聲。

籠燈敲韻，量夕瑳吟，麗才難得。妙絕天成，樓臺七寶無碎飾。只有孤月流空，照海心如拭。千尺波澄，睡龍宵弭聲息。　　意誰紓，寫清辭、運針飛織。浩歌年少，多君斯文意刻。旖旎風光前路，仁繡篇矜式。浮恨閑愁，更知非挂胸臆。

探芳訊

酒邊倚，看昨擘魚箋，今逢燕喜。正立春三日，晴雪領春起。何須白也榮名惜，響拍陵雲製。寫襟懷、浩瀚蘇辛，清泠姜史。　　前事盡堪置。甚十載分藩，百城曾寄。待得重來，邊裔已如此。漫嗟吟鬢霜華色，且壽高風致。我當時、負米難忘尺地。

意難忘　寄林宰平

蟬噪輕颸,趁斜風細雨,柳媚荷香。高城松影暗,敧磧釣絲長。人漸靜、夕初涼,隨睥睨倘佯。喜就君詩禪畫證,白首雙雙。　　燈前一語淒涼,惜平生卷軸,毀付倉黃。湖山餘眷戀,身世幾滄桑。思痛定、劫茫茫,忍細與評量。待甚時、西登劍閣,老戲江鄉。

滿江紅

如此神州,負幾許、雄才英色。看幅裂、稱王稱帝,排關摧闕。只恁烽高天宇外,誰能箭定天山側。咽兵戈、危劫苦生靈,悲難歇。　　扶正氣,妖氛滅,三年艾,空聞説。紆大君組綬,小民膏血。歷歷百城鼪鼬地,娟娟千古蛾眉月。哭山河、何日整金甌,無教缺。

滿江紅

幽徑無人,垂楊嫋,晚風徐發。野橋度,平林彌望,遠流明滅。水色一灣縹緲鏡,松聲萬古玲瓏月。昉金波、身與片雲輕,清光接。　　今何世,憑誰説,幾翻覆,成灰劫。笑拖青紆紫,擁旄持節。人盡熱腸情似火,我偏冷眼心如鐵。願山阿、塵外寄殘軀,茅廬結。

滿江紅　題紅軍長征圖

大好山河，誰整頓、金甌無缺。擎天手、井崗旗舉，延安勳接。不是尊王稱帝願，更非圖伯封侯業。洗惡腥、堨黷覘天光，昭昭揭。　　看強渡，飛舟楫，騰殺氣，摧蹄鐵。歷百重幽險，無邊心血。浩浩生靈徼景福，陳陳史乘翻新葉。展畫圖、回首卅年中，千秋烈。

滿庭芳

草木驚秋，星河垂景，未料異國而今。當時分袂，纔見柳梢青。　春色回頭萬里，相思绾、銀甕楸枰。無眠夜，蟲聲伴我，孤倌一沉吟。　　裁書遙寄與，情辭綴玉，此老多情。待歸來，重見向說愁心。問道揮毫百綺，知謝傅、終念蒼生，看霖雨，三邊惠溉，飛起墨池雲。

水調歌頭

無緒弄詞翰，牢落又經秋。傳來箋上清泪，許日未能酬。憔悴而今自覺，翻覆年時體認，何用苦綢繆。千載史編裏，誰肯死前休。　　擎天手，懸河口，逞機謀。淒風丸月，依舊城郭古山丘。昨眺西峰紅葉，夜檢孤燈黃卷，措大是吾流。青眼幾曾有，霜鬢莫添愁。

八聲甘州

莽風塵何處繫相思，悲來拍長歌。任飄零燕薊，纏情鉛素，飲恨雕戈。八表同昏咫尺，傾淚注關河。春滿臺城路，烟柳婆娑。

一霎清明過了，直香犁冷雨，濁滾腥波。盡滔滔東逝，詞鬢苦銷磨。亂邊烽、雷車鼉鼓，橫剪陵、甚日伏天魔。空凝仁、棹松花月，曲港輕蓑。

鎖窗寒

過三海，烟水依依，留連根觸，歸得魯兄郵筒，示此調，燙貼細膩，亦走筆譜成一闋，聊寄心聲。自慚粗獷，惟詞壇拍正。

碧柳拖烟，紅橋映水，花飛無那。湖中打

槳，翠袖薄羅雙鬌。远聞簫、風柔日長，賞心得似江南麼。　　莫相思故國，瀛台覽古，及時還可。真個。家山破，恨不斷驚人，彌天烽火。沉吟半晌，獨向廻廊閑坐。望高城、松青柏青，殿門悄閉空宮鎖。閱興亡、等是飄零，説甚淒凉我。

鬥百草

妙舌生蓮，善翻新調拈來巧。影事如今，美人將并，難得者番比肖。數從頭、鬥一點靈犀，豪端恰好。想景色園中，神情語外，錦心才藻。　　它日追懷諧劇，還耐思量，真個爲伊成寫照。玉减香銷，砌愁埋恨，證三生、緣何草草。青燈暎，冷雨敲窗被兒悄。夢誰到，泪斑斑、直看秋老。

長相思慢

尚友承乏東路理事，遠辱朋簪關念，或飛翰薦能，或間關親詣，知其綿薄，施我臂助，惟路中分職有定，虛席難謀，且事必衆裁，權無獨擅。感賁臨之有斐，愧延攬之無方，匊實披陳，至交鑒宥，乃所身幸。

雪積窗棂，風鳴屋角，涉想辭國心情。淒凉説與若個，離亭青柳，絕域黃雲。一任行行。已形單影隻，哪管飄零。屈指而今。又春回、泪眼難晴。　　看人檢行囊，笑也歸來色喜，我却伶仃。鴛鴦死誓，幾度思量，母鬢星星。當年別後，盼相逢，能解愁鞏。此日惟、魂夢依倚，無言自撲征塵。

拜星月慢

墨翁賜題《憶琴百絕》，根觸舊懷，亦譜是解，非敢云和，直寫己胸臆云尔，敬惟拍政。

淡月低窗，孤蛩疏韻，漸脱秋來初意。逐想年時，引寒天滋味。恁頹放，任儘、吟箋筆架塵網，錦軸瑤函堆置。籠袖清宵，冷今生情思。　　問誰何、頓豁襟前事。前塵在、顧瞬悲歡異。繾綣綺問蘭心，已風飄雲替。甚天公、鑄作成陳例。羞明鏡、素髮俁嘘唏。待訴向、百轉千回，譬流星不繫。

調寄多麗

碧霄晴，銀河一水盈盈。鵲成橋、金風此夜，西墉可渡雲軿。翠棱停、蛛孫乞巧，金針度、繡幄通靈。青鳥初傳，赤龍方架，世間想像幾關情。五色縷、綰恩連愛，往事説西京。尤堪念，麻姑仙降，子晋笙鳴。　　莫鋪陳、九華卍字，天孫七夕將迎。記綢繆、木禾六秀，喜身世、心迹雙清。兒女成行，圖書滿架，同心誓結影随形。看河鼓、一年一度，蜜意感雕陵。當生羡，君家連理，人世雙星。

先君吳玉如先生詩詞鈔校後題記

　　右先君玉如公詩詞遺作凡八百餘篇，以量言固不爲少。此誠藏鈔諸君子之無量功德，敬謹泥首謝之，不敢忘也。

　　僕自一九三二年侍先人入關，漸諳世事，每見先君詩作，輒思錄存，而屢爲先君阻禁，蓋意不欲傳世也。今就記憶所及，先君詩詞之作遺佚者實多。如一九三七年甫徙居馬場道時，即有五古“城市餘穢惡，郭外傾壓軸”之作，題曰《餘穢惡》。如一九三六年追憶一九三五年秋偕蔣君昂先生游杭州西湖，有七古長歌寄贈，首四句云：“我生本是江南人，此來翻作江南客。三十年中幾度歸，歸來蹭蹬頭欲白。”其後尚有“相將同謁岳王墳，廟貌至今神奕奕”諸句。當時先君曾以工楷寫數通，分贈相知，而今全詩竟佚。又如贈費振甫先生首二句云：“我識振甫三年前，相逢不知幾洞天。”蓋與振甫先生結交，始于小洞天棋社。此詩今亦無傳。而七律所佚尤多。一九三六年寄蔣君昂先生七律首二句云：“去年秋半訪杭州，過憩君家熟黍留。”同年在南開大學寓廬，有《書窗》一首，字句曾屢加斟酌，前四句云：“書窗曉坐浮生静，天外高雷觸耳鳴。瘦葉枝頭隨雨隕，大雲屋角卷風行。”惜後四句不復省記。一九五零年贈廖輔叔先生首二句云：“頭白難移事孔丘，外身貴勢等雲浮。”寄舒璐昆明頸聯云：“興到千言如注水，意枯隻字勝移山。”全詩皆不存。至於一九三零年在莫斯科所作，一九三八年至三九年在重慶所作，今幾已全佚。倘自初到哈爾濱即有意存詩，至易簀之前所成，皆一一錄存,則傳世之作視今何啻倍蓗。手校遺篇,不禁泣下。夫爲人子而不能董理先人遺編,自知不肖;然僕已八十有七,雖常耿耿,而力不從心矣。謹録片鱗,聊志哀思。補過無由,徒增愧赧。

敬題二十八字:

同光遺響到迂翁,峻潔冲和晚更融。

詩外功夫書共老,最難及處是清雄。

戊子秋分　小如拜稿

吳玉如詩文輯存（增補本）

藝文叢談

會心不遠

迂叟書
於己酉
中穐

書論選鈔

□作字雖小道，其中亦有至理。臨古人碑帖，先須細心玩讀，而後臨之。臨必一筆不苟，一點一畫之間，細入毫厘，不可輕易放過。初寫必求能勻、能慢，先不能慢，後必不能快。鼓努爲力，是所切忌。專心一藝，非朝抽夕得，必如種植，不時除草，每日灌溉，始望有獲。涵養之功，不能別有路也。久而久之，乃可造自然而明神韻矣。

□中夏書家者流，必無僅善書而名家者也。又能以書名後世者，必綜晋、南北朝、隋、唐、宋、元、明合而數之而不遺其人者，夫然後可稱書家流也。一鄉、一邑、一郡、一代堪數之人，言善書則可；同書家者流，上下兩千年等量齊觀，則不可也。又豈獨專於書法爾也。言學問與德行者，何末一非然也！此鰥生生平之怪論也。論雖怪，要以出於世公論而後來無異説爲然。論雖怪，後來當有肯其

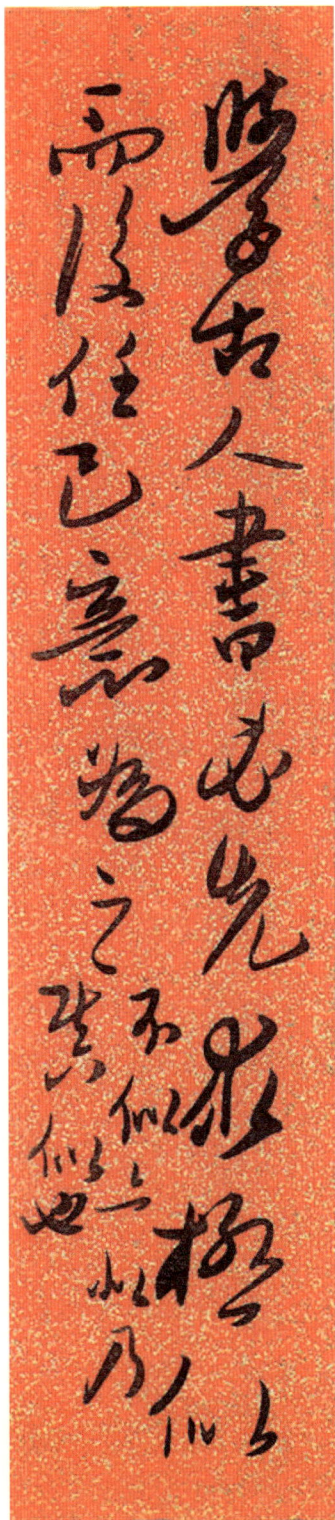

305

言者。嘗聞之"三代以下，惟恐不好名"，然好名究非德之宜耳。孳孳於名者，猶孳孳於利也。嗟嗟！身後名不若生前一杯酒。如一杯酒之念亦無，斯則神安矣。

□迂子當十五六歲日，見唐宋人佳書者，自問不知何日能挹其神味。乃至邇年，才覺得其彷彿，而對鏡已面河之深，髮雪之白。吁！人世光陰，方之石火，不爲妄也。中夏書藝，自唐以還，東瀛人嗜之不絕。餘如三韓、琉球，在近年恐已是廣陵散矣。又微獨韓暨琉球，吾黄帝之子孫，今日能將毛錐作字者，千人中未必得一矣。爾曹年相若者，如聲叔、馨山尚知挽迂子作幾葉書，以爲娛其目。二三十年後，五十、六十之人即遇此，恐亦去覆醬瓿不遠耳。實則物之成毀興衰，固無不變者，遠古金石鐘鼎之文，今人又幾人能一一識之。今日少年作書，固已橫行斜上，如迂子之作，百載而後，人見之者，不亦同古金石

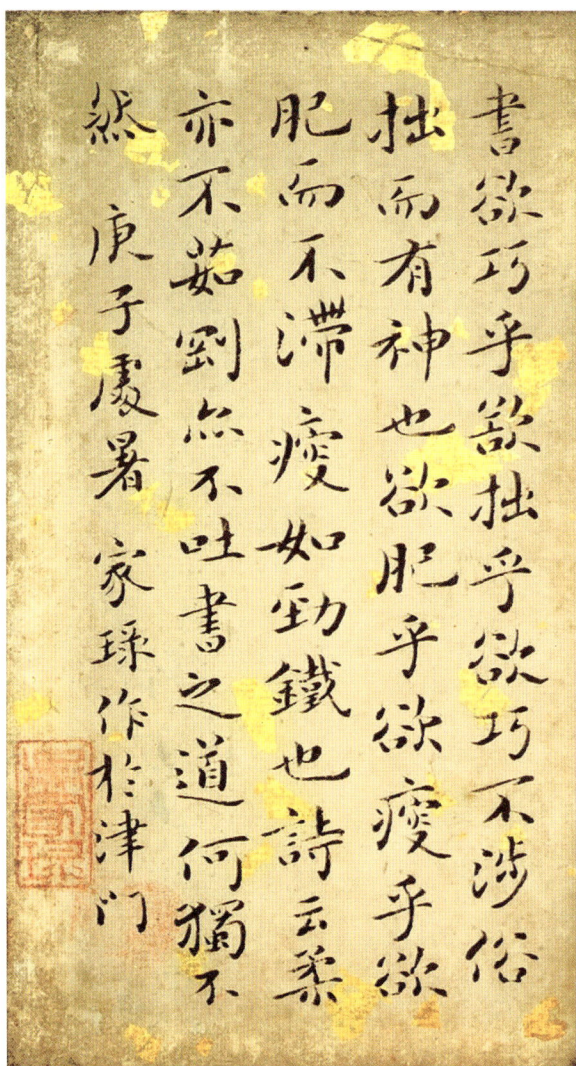

書欲巧乎欲拙乎欲巧不涉俗
拙而有神也欲肥乎欲瘦乎欲
肥而不滯瘦如勁鐵也詩云柔
亦不茹剛亦不吐書之道何獨不
然 庚子庚暑 家琭作於津門

鐘鼎之文邪！

　　□有問行書若何始可入化境，告之曰：行書當然以晋人擅場，而二王稱極則。從探究竟，懷仁集《聖教》洵爲有功。至傳世右軍墨迹，非唐臨則鈎填。唐顏魯公行書出大令，磅礴之氣，古今稀有。北海以二王、六朝之筆爲行楷，亦是獨創。褚、虞秀拔，時有小疵。宋以海岳天禀之高，仍時有齊氣。元鮮于與趙皆有可觀。明文與祝皆有紹述之姿，文少變化而祝間不醇。斯數人者，咸不能限之朝代以稱也。習行書，融此諸家於腕底，亦可以號能行書矣。

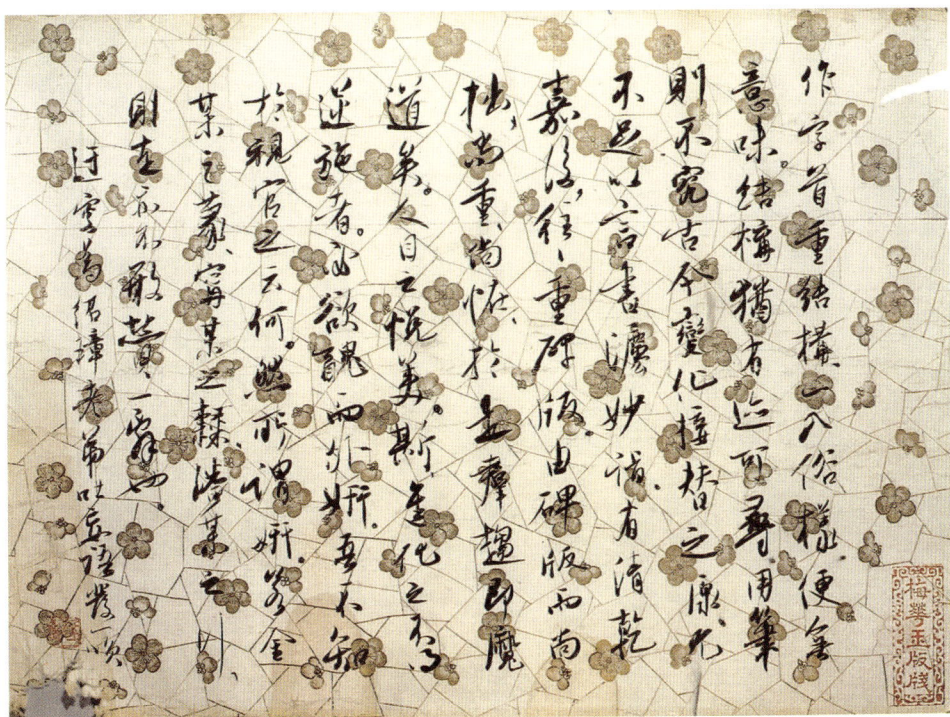

　　□作字首重結構，一入俗樣，便無意味。結構猶有迹可尋，用筆則不究古今變化接替之原，尤不足以言書法妙詣。有清乾嘉後，往往重碑版，由碑版而尚拙、尚重、尚怪，於是群趨即魔道矣。人目之悦美，斯進化之不得逆施者，必欲醜手邊無佳紙如此葉已近百年物書之尚順手惟爲染色非蠟戔能少出雙鈎視洋紙佳而此年久質脆易碎裂藏之不經意便不能完整戊申之冬寄北都中寬兒請作此楷爲寫數行衬庭業范拳之暇習字可救心也

東坡石銚尤水稍久供

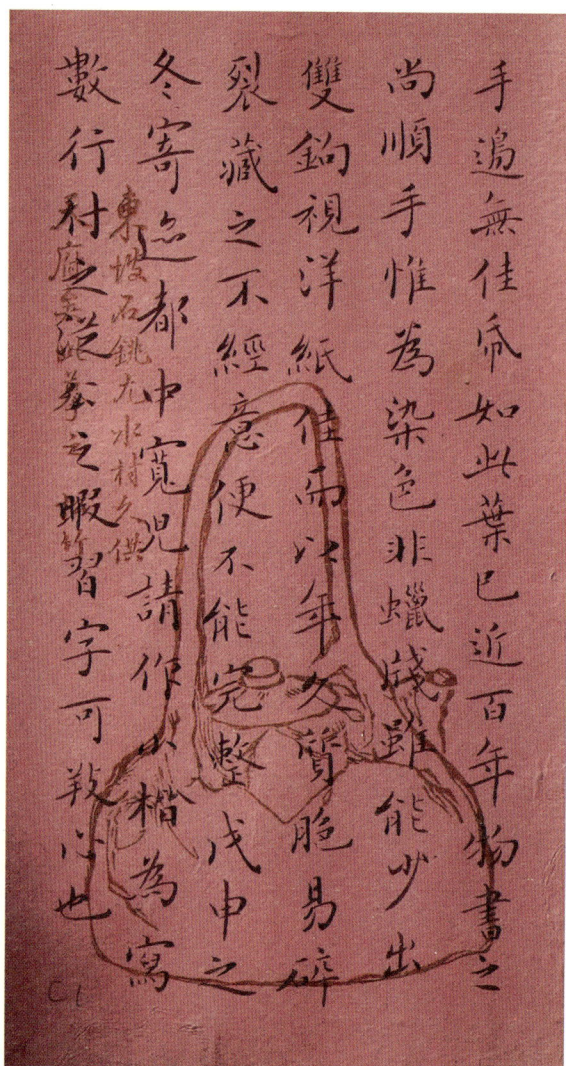

而外妍,吾不知於視官之云何。然所謂妍。若金某之篆、寧某之隸、潘某之行,則走亦不敢贊一辭也。

□今人作字,率皆劍拔弩張。功夫不到,妄逞險怪,是誠書法中惡道。柔亦不茹,剛亦不吐,能悟斯旨,思過半矣。吾幼嗜臨池,不爲俗説所搖,於今髮斑斑白,稍有悟。從我學者,無不傾筐倒篋以授,蓋懼斯道之不傳也。然無天資者,不能領會,聰穎者又多不肯朝夕以之而輒輟,而後知一藝之精之難也。又不多讀書者,書法亦不能佳。

□作字須方圓相濟,力透紙背,陰陽揖讓,一合自然。少涉造作,便無神韻,不知此而言書法,吾不知其可矣。今人嗜書法者,動喜云脱窠臼,此本是當行語,陳陳相因,固爲病痛。然一捉毛錐,便想出人頭地,一鳴驚人,吾亦不知其可也。

□作行楷,當從懷仁集《聖教》與歐、褚、馮各家《蘭亭》

討其消息。一點一畫之施，洞悉其理。"重若崩雲，輕如蟬翼"，析於毫髮之間，貫於腠理以內，神完氣足，無隙可乘，水到渠成，自然妙運。夫如是，可以與之言書法矣。講論可以盡之於辭，實踐非瞬息能至，見仁見智，存乎其人。謬以毫釐，差之千里，此所以索解人難也。

　　□作字必具繩矩，而後可以示後。必具繩矩，而後始可縱橫而得不亂。今人縱字畫出於無規矩，楷書多不可識，遑論草書乎？求學問不能登峰造極，率病坐一懶字，而尤病在不肯自拯。又有於懶中冀得方便之門，以神其不泥古之明。嗚呼？於此亦可覘世道。

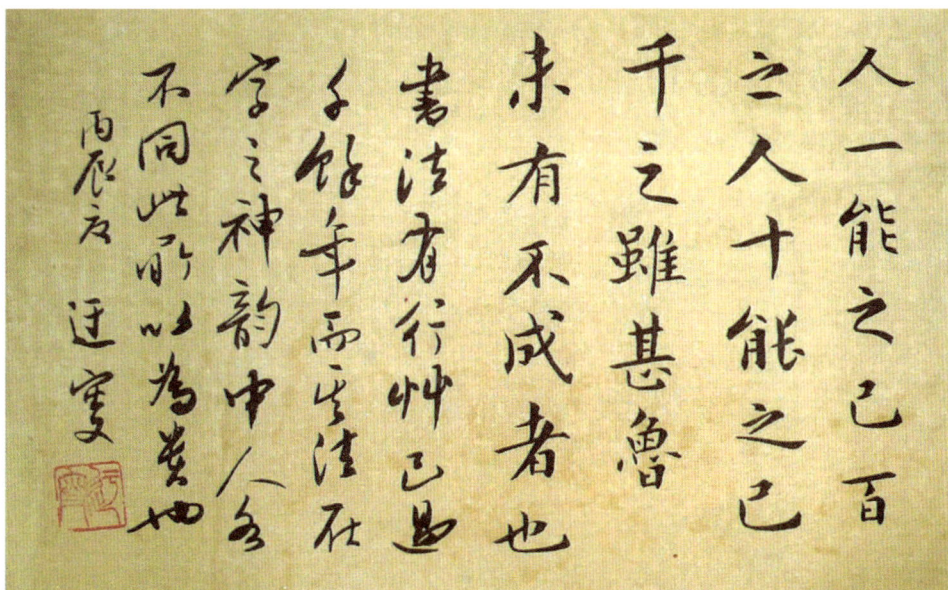

　　□非多見不能廣眼界，多見必須能別。不知別，則精粗不辨，愈多愈增累矣。學古人之書，取古人之長，棄古人之短，是善學書者，倘集古人之短於己腕前，又益以己短，則不可救藥矣。帖中用筆之好惡，不能細辨，師非棄是，又何貴臨帖。然則何以辨？要不出於三：曰形、曰筆、曰墨而已。形最易，蓋結構易求也。筆較難，篆隸不同施，草楷尤異則。用實多端，理無二致。筆到而已，不浮而已，到始不浮也。萬化千變，機不逾此。墨則入木三分，力透紙背，大字"屋漏"，小字"雙鈎"。明乎是，思過半矣。此爲不佞每以語學書者之言也。

　　□見得多，臨得多，萃古人之精華，省自家之病痛，積久不懈，神而明之。臨古人書必先求極似，能似得其貌，而後任己意爲之，可言得其神。不似亦似，乃真似也。點畫使轉尚無門徑，動言遺貌取神，自欺欺人，此書法之所以不傳也。又作書忌俗與熟，亦忌乖謬潦草。善書者曰篆、曰隸、曰草、曰行、曰楷，無不融會而貫通之，雖筆墨縱橫，點畫狼藉，而一折一絲又無不有來踪去脉，絕無闒茸滓雜之弊。一臻化境，便超凡入聖，無往不妙到毫顛矣。不主門戶，不爲字匠，明乎此而後可與論臨池也。

　　□偶然欲書，確爲一樂，生平最惡情倦手闌，人來乞書。尤爲難堪者，不容少緩，立待將去，當此之時，筆即無神，而錯落不由己，愈恐有失，訛舛繼踵，誠無以自名，殆如昏瞀。事過思之，亦不禁啞然失笑也。吾念嗜書之人，此境必皆有之。

　　□由程邈到鍾繇，漢而魏，即隸而楷。質文之迹，消息井然。質莫忘厚，文莫忘韻。隋唐之紹，遞承以明。歐、褚各成馨逸，有由來矣。不爲因襲，豈偶然哉！

　　□二王之書若《蘭亭》，若《中秋帖》，姑不論其爲後來臨摹抑雙鈎之作，皆宜細心玩索。又如《喪亂帖》、《侍中帖》皆是行草之至寶，《聖教序》雖爲懷仁集字，佳刻在几，臨玩不已，消息參透，妙用無窮。而後唐褚、李、顏、孫諸大家暨宋

310

米、元趙、鮮于與明文、擬山、青主，以入牢籠，則論行書可無憾矣。

□習行草，《聖教》與《蘭亭》爲必經之階。《聖教》字數非《蘭亭》比。雖爲集字而規矩不失，善臨之亦能得其腠理。不知所以，僅爲抄撮，即獲宋拓，了無關涉也，何臨摹之尚！如寫《聖教》有悟，再參元、明名家墨迹，亦可造上乘矣。近世元、明兩代墨迹，印珂羅版者甚多，由之尋晉唐門徑最當。略如故宮所出鮮于伯機寫《杜詩》，明文衡山行草諸帖。文之書有石印本多種，亦大可玩味。文書雖少變化，然極具矩矱之美。他如故宮出之孫過庭《書譜》，亦當悉心讀誦，不獨可知草法，其文辭亦至美矣。作書要無論爲隸、爲楷、爲行或草，必筆筆不苟，即一小點或一小轉折處，亦不宜輕易放過。必使來蹤去迹、方圓長短，毫無拖泥帶水、浮掠腫率各病。持之久遠，然後可進而言神韻。初步潦草，終身無臻化境之日也。

□欲習行草，能將《元略》入

書法能知香象渡河獅子搏
兔之用而濟益之以丰神厭可
超凡入聖矣

癸卯中秋迂叟付寧兒

門，庶可得三昧。驟聞之似不能解，實則非故欲駭言，因六朝無間南北，精書者皆能化二王行草之法入楷則。吾嘗謂晋人行草使轉化作真書，便是北碑面目，一脉相延，豈可强爲割裂。能得其理，則從之可尋行草之原。雖《蘭亭》多本，甚至懷仁集《聖教》，如不得洽心之導，而於是翻可得金針也。

　　□自書法尚碑薄帖，而雍容中和之度，神秀凝重之器，近百年中微獨鮮見其迹，亦且少聞其論也。毛錐非刀劍，剛很異於柔和。無論古今，此理不變。魏碑非不可學，弩張劍拔，切齒裂眦，無真力於中，惟貌肖於外，於求筆法翰墨乖矣。然模習晋人，真迹罕覯，木刻展轉，神索形滯。上僅軟熟，下甚瘦腫，爲世詬病，亦其宜也。能挺不失潤，韻而神超，則學魏學晋，同條共貫，亦何軒輊云哉。習魏碑最好能擷精華，棄糟粕，能熔《崔敬邕》、《張猛龍》、《張黑女》、《鄭文公》、《元略》諸碑誌於一爐，而無斧鑿痕，令方圓相濟，純任自然，不拘一人一派之沿襲，則言書法庶乎可矣。更要能冶晋、隋、唐爲一爐，庶幾得縱橫如意，不囿於滯而淪於怪僻。清末從事魏碑者多矣，然蛇神牛鬼，能造悲庵之境者，已不多見矣。

　　□北魏遞承晋人筆法作楷，墓誌碑刻成一時風尚。六十年前，有正書局集北魏墓志，成《六朝墓志精華》，計四函十六册。其中佳作頗多，吾最喜《元略墓誌》，雖收拓非精，然用筆結構深能體會二王脉息，兹將所鑒示諸生之問學此書者。碑之首由“魏故”至“志銘”三十字中，“史”字之波、“太”字左掠，無筆。右波太長，與諸字不相侔。且“平”字無陰陽，亦非佳字，是不可原形照搬，繼承病痛。嗣後，“照”字四點，爲體互乖，與上"昭"相應，益彰其妙。"儒"字小豎太長，"宅"字"宀"頭之鈎不放，與下"乇"放長，相映得勢，最美最妙。"等"字之"寸"，使全字精神完整，雍容脫俗，應多體會。至如"黃"字，左上占大，右上讓開，而"田"取扁，下兩點分離，一字之內上下呼應，亦即行草一行之中，大小錯落之意。"光"字上小下寬，布白得勢。"安"字雖好，其下半跋扈姿生，宜不從學。"廗"本"席"字，乃北魏時訛寫，不可延用，使人不識。"平"字除一小橫外，下四筆皆可取。應與前"平"字對照參看，明取捨之義。"迅"字之波不佳，"裁"字之勢與《張猛龍碑》對照體會，自多參悟。"邘"、"郎"右邑部分上大下小，最爲得勢，與《鄭文公碑》之上小下大，孰是孰拙頓見矣。至於"戾"字開展，"皇"字偶用方筆，別有境意，惟不可累篇皆如此也。"北海君"三字相連一氣，"北海"二字用筆，全同《張黑女》，"君"字上緊，"口"大，於此處恰得相應，他處是否可用，須見情定事，不可一律以之，昧於知變。總之，北碑妙字甚多，不勝枚舉，宜細心臨摹參悟。領會其如何運用二王行草之法，參諸楷則之中，必可見其矩矱矣。

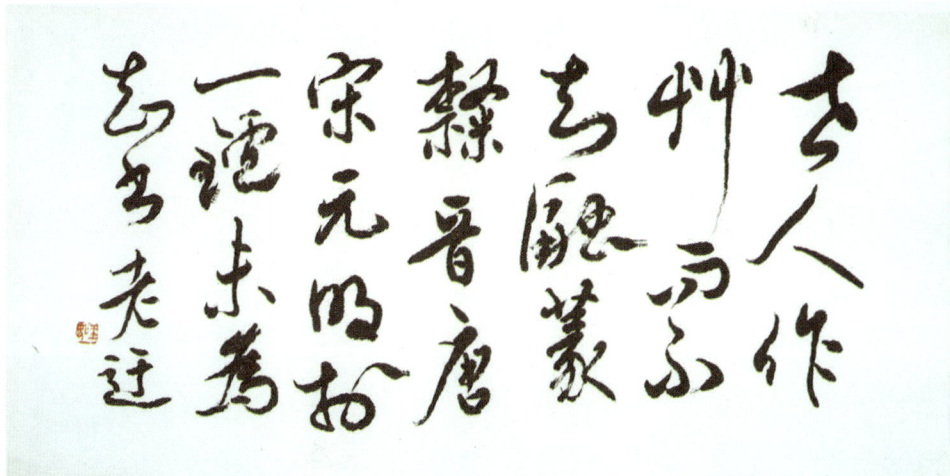

□褚法影響唐代，原自晋與六朝及隋之《龍藏》，寄梯航之迹尤深，臨摹者十九未入也。此石神理，金針可度，解人實難，而佳刻亦難，吾六十而後始於楷法有所悟，娛於己足矣。

□宋代米襄陽書承先啓後，吾謂實出蘇、黄之上。天禀之高，直入晋唐。蘇、黄非不晋唐是知，特已病多耳。

□宋之書法，蘇天分高，得大令長處，誠深有得。雖有時偏濫，不免嗤之者，謂石壓蛤蟆，然變化處，終不平凡。次則米之臨古，實高出有宋一代，《方圓庵記》之作，惜不得見其墨迹矣。

□鄧石如前作篆書者，皆是畫非寫也。不必遠數，如孫星衍、洪亮吉皆可證。鄧氏出而是寫不是畫矣。有清三百年，楷尚館閣，頓失柔和。行草遂失其傳。傅青主而後，已無筆法可言，更無論神韻。書法云何！

□墨在研，濡墨於毫，而墨無一毫滯溢。筆在手，命筆於紙，而筆無一絲違拗。是殆爲心手相師，而無一不入於規矩之中，具風神於蹊徑之外。斯可以怡情安性而養其天年也。歲次丁未，我年七十，遇人來丐書扇，曾有是六十餘字。當時圖章失盡，事逾許年，來補章，重見此，喜是由衷之言，録出以付嘉羊。今年七十有七矣，尚能作楷。嘉羊讀書習字果能不怠，敦品立行以爲世範，不負此葉之給，則人生相得無過此矣。

□有問習書如何選紙、選墨？答曰：書爲六藝之一，佳書懸諸壁上，饜目娛心，其美無窮。作字必紙墨相發，而後可以騁懷。墨佳紙亦須佳，縱墨好紙不發墨，英雄亦無用武之地。

舊紙質固好，多年而後，火性退盡，墨過，真是水乳交融之妙。大字則見屋漏痕，以生紙棉薄者爲佳。墨注於紙而不光，裝成如絨製，今人多不知矣。蠟箋或硬黄作小楷均見雙鈎。此皆有迹象可見，非虛構徒爲説者也。研墨清水用之稱意，過時則膠沉水浮，屋漏之痕不匀。墨不鮮活，或非研墨，咸不可以語是。關於執筆，孫過庭《書譜》云："執謂深淺長短之類是也。"執筆太

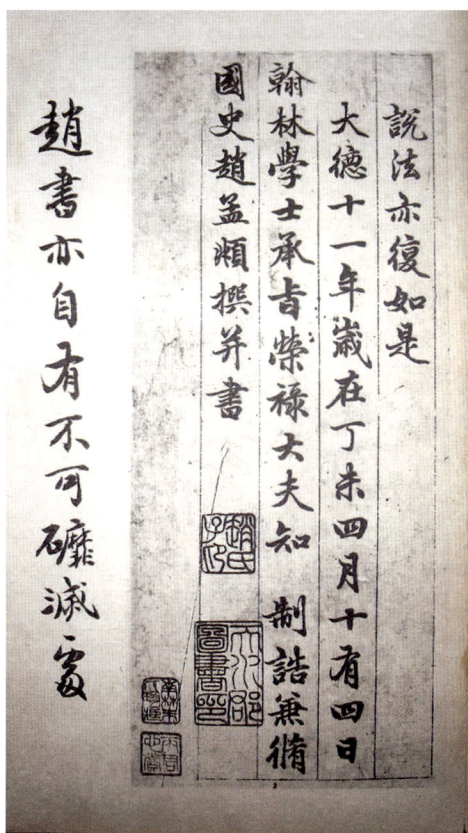

近，腕肘伏案而勢屈。臨書當以慢爲勝，慢較快難。當習字之日，筆惟恐其不到，惟恐其不似，鋪毫墨到，久自見功，輕踢輕跳，弊難言矣。又結構每字皆有其向背陰陽，習之既久，神與筆化，速似雲卷，遲如山停，無全目、無全牛，至矣。

　　□學書，果重天稟，抑人力乎？吾以爲恃天資高，每不能竟其業，蓋見異思遷，遂成自畫。資稟反以病已矣。癡騃又終不得超凡入聖，而後知天賦與力學，二者不可偏廢也。

　　□舊紙著墨極如意，若遇有修養人，毫無火氣，溫潤可親。予自束髮，喜研書法，至老不倦。今粗有得，屈指過四十年矣。乃知一藝之微，亦非造次可希，而嗜之初非有冀而爲之也。有冀而爲，即得亦不深矣。其深識諸。

　　□精書畫，不規模一家，不似履中之獨嗜玄宰也。董之影響清初有年，實則遠遜松雪，二人之行則伯仲間耳。青主極薄趙，傅書似趙未必過，惟品則去天壤，千古已有定論。由是言之，一藝云乎哉！

　　□書畫可以養年。養年者養心也，心静始可言養。心静，然後氣足神完。一涉匆遽，筆墨皆非矣。小楷莫以形小，雖毫髮之細，亦須如獅子搏兔、香象渡河之用，明乎此而後可以言書法。任筆爲體，聚墨成形，此所以爲大忌也。陰陽向背，不惟結構重之，一點一畫，亦應有之其中。

　　□書法行草爲難，以其變化多也。每字不惟心有其形，且當有四、五個不同之狀早在胸中，臨穎視所適者，隨地用之。常用之字，如"也"、如"其"、如"如"、如"者"之類，則多多益善，又豈四五數所能該者。明此，然後可知變化之説。惟又重神韻，尤忌鼓努爲力，不矜才不使氣，如技擊中太極拳法，一氣流走，形正而意貫。孫過庭謂："草乖使轉，不能成字。"斯言可味。今人作草不知熔篆隸、晉唐元明於一爐，未爲知書。

　　□《蘭亭》多種，悉出右軍，而虞、褚、歐、馮，筆法各不相蒙。能合諸家於腕底，或能得右軍筆致乎！心之所擬，手不能至，亦徒具高論耳。《蘭亭》真迹不可見，惟於唐人筆底得其仿佛。然歐與褚已截然分界，究誰所得多耶？神而明之，是在領會矣，不能强甲乙也。

　　□臨《麓山寺》與王《聖教》，每日細心參臨，臨筆尤須戒浮躁，否則事倍功半，或至心灰而竟擱置，一蹶不復振矣。吾記十四五歲以後始知每個字加以分析，見明朝人書札中，名家亦往往有誤，一一從心目中鑒定，從心目中自戒，而後始有所悟。然後又知字體，又知一個結構是必不足用，不足以言變化，而變化絕不可闌入腕底，以魚目混珠。古人重讀帖，寓之於目，會之於心。得心應手，超凡入聖不難也。所謂熟能生巧，不熟則不化，不化惡能巧。吾一再告以多讀書，能從吾言，其庶幾乎。

□舊紙煮椎作小行書，亦別有風趣，所謂熟能生巧。墨不入紙，亦可用重墨以求其韻。寫二王字得陰陽開闔之理，則不落俗套。以究晉唐宋元之筆，不入鼓弩之路，斯可知館閣之路歧也。

□多讀書而後可蠲躁氣。作字能知含蓄，自得靜中趣，可免劍拔弩張之累。作字養心，何以故？因書法能使人心靜，靜則不亂，所謂神凝於一，一則化；不一則散而不聚矣。讀書何以能入，在精神沉靜，何以故？止水可鑒物，風動水波則內外交亂矣。

□道光以前人書館閣氣尚不深，後來益形板滯矣。趙聲伯習褚而外，小楷宗右軍，三百年間實不可多見，惜不能大字。其後許稚黃只摹其褚耳。宋伯魯、徐師雪當時咸以習松雪名燕市，然論書法氣韵皆不能如陸、朱之高厚也。陸鳳石大楷亦不俗，是館閣中不群者。

□寫《龍藏寺》須以《磚塔銘》、《雁塔聖教序》爲近據，以《經石峪》、《石門銘》、《鄭文公》爲遠據。體而化之，非合而入之。臨《磚塔銘》從鍾紹京小楷《靈飛經》討消息。

□古今人習書者何止千萬數，而能洞悉此中甘苦，具千百年眼者，代亦不過有數人耳。童而嗜焉，皓首無歸者不知凡幾。一藝云乎哉。剝盡人私還天倪，庶可與言夫。

□臨《聖教》更要在無事時反復玩味，一點一畫悉熟胸中，然後手到意到，毫髮無間。再參以《喪亂》、《侍中》諸帖，悟徹矣。乃於褚、顏、李諸家知其各有所致，嗣宋米、元趙、明文皆揖於室，而不能得行書究竟者，吾不信也。

□書法之重惟中夏，若三韓、若琉球、若日本，皆中夏支脉也。又聞波斯古重書法，今日如何不可知，其研求書法之道何若？亦不審也。至於畫之重，則無間於中西，攝影術未具之前，畫之用亦無怪其閎也，今雖有攝影之術，而畫之法、之美亦不能泯於人間。然以言法，則中西之相去又不能強同也。西方油畫遠觀則奕奕之光焰委逼人，而不可近玩，迫視之，則堆膩不能辨其何肖，不似中畫尚筆之用，近視其一點一畫，無間巨細，即細入毫芒，亦有其剛柔、陰陽、順逆之法在。一筆固各有異，一墨之施亦至分五色，吾固未習於西畫之道，第觀其塗油於布者，非筆而以刷。雖亦大小不同，刷之用究不似中夏筆用之精，與中夏製筆之功深也。中夏之畫，質實不能外書法而自成邦域，西人之畫無與書之道，其書之極者，不過加花

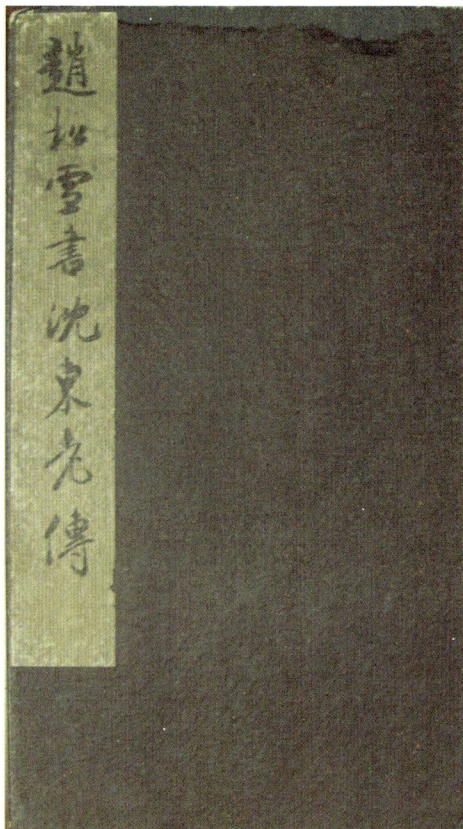

而已，此中西畫途之迥異也。中夏古能以畫家者流稱，往往不能舍書與詩而獨專於畫，不能書，不能詩，而獨專夫畫，是畫匠而非畫家者流已。自唐王摩詰而後，是說乃益顯，益爲確不可移易者。近五十年，西風東扇，以畫家稱之人，亦往往有不讀書之人。吾既識數行於斯册，復寫是云云，蓋意在勖畜斯册之人，以多讀書爲畫筆之根柢耳。

　　□湜華藏是佳本，歷廿餘年，經劫完整無缺，將來令跋之，其欣幸如何，墨緣不淺。嘗謂收藏鑒賞與臨摹入室融神會心者，截然兩事也。迂夋二十餘歲時，見明末王鐸墨迹臨閣帖數帖，王之人洵不足取，而書法有可稱者。於是知青主賤子昂，實有其心胸，而下視覺斯，更可不論矣。然有清三百年，求《擬山園》之筆不可得，亦館閣時會使然與。趙山木世駿之小楷，如先不受卷摺之束足，則天禀之厚，更可展所長。故其大字一生不知肘開奔放之致，洵可惜耳。《淳化》無論如何精湛，終不如《大觀》與《澄清堂》之佳者。是二者能挹其精華，又不若得墨迹之可悟入。吾於是有元明人墨迹之上者，可以借梯上溯晉唐之室門也。一藝之傳遞，於是千餘稔矣。而今橫行斜上，將以聲迹掃六書之制，吾不知其繼也何如？莊生喻邯鄲學步匍匐而歸，其可念乎？廿年前，吾有二十八字，其言曰："海王星數數冥王，冥想星河無竟疆。文字漢唐才幾日，眇予何事哭興亡。"其思也狹乎？湜華攜此册屬書，信筆塗鴉，遂滿其葉。

　　□形似而神非，神雖非，形有歸，將形迹神，心會可追。靜中非死，死灰冷，不可爲。灰不冷，芋可煨。此中消息活潑潑地悟者誰。

形似而神非神雖非形有歸將
飛逐神心會可追靜中非寂
死灰冷不可為灰不冷芋可
煨此中消息混濛二地悟者
誰

老迁

□作書純以神行，忘乎執筆灑墨，而後可得佳作。今人能解此者無幾。然功力不到，徒事亂抹，亦屬野狐禪也。超象外得環中，庶是妙悟矣。

□寫《書譜》宜留意其點、撇用筆，或停頓、或收斂、或徑放出。切不可似放不放，似止不止。似放不放、似止不止，正孫過庭作字病痛處。

□作字結構，橫筆須平。如數橫同施，應有疏密，見陰陽，具變化。尤忌等距離。等距離乃美術字，非毛筆字。作草書忌繚繞，尤忌用筆輕細，點畫糾纏。務須沉實，筆筆皆到。筆要斷、意要連，所謂筆斷意連也。

□寫楷書應以唐宋元諸家楷法爲階梯。學有成就，再寫隋碑。隋碑中以《龍藏寺碑》最爲挺勁。從而上溯北魏諸碑，若《張猛龍》、《張黑女》方中取圓;《鄭文公》圓中取方。然後參以《石門銘》、《瘞鶴銘》、《泰山石峪金剛經》以領略其不同風格。《張黑女》雖有北碑習氣，然用筆極妙。

□寫隸書須善於去取。鄧完白、趙撝叔皆聰穎過人，故各具自家風格。錢梅溪則唐隸耳。學隸書務食而能化。鄭谷口能化;桂未谷、伊秉綬、孫星衍則未能。陳曼生不如金冬心。漢隸流傳不過四百年，上不及篆籀，下不及楷書、行草，皆逾千載以上也。

□二王書與杜甫詩，冠絕古今，如多面體鑽石，後人得其一棱一角，便能名家，此須自家苦用心力，非假外力吹捧以成名也。

□唐之善書者多重隋碑。歐、虞皆自隋入唐，褚亦得力於隋書。二王書貴在內涵，最忌棱角分明，鋒芒畢露。李北海析右軍草書之點畫使轉，融入北碑，故其書樸厚有味，自成一體。玩其《麓山寺碑》自然得之。

□作小楷宜疏散，惟不能染館閣體習氣。趙聲伯小楷有晋唐風致，惜字一逾寸便露馬腳，乃摹褚河南，聊以遮醜耳。

□趙撝叔篆書不及鄧石如，亦不如吳讓之。即其自家成就言之，篆不如隸也。其病在過於求側媚，故筆飄而味薄。究其本源，蓋未能寢饋二王耳。

□學書非致力六朝不可。六朝碑版字，用筆幾全自二王化出，《元略誌》即顯例也。蓋北碑、南碑，悉二王筆意。寫隋碑亦須從二王中討消息。隋碑最精者厥惟《龍藏寺》，宜臨摹把玩，能化之最好。寫北碑，隋碑是鑰匙。

□《聖教序》可放大寫，與顏之《爭座位》不同。顏爲獻之法，《聖教》乃羲之法也。内擫外拓，是兩者不同處。

□不論習草書與否，皆須讀《書譜》。讀《書譜》可明作字之理，以之指導實踐，必有好處。然後自實踐以驗證理論，自然長進。作草字非漫無規矩，隨意一畫即了。其中使轉，筆筆皆有交代。且草書亦有筆順，倘違筆順，執拗處立見。

□習字必自臨帖始。只能臨摹，是一境地；能屏去臨摹，脱手自書，是又一境地矣。經此二境地，始可稱書法。

□習褚字，臨《枯樹賦》似勝臨《哀册文》。然兩帖皆有褚病筆。如"何"字右側"可"字豎鈎太長；"迫"字作"迫"，是未讀《説文》所致。宜先學二王，再臨褚字，乃不易中其病。

□紹良市是册索吾書，十三四孩兒獨喜書法，是殆出天性，非人迫爲之。即是而知中夏六藝之教不虞其泯滅也，只惜不能時得磋切之，然成者自成，吾之所學或終能傳授之也。吾嘗謂書法之成家者，不獨臨幾葉古人書，便可登峰造極。學與養二者，不知須如何成就之，始能超凡入聖。世盡有事筆硯數十年而未能得門徑，矧論窺堂奧也。由篆隸至草楷，由大而至小，其間消息都不能參透，豈惟工夫，亦須明悟耳。秋窗無事，研墨一盂，爲紹良塗是冊，自午及酉不覺手有倦意。然爲之不輟，一惜墨，一欲紹良三十、四十而後知吳伯伯愛之之心也。人生不過數十寒暑，精神當使有所寄，否則走肉行屍、腐草朽木，不亦大可哀乎。中國人活於此土，有中國之魂魄在，豈獨瞳不藍、髮不黃哉。是猶其形骸也，識之識之。

　　□自漢而後習書者何止千百，而傳人究不多，代不過三二十子而已。所謂書家者流，豈惟筆畫之間常人所不及，品格胸襟亦非塵俗所能望到也。明乎此而後可言書法。

　　□吾喜於生紙作隸，今就是冊試爲之，大有用武無地之勢，凡事不可強爲也。如此即前葉作魏書亦勉強，蓋屋漏痕不出耳。

□作詩無紗帽氣，作字無館閣氣，便可與言上乘。上乘云者，真趣是也。一涉雕飾營外物則天趣泯而真意失。莊生謂"人欲深者天機淺"，此語亦不難領會，只是人欲魔力大耳。

□三十餘年來嗜舊信箋成癖。頃光啟以我十餘年前所書聯屏各一，事易得信筒百個、信箋三百餘葉，爲之狂喜，以爲厥功甚偉，當多予幾幅佳書也。此紙極佳稱心之至。新紙燥、舊紙無火氣，此非久於臨池者不知也。紙一過三十年，不獨入墨，筆尤受命，是其可愛者耳。大字於生宣見漏痕，小字於蠟箋見雙鈎，今人多不解，實則有清二百餘年中悟之者少。此洋紙見雙鈎不如中國蠟箋好，蠟箋可比美硬黃又好，泥金便面或紙亦足厭人意也。

□臨研既多，追撫久久，當時苦不能似，十年八年而後，有不知不覺竟來奔赴腕底者，亦至樂也。臨池可以去躁去浮，於得延年。書法活潑，得静字趣是有悟也。興到筆随，得心應手之作，始是精神所寄也。無間於書畫，必也真氣流走，始得人玩之不厭。非然者，曹蜍、李志雖生，人無生氣，而後知廉頗、相如千載下之可貴也。

□詩書畫造詣愈深，變化愈大，愈覺無止境。無止境，其樂乃無窮。故可以終身嚮往而無厭。故有止境之事不能稱爲藝也。人生有一藝之擅，精神始有寄。否則愈老，生也愈覺無味矣，長壽爲何耶！

□常人每重書卷氣，究自何來，要知不能勉强，是非數日功夫，不是空言所遮蓋，以爲門面者。能見繁縟於平澹之中，不矜才不使氣，而能興象自遠，不以弩張劍拔爲長，夫是之謂見道。非然者趨之愈疾，去之愈遠耳。同吾所好，其會斯語。作書雖細如蟬翼，亦當有香象渡河、獅子搏兔氣象，而後可言勻力之道，一涉劍拔弩張，周身無是處矣。

□隋唐以後臨稧帖，無神理者不論。凡大家各有所到，歐褚固不同范，然歐之凝重，褚之俊逸，咸有千秋，不能相蒙也。宋、元、明而後，得自主立家法者不多見。清定式館閣，只求矩貌而神識盡矣。此古今書法之變也。

□世人作草，而不知熔篆隸、晋唐宋元明於一爐，未爲知書。作字習行草，不從晋人入手，必不能佳。有清一代，篆隸可謂突過前人，行與草難方元、明，固無論於唐也。近五十年來，書法已没落矣。

□乙亥歲，予執教南大，鶴年游門下五十年矣。古隸由完白窺兩漢，小篆直上蔡，楷行尚精密流暢，能出自家機杼。盼矙没躋攀法前修，吾知無間然矣。邇三十年中，能書生紙者極少。館閣體固不佳，當代名公求館閣之醇，亦不可得。書法雖小道,果亦随世運邪。宜我之書,自視常欲然也。

　　□予庚寅之秋,再至蜀中過成都肆,市紙百葉歸,藏而惜之未用,置篋内會爲窗雨所浸,水迹宛然。丙午小雪後,燈前取之拭墨,人之嗜亦多類矣,予少之時喜臨池,得古人名迹玩之,每不忍釋,而恨己之運毛錐不能逮也。明年七十矣,自覺稍稍能與古會。吾嘗謂,中夏之書法,無僅僅篤於書而能知書之閫奧者,又往往見有畢生之力而未悟書之理者。噫!一藝之入,固須得天授耶。天授固爲欺人之談,要會心非能强於人人耳。

題《元略誌》

《元略誌》用筆與二王息息相通，結構似不同，實則由質而妍，亦自然趨勢。頗怪稱北碑者，必欲與二王分門戶，而使漢隸并。故宗是説者，其書法亦不能悟古今之變也。必爲樸拙之形，乃益增醜怪之相。吾服頑伯天縱之才，篆隸以寫法出之，於是一洗前人刻滯之弊。此讓之、撝叔能爲後來之秀，然行草終去宋明人遠，遑論晉唐。吾則謂：行草入晉唐之室，篆隸悟頑伯之筆，而後可稱中夏之書家也。有清三百年，高者動言篆隸以示碑版之功。實則篆隸石拓俱在，若不神而明之，自出機杼，寫同《嶧山》、《石鼓》諸刻毫髮不異，亦不爲貴也。猶之寫《閣帖》而無唐宋墨迹爲之先路，即寫同棗木原刻無異，亦木雕泥塑，終無魂靈耳。又隸書吾服鄭谷口，後來金冬心亦不可厚非，斯皆能自樹立而不囿於碑版者。北翁南翁之隸，吾不識其佳處。道州之篆隸，隸愈於篆，亦苦無氣韵耳。寫先秦之篆，楊沂孫天賦亦高，至吳清卿工夫未可非，言神韵則去楊豈止三十里。後來丁佛言雖出於清卿，可稱後來居上，惟他書未能稱之。書法固小道，就藝論藝，由秦至今，歷幾何代，經幾何人，其中淵源得失，不有學力以赴之，眼力以燭之，朝握管，暮成家，則不欲言矣。矧至今日，筆墨日少，橫寫日肆，不惟總角少年，求之大都市中，萬不得一。即四十、五十之人真知書者不能謂無其人，恐是亦不多也矣。究之毛錐石田能如麥菽之功否，斯固不可相提并論。惟精神所

327

寄,是否不能下於布帛米菽,此有待於知者下一定論也已。

題顏魯公《爭座位》

　　吾嘗怪古人重書法,遠者不論,元明以降真得書髓者幾人?既魯公行書原出大令,《爭座》之傳,洵爲可寶。而自宋以來,揣摩臨寫之輩,幾人登堂入室,挹其神理,斯難言矣!世習魯公者,每稱《多寶塔》、《顏家廟》、《東方畫贊》、《麻姑仙壇》諸作,殊不知皆耳食皮相也。顏書精華實在行書,如《祭姪稿》、《三表》皆有金針可度。其楷法則遠不及歐、褚諸家之足神味。世又多并尚顏、柳,實柳亦是行勝於楷也。人每問行與楷孰難?答曰:行難。因行變化多,楷變化少。唐、宋、元、明,溯源不離二王,而四代之人眉目各不相蒙,此其明驗也。吾每示人無問文也、詩也、六法、八法與篆刻也,咸宜有自己之靈魂神態,一入泥塑木雕,縱使精湛,已索然矣。又習古人書,吾子每言須知鑒別,取精華棄糟粕。不解此,聚古人之病於一身,復益以己病,終身不可救藥矣!斯言誠是。然則何爲以取,何爲以棄耶?斯則存乎己耳。吾無以爲喻,姑就此中擇"蓋"、"請"、"貴"、"會"、"有"、"道"、"仆"、"中"、"若"九字,宜從不學,亦可知棄取之方矣。

題《王鐸手卷》後

　　明書法至擬山而絕其傳矣。有清一代,囿於館閣,書法殆類機械而無天機,故爲高論者律漢持魏,去之彌遠,行草之塗，無人能嗣響矣。每觀老輩作書，率皆掌不空而腕不能懸，不知點畫之變，僅守方正之形，奄奄沓沓，生氣毫無。稍大之字，無不乞靈於玉版，固不待近年不重書法，而書之法固早泯滅於墨卷白摺間矣。覺斯作字喜從古體，而往往不合六書，如此卷"竈"字，從"鼀"之類，是不免貽笑方家也。

作字紙墨筆硯四者，昔謂文房四寶。硯固可歷久遠，紙之製也時有不同，筆亦因用而異，墨則清製實後勝於先，至今日復無人重之，十年之後，恐不復有人能審其法耳。此卷之紙火氣已退，裝潢亦復不惡，蓋施漿甚薄，不礙於書。近代裝卷，漿厚紙劣，落墨變色，極違人意，使意興索然也。十年前得高麗或日本筆，往往有甚佳者，今則不審，何如矣？自晉而唐，而宋而元明，書家不知凡幾，真得是中三昧，陵轢今古之作者，亦不數數。觀有所長或有所短，要能從眼界多見古人墨迹，尤要在多讀書，下筆滌盡凡滓，又不囿於一家或一代，而後於斯道嘆觀止矣。言之匪艱，行止維艱。今後解人不知何處尋也。鶴年得孟津此卷，囑爲跋尾，春窗静日，信筆不倦，書之又復書之，東坡雪泥鴻爪之詩可念也。

是幅歷如許年，而今爲我塗抹遍，是亦緣也耶。鶴年不得斯卷，吾亦無由遇之，既遇之，遂一書再書而不倦，非鶴年吾亦無以騁吾懷也。生平嗜此，年過耳順矣，獲舊紙潑墨其爲快，殆如劉伶之遇酒，然酒實戕生。塗鴉雖未必等就丹砂，然吾知養吾性矣。舊墨舊紙於今難得，如稀世之寶，再逾二三十年，不知人有惜之者否？然知書者無此可不論矣。

球四十而後，寄津門之日爲多。鶴年時從之游，惜其嬰於世網，不能肆力於所好如球者，近年多暇而又爲天稟所

題跋

329

限,不能精進,髮種種雖薄,藝亦不敢謂有成,亦聊以自遣其襟懷爾。鶴年喜藏其書,付之,不識字者或不足以供傳薪用耳。

跋王宸《溪山無盡》手卷

"畫須一氣貫注"一段語,洵爲三折肱之論。夫又豈作畫爲然,骨肉之匀、剛柔之用,凡詩也、文也、書法也、篆刻也,何莫非此之重而一攝於神韵,足於神韵則腠理皆活,所謂栩栩然生。不則,泥塑木雕縱極之精巧,對之終索然矣。

跋《宋元畫册》印本

聲音笑貌不聞不見不易得也,即聞見亦不能久留於耳目間。惟文字、書畫之傳較久遠,歷千百年,雖水火兵燹之無情,然幸而能存者,筆墨固猶新也。近世傳真益進,得睹是,洵稱難得之珍,真迹在人間究能幾許時,不可知,此亦足寶也。

題《王虛舟册頁》後

虛舟在清初尚有明人是處,乾、嘉而後,晋唐之靈氣盡矣。泥塑木雕,館閣之誤人也。蓋書法一用九宫局限,再有黄自元之爲宗匠,成一時風氣。鶩高遠者,又大唱碑版,甚至謂無漢魏以下腕底之筆。直謂反雕墙峻宇而爲木處土居,是非夢囈又誰信耶!包安吳標榜於前,康有爲《廣藝舟》於後,試案之包書、康書佳處究何在？如言古拙，實是欺人。"古"云者，舊而已，舊衣何如新衣邪！"拙"云者，笨而已。獨輪車手推以行，何如四輪車駕馬行邪！趙松雪之媚，不如傅青主之骨氣，又當別論也。足下之出是冊屬書，固知我嗜塗鴉舊紙，尤望我示書法心得。何敢言實有所得，姑爲述：自幼至老，目所別、手所歷，以爲印證也可。吾十五六歲喜蘇，亦不過臨《豐樂亭》《醉翁亭》大楷，至《西樓帖》，夢寐以之不能見也。至十八九則喜黃。弱冠後見即廣，始知《淳化》《澄清》《大觀》之佳者；《蘭亭》十餘種之不同處；《聖教》雖爲集字，實爲懷仁整臨一過。謂大小不一，行氣不貫，爲耳食之論也。手初掌實而腕著案，二十五以後，始悟空掌懸肘之用。又知行草爲書法之極則，隸書不過四百年即夭折，佳者十數種而盡。北魏吾愛《元略》，方筆《張猛龍》，圓筆《鄭文公》，《崔敬邕》兼有之。《張黑女》直入羲之小楷之室矣。

題《鄭固碑》

是碑有《張公方》《禮器》《史晨》之筆，只結構無三碑之整飭耳。謂是碑即漢碑之冠，亦不敢苟同。藏之已久，拓亦甚舊，與影印蘇齋本對看，神韻不如，拓手遜耳。字數則有過之。

題《賈使君碑》

北魏書法於今可得端倪，惟恃碑志。碑志雖多，然大體不外方與圓兩途。圓筆《鄭文公》，方筆《張猛龍》。此碑直與

《猛龍》爲出一手，從結體證，無人可出異辭也。惟臨池者須知古人之筆，方中寓圓，圓中寓方。方圓相濟，而後不削不俗，得凝重有味之極致。否則罔不涉於偏枯矣。鶴年藏此幅久，歲次壬寅冬至節，爲寫此數語歸之。家球時客津門

跋《史晨碑》

是拓紙墨洵高出一般，所謂舊拓者。魯安珍視之，自具眼界。惟亦有加墨處，幸不及字口耳。邇來書法不爲世重，而魯安之嗜寢饋以之，力學不間，中夏書法之傳，不患其無人也。篆隸自完白而後，始寫而不畫，完白之功亦偉矣。完白開山，能者繼起，吳讓之、趙撝叔皆可稱者。有清三百年中設無篆隸突過前人，則書法云者更無可論矣。吾嘗謂館閣誤人，即高稱秦漢，學必篆隸者亦未免大言欺人。凡藝爲後來居上必無疑問，秦漢高古有之，篆隸以外無書，則晉唐豈皆鴉塗，揚晉抑唐，更非的論。蓋行草變化多方，委出篆隸之右，變化愈多藝乃愈上，前是無人敢言耳。尚碑版者，動鄙閣帖，閣帖誠有非處，然晉唐宋元以來墨迹非盡泯也，何避而不論。尚篆隸之筆如食古不化，寫同秦磚漢碑等，恐亦無足稱耳。草不兼真殆於專謹，真不通草殊非翰札，斯非孫之私言也。自明而後，草法幾等中斷，既不明白復於高論以文其醜，斯書法之亡不自今始矣。吾願後之人有以矯斯敝也。生在中夏，即書法一塗亦非上下三千年不能貫穿者，不能列爲書家者流。蓋其史有如許長，非暴發之家比也。吾因鶴年遂得交魯安。魯安於辛丑春出所藏以質於走，吾願於佳紙爲書，會得

是尾紙甚稱意，因爲論如此。書法倘不亡，嗜痂之同調，必有韙我之言者。

跋《十三行》

世所存《十三行》，佳處在用筆。快刀斫陣，可以仿佛其意態矣。至結構多有須商量處，有許多字即寫成一如其貌亦不佳也。試次第言之，"嬉"字不宜學。"左"之第二筆與"倚"之末畫，皆生平玩味不舍者。"采"之諸筆與間架皆當習之。以下"湍"字之末端，佈置甚俗，不可學也。"芝"心有病痛。"歡"、"兮"無疵。以下"嗟"字散。"人"字次筆有病。"之"字拙。"信"字形斜大忌。以下"詩"字俗。"淵"字末筆忌爲俗，極感無神。"狐"耐尋味。"鶺"末四點雷同，忌。"飛"無陰陽。"塗"字雖有來歷，太狂。以下不一一述矣。又大小懸殊，雖非病，蓋不能大小中以算珠列也，然終是病。神而明之，挹其精湛，在體會矣。

跋《集右軍書聖教序》

《聖教序》字數非《蘭亭》比，雖爲集字而矩矱不失。此雖非至佳刻，能善臨之，亦能得其膝理。不知所以，僅爲鈔撮，即獲宋拓，了無關涉也。何臨摹之，尚近五十年來，影印元明人墨迹甚夥，如寫《聖教》有悟，再參元明名家墨法，亦可造上乘矣。長書老弟出是本屬題，喜此葉紙之舊，因楷書還之。时甲寅驚蟄 迂叟吳家璟 客居津門

333

聖教序字數非蘭亭此雖為集字而縱獲不
失與雖非至佳剞能善臨之亦能得其勝理不知
所以廬為鈔撮即獲宋拓了無關涉也何臨摹
之尚近五十年來景即元明人墨迹甚尠如寫
聖教有悟再參元明名家墨迹亦可造上乘矣
長書老弟出是本屬題喜此葉紙之舊固楷
書還之時甲寅驚蟄遷變吳家瑑客居津門

題《李北海詩詞墨迹》

今日有珂羅版，吾眼中得見多少古人名書真迹，設予生三四十年前，必不得見若許真迹也。吾少喜書當在學校時，積得數番餅，即以購古人名迹，嗜之不懈，於今已忽忽數十年矣。所積古人帖實不少，雖屬珂羅版，然較之收藏家以贋鼎爲寶者，殊勝千百倍也。人睹我此言，得無譀而虐乎？此種印本在洋紙上，不識將來亦脫影否？如使蔑視，至可惜也。於洋紙上書難見長，偶有拖絲，或見筆力耳。

題《石濤册頁》

癸未秋中，及門郭生啟銳携尊人退思齋翁藏無款大滌子山水册子來審定、披卷即知非贋品、筆墨之精絶非常畦所夢見也。玄著超超，駭服千古，前人已先我言之矣。以明嘉靖後，自號陳人、遺人、苦瓜和尚、瞎尊者，可以知其當時胸中一段蓬勃、抑塞、不可一世之氣、未奈何中寄精神於翰墨，峻險奇逸，盡致醹嬉，平時所養真非尋常紙筆所能仿佛者。近人往往操觚旦夕，遂命玄超，粗狂惡劣，而謂步石濤蹊徑，無此胸襟，狐禪自足，誠令人齒冷。是册即一草一木、一禽一石，皆是精神彌滿，對之忘倦，如屬跋以歸之。它日山窗養静，仍須假我案頭，退思翁當不慳此約也。茂林吳家璩時客沽上

題《渤海藏真》後評董其昌

董謂此本有《黃庭》筆,實不敢是此語。右軍《黃庭》不有少許斧鑿痕,《靈飛經》挺秀處誠不可與《黃庭》并論也。董書筆雖秀,而字勢無陰陽,故頗有俗態,不知當時何竟負大名耳。茂林居士

題嚴孟群藏《王鐸草書卷》

不黨兄應浙江大學聘,自舊都過津門,待船南下,句留三日,出邇得覺斯此卷,屬跋數語,以爲別念。舊歲詣燕京大學,小住數日,雖未得盡觀所藏,然所見多精品,間爲數行綴尾,自審筆翰不足稱,然以同嗜且所論又往往契合。小齋茗盌,輒踰子夜不倦,其樂可念。舊臘今春,屢約再往,事牽不果,頃則圖南西子湖邊,深動南遊之思。聚散何常,身丁喪亂,依依惜別,復何可言。儒生復何可好於古人殘編零簡,寶愛殆踰性命。夫果玩物喪志哉。精神所寄,或亦有難與俗同解者耳。此卷誠擬山精筆。丁亥數字之跋去今適三百年,而筆墨如新,洵可寶愛。物聚於所好,吾時以爲言,今乃益信,嗜書者得舊紙殆如飲者獲醇醪,一盞復一盞,此跋尾乃下筆不能自休,自亦可笑,以質不黨謂我何如。丁亥仲夏 玉如吳家琭時客津門

題嚴孟群藏《傅山册頁》

青主先生草書世所共賞,真書不多覯小楷尤鮮見。孟群

先生此册見示，驚爲世間瑋寶。書法可見人品，此先生讀禮之日細書全經，首尾一貫，真氣彌滿，得石刻已可貴，矧爲墨迹，物歸所好，今乃益信也。與孟群兄晴窗展玩，如對先生，喪志云乎哉？ 丙戌九秋 茂林吳家琭

孟群兄作小楷楚楚有致，天稟甚高，宜其於古法書之，鑒賞具隻眼也。斯册明五賢真迹，琭尤喜宋景濂與劉子高書，文亦美可誦；次則周韜叔書、王履吉書，周亦自書文也。王達善行草較遜耳。士君子書固以人重，亦惟品節之高，藝事乃能臻上乘，是不易之理焉。孟群考宋文，明初刻"鹵莽而耕、滅裂而報"句仍《莊子》是也。後來翻刻"報"皆作"耨"，而此迹實作"報"，於以知古人文爲淺人竄易失真者多矣。而於吾孟群用之心之細之勤，吾深服焉。宋書矯健秀拔，脱盡凡徑，可愛也。劉書亦勁秀潔古，天骨開張，殆如其人。吾讀孟群輯鈔劉之史傳、別記、志石等，益信藝事之高，從品節之論爲不誣耳。丙子九秋，從孟群看紅葉之約，晴窗無事，爲識如此。茂林吳家琭

題某人所藏册

品高人卓異，法好得真傳，舊紙揮豪亦快哉！華非、鶴年見之，墨農藏之。斯册雖爲印非夥，然已可覘古今涉筆之變。然醇正與乖謬，識者亦於見世風之變也。孟子謂："不以規矩，不能成方圓"，外方圓而矜創獲，有心之士不忍言矣。是册歷劫而得存人間，有幸有不幸，吾無以解之，究能復存於人間幾何時則亦難知。吾因是三人而得見斯册，并書若

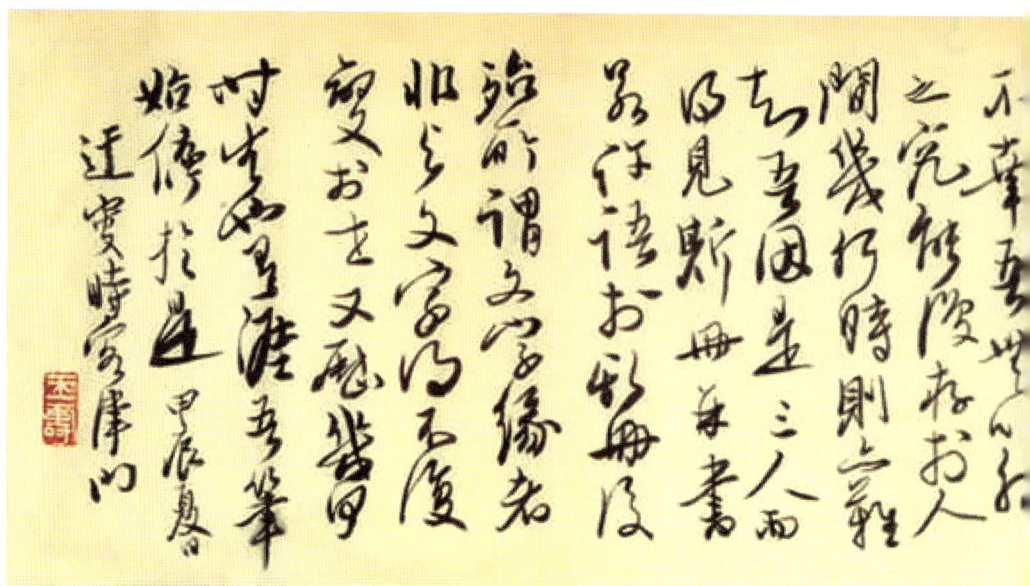

許語於斯册後，殆所謂文字緣者，非與文字得不復變於世，又歷幾何時，生也有涯，吾筆始停於是。甲辰夏日 迂叟時客津門

題華非集《鄧散木印譜》

　　華非先識一足於京中，一足謂非宜師吳某，非告一足之言，至懇切。遂來請謁余，知申江一足，初號糞翁，既到京中未獲一面，今年過京聞一足下世矣。余有哭一足詩，昨日非將一足所作印譜來，言集之非易，屬爲之作數語存念。非篤義師門，其心可念。一足之作世有定評，余感一足過當之許，因爲書數語譜尚，如一足生無營於執利，没固無冀於聲名，獨後死者對其遺作，此心不無悽惘耳。甲辰三月朔 迂叟

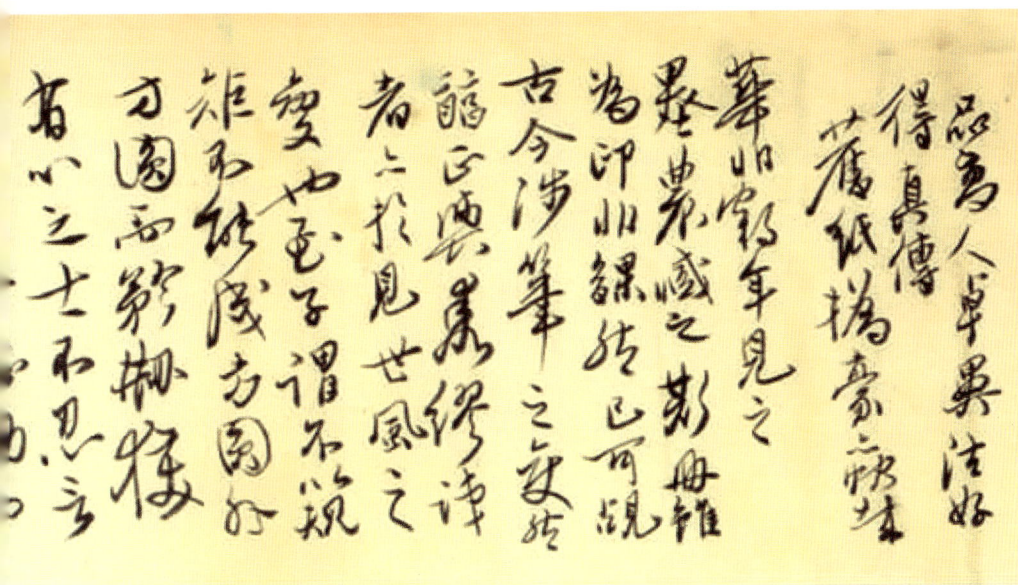

題韓嘉祥藏《李思訓碑》

癸丑大雪，嘉祥以兩圓五角得此如斯類印本，在先日尚非難得，在今日購之不易矣。既得之則當有益於已眼與手，始不負斯本。更有進者，書法末事也，人生固有其它更大者在，徒以書畫名家即名家矣，其所以名者何哉！從吾游者可以省乎。迂叟爲嘉祥跋於津門客次

題《燕然山銘》

鳴皋藏《燕然山銘》，張君純明同客沽上，跋之已詳。憲字伯度，張誤作公度。憲思贖愆，自請擊匈奴有功，令孟堅爲作銘，辭亦偉矣。蔚宗稱其銘不負鼎，薦告清廟列其功庸兼茂於前，而憲終不能凜國，棄憲如孤雛腐鼠之戒，睚眥之怨，莫不報復。勒燕然未兩年，而竟就國迫令自殺。千載下讀是

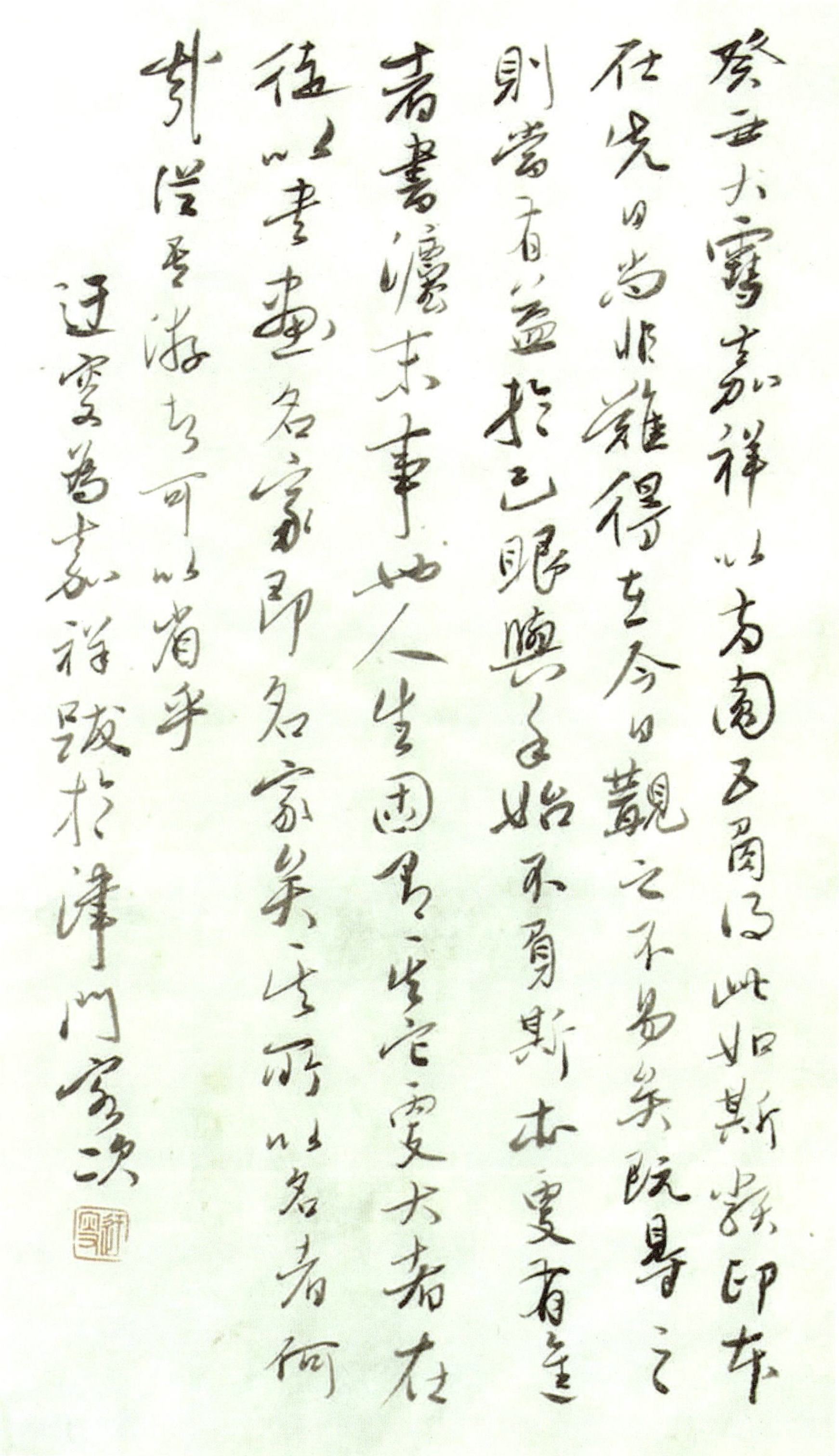

癸丑大寒嘉祥以方�− 名画五册属此如斯蘇印本

往先日尚非難得至今日觀之不易矣既身之

則當有益於已眼與手始不負斯本矣看之

者書盡末事也人生固有生官变大寿在

往以書畫名家即名家生所以名者何

尊豈暨游之可以省乎

迂雲為嘉祥跋於津門寓次

碑，試再讀憲傳，富貴功名之於人，何如也。

題尹恩升雙鈎《迂叟魏書千文》曬藍本

此庚子人日爲鶴年書，華野予曬印，又爲恩升雙鈎，裝成是册。迂叟書自顧無過人處，而嗜之者喜藏弆之，益增醜赧。曾諾爲恩升再寫千文一過畀存之，當自督於今歲必完其願。恩升從迂叟習書，頗能得其法，迂叟深冀其不獨能書，且願其能學問自勵，以爲益於當世，不能專以書稱也。迂叟且七十矣，回顧三二十時，猶在目前也，果何益於人益於世？僅自了漢耳！願恩升無如其鹿鹿也，然切無近名圖名，翻不如鹿鹿矣。丙午中秋前 迂叟書於津門

李聲叔藏册頁題跋

迂子五十二歲以後，塊處杜門，暇惟讀書寫字遣日。近四年來，手邊書籍悉爲好之者將去，中懷雖惜之而口不敢言。自從黃馨山介識聲叔，知我之無聊賴，時招過齋中，過之必留飯，又時出所藏舊紙，任其揮灑，於是迂子當雪窗燈下，信筆攄懷，或寫古人作，或寫自作，午夜人靜既忘寒，而又不苦岑寂，斯樂也誰何給之。册頁裝成後，頗難著墨，因背有糊，墨之輕重不易如意，但過三五十年，則不獨紙火性全消，即背面漿性亦退盡，命筆極愜意於心，故迂子喜得之以塗抹，聲叔時搜篋藏投之，其快何如。聲叔有是册頁，餘紙供我塗抹，迂子心大喜，板橋之書爲作僞者之不高伎倆，而多年

後迁子得逞筆,洵有緣也。辛亥冬至之夜

跋故宮博物院藏《宋拓虞恭公碑》

書法不外結構、用筆、用墨,初學須一點一畫不苟。晋、唐、宋、元多讀多臨,形象無虧,神明不遠,一臻化境至左右逢源,豈惟記姓名已哉。活我心田,益人壽算,其有信予者乎。

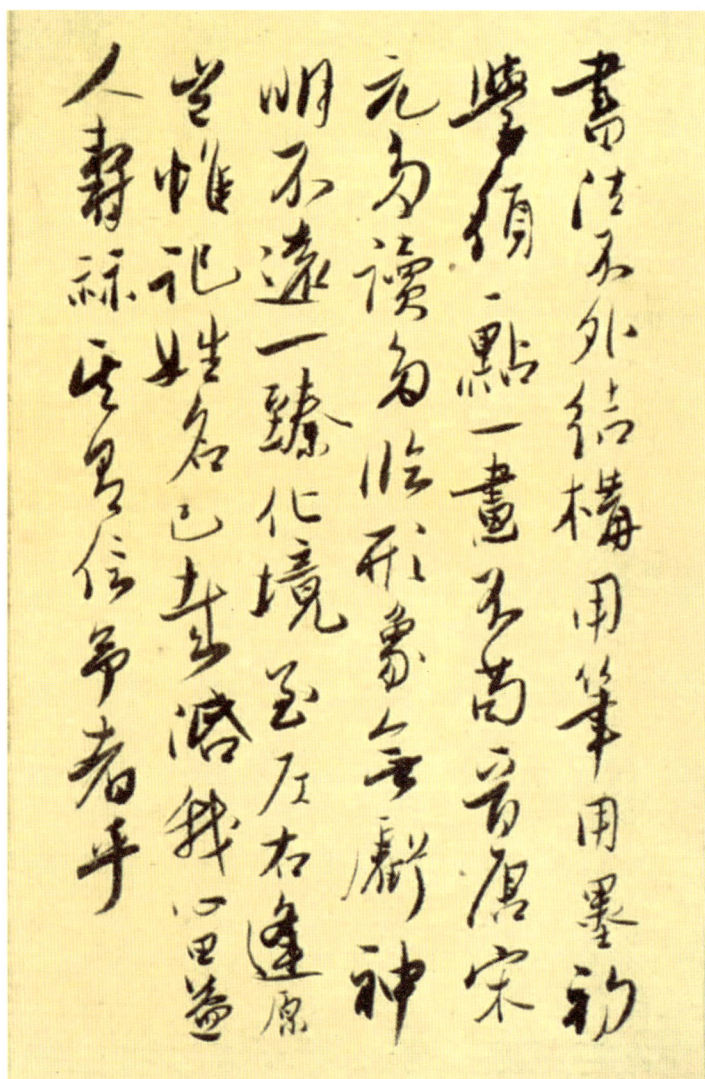

跋《馮普光手録韓文》

　　右韓文凡百四首,馮生普光己卯歲所手録也。士君子窮居伏處,歲計其功乃僅有此,知不免於賢者之譏。矧值茲世不能有所作爲,乃僅矻矻從事於筆研間,亦已羞矣。然曠觀同蹙居於斯者,日果有所爲邪? 飽食以嬉,貨色聲利,今世何世亦曾見有太息而道之者否? 普光非富有,事親米鹽屑屑而能以暇録韓文,歲積百余首,時過我研摩論難。自前代姚姬傳、曾滌生而下,宗韓文而名世者頗有人,洎邇三五十年間世風丕變,競騖新學,達官貴人不識字亦可據要津,高舉趾而矜睨於繩樞窮巷之士之前。嗚呼,日孜孜文字,迂闊繩墨,固不足以幹國家炳功業,以身繫天下安危也。然如我輩固亦不以彪炳功業以誇耀於世者,而易其所嗜。世有姚、曾其人,吾標榜吾所從好,或有所阿諛舉世而將不知文字爲何事,吾猶篤而好之。吾於馮生無間然矣! 馮生悃愊不華,學知務實踐,十年二十年而後,來從問文章於馮生者必有人也。然有不有固無間於馮生之志也,吾因之又有所慨然矣。舉大地人種,國於大地者,蓋不可以簡數計也。文字亦同然,四五千年中,吾山河之域幸而不殄滅於它族,其文字亦幸而傳流於今日,得饜吾之所從好。試觀有史以還,國而不國,文字興而不復能留於人目口間者,其數目殆亦不可以簡數計也。吾愛吾文字,人亦愛人文字,吾文字幸而傳,不幸而亦不傳,吾將何如? 今而幸猶有一二抱殘守闕之士,篤好之而不墜不幸,而

343

數十年而後并此而無之，則我曹今日之志又復何如？及身不易吾素吾行，它非所知矣！馮生裝斯册竟，來請跋於予，因爲寫取欲言者而歸之。

馮普光唐文選鈔序

天崩地坼，今世何年。藻句絺章，言哀已嘆。兵戈滿眼，伏迹蝸守之廬；歲月驚心，績業蟫餘之版。縱有書之可讀，已無望之堪悲。雪刺鬢邊，何日榮歷陵之木；豺牙道上，此時等荒谷之心。管幼安皂帽遼東，中平無補；陶元亮花源谷口，子驥空聞。世事蒼黃，邦國殄瘁。而我乃與二三子，論彥和之風骨，談休文之天機。元達經書丹施黃乙，子雲奇字心識口唯。普光己卯歲中，手鈔韓文百餘首，摩挲尋繹，想像生平。擁雪藍關，淚漬八千之路，羈旅睢上，思逐一水而遙。任劉乂攫諛墓之金，促李愬成禽吳之計。忘形爾汝，雲龍孟郊；宣撫噩逆，涕洟庭湊。忠烈貫日月，義氣薄霄漢。於吏部精神文章胥得之矣。庚辰歲暮，又持手鈔唐文百餘篇，來與前寫韓文都作兩編，合成一帙。匝年辛苦，不忘觚墨之勤；密字傳鈔，詎類巾箱之秘。柳公綽北史再寫，老耄彌工；宋子京蕭選三通，菁華頓悟。雖未能同日而語，要不廢繼晷之功。縱觀唐代之文，初囿六朝之習，行儉器識之論，四傑抑而蕭李聞。次山高潔之懷，十卷傳而韓柳出。至當世蘇張手筆，特盛時館閣軒冕耳。鑄鎔經史，貫神識於篇章；鄙屑飣餖，整風裁於骨幹。獨孤及梁蕭導於前，皇甫湜李翱輔於後。由是退之、子厚，地負海涵，峰瘦壁峭。雄視八代，卓越千古。雖有譏彈，不滅光采。後此孫、樊之屬，元、白之倫，或以詼詭自隨，或以剽輕自喜。沈亞之小説家言，盧玉川通春秋士。固可成其馨逸，特亦別其支流矣！至若陸敬輿標風範於千秋，劉子玄析史家於六派，則又偶辭之通論，陳事之藎言。庸屬文章，是惟政史。晚唐樊川、玉溪，五代冬郎、昭諫，詩尚鋒銛，文成弩末。微言既絕，唐祚亦終。嗟嗟。外藩豢跋扈之臣，樞府結阿私之黨。九州幅裂，餘三秦三峽之思；百載戎遷，非一夕一朝之故。緬懷往古，用鑒於今。三復斯文，百感交集矣！

代東北流亡上當政疏

東北淪陷，舉國震驚。生非其地者，已恨河山之破碎；代安其土者，尤痛喪亂之流離。匡復無時，傷心曷已！攈留於彼土，號稱三千萬。爲有田園廬舍，難責皆歸，而逃於此邦，何止數千人。豈無祖宗壟墓，咸失其所。國家多難，黔首何辜。襤褸之氓，已聞振施饘粥；衣冠之士，吃嘆遭遇顛連。某等迹寄平津，心栖遼海。若謂家山在望，國府不尼其行，則是叛背無妨，忠憤反形其醜。縱末葉早輕氣節，士類難稱；豈當政不恤廉貞，群流安仰？奸回不罪，得意於傀儡之邦；淪落無依，灰心在父母之國。一聽自生自滅，不問何去何從。此挽人心委憐國步矣。若謂斯多不學，類屬棄材，則當百政銓選之時，庸無一割鉛刀之效。果甄別已審，雖棄置宜甘。且也木屑竹頭，備之皆堪陶用；南金東箭，合之可證周官。歷盡艱難，報國皆知自奮；終分畛域，圖强非所敢期。某等如將涸踦涔，行索之枯魚之肆；似已吞骨鯁，必出之喉咽之間。疏以直陳，至祈洞鑒。

津沽大學中國文學系之我見

家球講授於工商學院之三年，校長劉乃仁先生語之曰，己事煩,不能兼主中國文學系事,其爲我攝之。球既承命,有問何以爲教者,應之曰,姚姬傳先生乞養出國門之日,語翁覃溪學士曰,諸君皆欲讀人間未見書,某則願讀人所常見書耳。球即亦以是言望於諸生。今日治國學者亦衆矣,新者奇新,經子諸書,寓目爲腐,西來之説,常亦可宗。球非卑人大己也,治云國學,舍己耘人,誠未見其可耳。儒之爲教,實重心身,大而言之,寧邦之本。矜殘舉碎,逼迮支離,於言國故,又其末矣。曠觀邇年竟業四稔中國文學之士,範人立節,固不必高論擬人,即師中學能績學無愧,恐已等鳳毛麟角矣。中學無培其本者,大學遑論其成。球自審迂闊,不敢輕肆言論,必欲言以示教,亦不肯違己阿世也。凡來學者,一二年中,明句讀、習修辭;三四年中,涉經史、定專門。修辭務立其成,專定終身之業。急名爲學者之耻,實踐發立德之基,球即去斯,繼者執此,十數年後,津沽文學,庶成風氣乎。迂闊視我,早知之矣。

東亞毛紡廠廠歌

我曹誰非黄帝之子孫,華夏五千年,蒸民何祚蕃。奄有九州,冀、兗、青、徐、揚、荊、豫、梁、雍之中原。我曹喜緣合,來居渤海濱,七十二沽之津門,同心合力樹東亞。一人、二人、乃至千萬,振奮造福倡群倫。嘗聞登高必自卑,行遠必自邇。細理密察,永固長存!

張伯苓夫婦合祔碑文

故南開大學校長張公伯苓,諱壽春。生於公元一八七六年,畢業於北洋水師學堂,曾與中日甲午之戰。慨國事之日非,痛民族之瀕危,奮志以教育救國。畢生殫精力無渝,先後五十年。歷考中外,不爲艱難,創立天津南開大學、中學、女中、小學及重慶南開中學。作育人才,力崇實踐。始終以"允公允能、日新月異"爲校訓。自奉則繩檢澹泊,待人唯和易篤誠。卒於公元一九五一年。夫人王氏,生於一八七三年。相夫教子,勤儉持家。公生平志業,亦賴於內顧無憂也,卒於一九六一年。

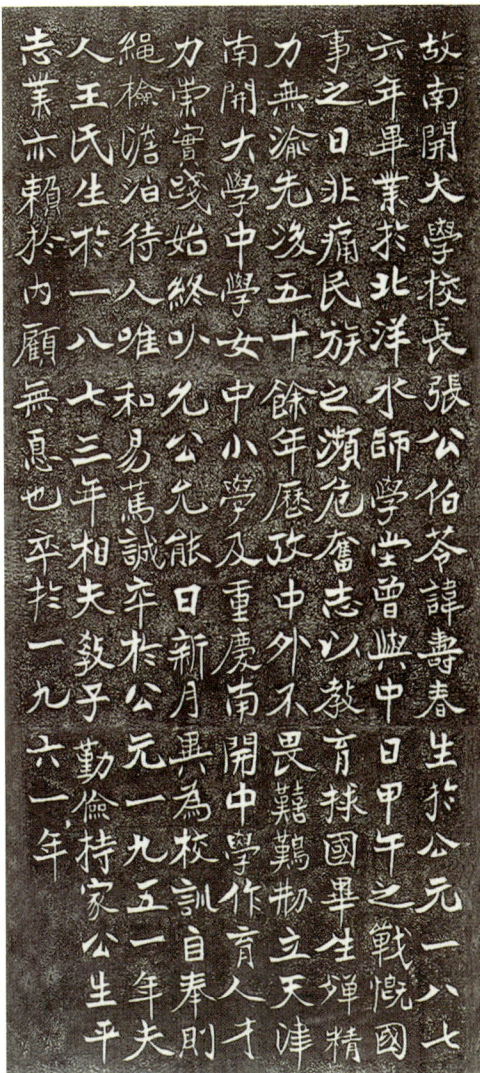

故南開大學校長張公伯苓諱壽春生於公元一八七六年畢業於北洋水師學堂曾與中日甲午之戰慨國事之日非痛民族之瀕危奮志以教育救國畢生殫精力無渝先後五十年歷考中外不爲艱難創立天津南開大學中學女中小學及重慶南開中學作育人才力崇實踐始終以允公允能日新月異爲校訓自奉則繩檢澹泊待人唯王氏生於一八七三年相夫教子勤儉持家公生平志業亦賴於內顧無憂也卒於一九六一年

跋王湜華藏葉聖陶先生舊札

人之相知,貴相知心。心知之路,惝在語言。千里結言,翰牘而已。故書札函素亦文之一大邦域也。日寇憑陵之日,巴蜀危哄之時，今此束紙手之後生，彌足珍惜。是中强半家常屑屑然，亦不能謂非當日文獻。痛定思痛，日本與中華四五十稔前，如能念同文、同種、同處亞洲，不有此一死生搏鬥，則兩家元氣之存，視今日復當何如？往者已矣，來日究能携手如昆季相恤與否？凡事不能盡責之人，强食弱肉，有人類即不能遏抑。瞻顧前路，心悸誰免，惟曹蜍李志不知有是念耳。一之不可再，再則不知伊于胡底。吾爲湜華寫是一紙，委非喜作悚聽之辭，同心之人，或能遇也。

説清靈之氣

作文、作詩、作字、作詞，皆須胸中一塵不淬，清氣盎然。否則，縱有十分功夫，終難超凡脱俗。但此清靈之氣，又從何來？天賦固有，學養尤要。冬烘先生又何嘗不自讀書，同是一樣讀書，個中却自有個分解。悟得究裏，便深有一團樂趣。此不可强索解人，亦是爲人强解不得也。呵呵，啞謎邪，三昧也。

説清空

白石，信多才之人，精音律與詩詞，又深洞書法之理。《續書譜》之撰，雖文不及虞禮，而爲論多精到。後人評其詞得“清空”之氣，是能知白石者。夫“清空”二字，又豈獨詞重，爲人、爲文、爲詩、爲畫、爲書、爲篆刻，何莫皆然。

說人有好身肢

人必有好身肢，然後能談學問與事業，否則少一勞累，便欲將息或竟而病倒，試問還能求得甚學問，作出甚事業來。至身肢如何能好，一面須勞動筋骨，一面尤須清心寡欲。少年人最忌日與坊間所售補藥爲緣，無益反損，吾深愛鍾琪姻世講之聰明，故進斯語，當不爲忤也。養得心氣和平，自然無浮躁意。能安靜不浮躁，遇事自然看得清楚，不至張惶失措也。

說有恒

事業之成，唯在於有恒，人而無恒，不可以作巫醫，遑論其它哉。讀書貴有恒，此日用功多言無暇，試一日讀五十字，市月千五百字，再從少計，月讀千字年萬餘，熟讀不間，三年而後亦成通品，若無恒則不可與言矣。寸木高於岑樓，自不

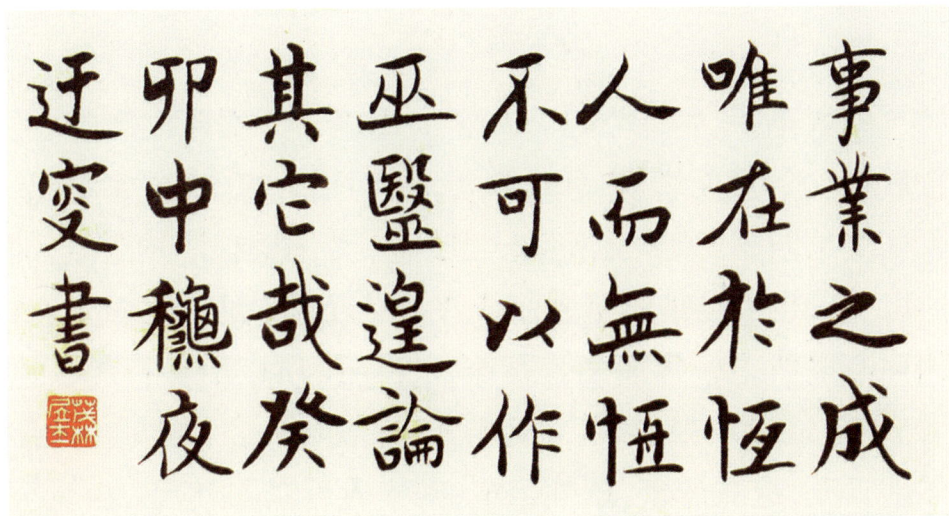

能掩人耳目。學貴根柢，端看自家努力確實否。有得於心始能有教，有教始能有類，有類始能有悟也。進步於不知不覺中，是腳踏實地爲學者。

治 学

五穀不熟，不如稊稗。學貴至也，行百里者半九十。人誰不知，學必究竟，而每每畫中道，學問之境，愈久愈深愈難。難不能阻己之志，夕惕朝乾至登峰望極而後可出於常，而別有所見之境出，庶可不倏退矣。人歷艱難不能自克艱難，艱難略涉而自餒自卑，一輟，遂并前所獲者亦歸烏有，此人所以成功之少之必然之勢也。迂妄爲此喻少年，非漫無其理之教。人世光陰一分一分，無少假少止，而盈科後進。人每不覺白頭瞬及遂傷枯落，雖悔何追？願讀斯言者，時時自勵當有得，莫謂老生常談耳邊風無關痛癢也。

人智不一

人智不一，學能增己智。智廣則應事無竭蹶之虞，然尤重於行。無行而智廣，適足以濟惡，而爲人患，小稱害群馬，大則交亂四國。文人無行，士之所耻。孟子重養浩然之氣，即所以養行也。是集義所生而後知浩然之説。浩然之氣云者，內而心之所之，外而語言行止，文字又所以識言行於久遠者。韓退之謂培根俟實，加膏希光，即養浩然之氣之喻也。無餒則日充，退藏於密，擴彌宇宙，惟集義可以知其旨。由少至老,光陰石火,尚存一息,能無自懍。

白話與文言

今日授童蒙文字者,十九尚白話而不及文言。以白話易解,文言艱深而不又適於用。試爲破其説而語夫真欲知文字之用者。中夏文字前後史乘,少言之逾兩千年,欲知兩千年文明,惟知白話實不能測其究竟也。必待二十四史悉改白話後,少年人始可讀史。何如此日習文言之直截了當邪。若嫌其難,外人習華文言難猶可,吾人習之亦謂之難,則易國籍最省事也。吾嘗有言,川廣之地有木名樗,半年成陰,其材不能爲薪,簡易云乎哉! 文字之難特今人不習耳。

爲文之要

先必識字,然後明句讀,句讀不誤,再一一詳其義與理,義與理洞然於心,則文易熟矣。熟佳文三五百篇胸中,而不能爲文者,是欺人之談也。爲文之要,在寫己所欲言,而不襲人説,真知灼見,歷劫不磨,文人云乎哉。

題玉溪生《漫成五章》

玉溪生《漫成五章》較少陵諸絶仍多婉態,蓋專取神情,絶句之正體也,參入論宗,絶句之變體也。論宗而以神情出之,則變而不失其正者也。又《江村題壁》:"沙岸竹森森,維

先必讲字體清明向讀而讀不
誤再一詳其載與理溝
特於心目之物孰是孰非三
五百篇鈎中之不能為文者甚夥
人之讀也為之而在寓己所知
言之不竟人説真知灼見歷劫
不磨之人云亦云矣

艄聽越禽。數家同老壽，一徑自陰深。喜客常留橘，應官説采金。傾壺真得地，愛日静霜砧。"三四真如畫筆，正集中多變，是爲大家。

心誠行敬

心主誠，行主敬。誠者於己，絲毫不欺；敬者於人，絲毫不苟也。人宜知此，其餘皆屬次於是者耳。而僅言習字，而言作文作詩，所謂捨本逐末不知其可矣。無論壯少，無論耄老，放開眼界，立定脚跟。中夏至今日不可再空飾承平、徒誇大國。試觀都城以外，各地民生之艱難疾苦，不可再掩耳盜鐘自欺欺人。魚游鬴水之中，燕巢危幕之上。

學問與品行

試讀史，凡大奸慝無不有學問，無學問則無以濟其奸慝也。學問云乎哉？然則學問可廢乎，是不可因噎而廢食也。

題《自書詞册》

丙午小寒，驤龍携是册過我，屬暇錄所作，予之自顧，未年即七十矣，人生果何有以自信或自慰者，念吾未弱冠，每見古人詩詞之美之作心嚮往者，不知己於何時始能追儕古人也。三十而後見少作每不稱意，五六十以來，見三十、四十作亦不能稱意。故所爲者隨手棄置，不自愛惜。近二十年中，人多勸勿過自貶，即不能佳，亦生平可存念者，乃稍稍搜檢之，然傳世之想，終不自熱，即高明若李、杜、韓、柳、蘇、黃輩，今世復誰重之耶？又如周、程、朱、張輩，又豈以文辭重耶？人生固自當圖其所樹立，然博施衆濟又豈人人所能望者，無已，乃寄嗜好於雕蟲，以自遣其生，或猶勝於營營富貴之塗以自喪其生者多多耶。或有見是言而謂斯亦聊自嘲言也，我亦不否憾之而唯唯焉。迂叟自寫所填詞，前有餘紙又信筆塗充之。

致周恩來

渝中一別，瞬經卅載。溯自三九年與伯苓校長論事齟齬，遁返津沽，杜門授書鬻字餬口。解放後歲月，每爲中華、商務兩書局點校古籍，用贍衣食。頃歲，文化大革命興，生計益致窘迫，自顧七十，惟仰恃姘覆以活餘年。可否於文史館畀枝栖駑鈍，迂拘或有能共驅策於萬一者。臨穎不勝皇恐，干瀆之至。敬上翔宇學長兄賜察。吳家琭謹啓 六八年一月廿五日

致周恩來

翔宇學長兄座右：兩月前上寸緘暨簡歷，未蒙寄覆，想 357

座右事繁，未邀賜察耳。以少年同學之私，衣食之窘，來干惠予，此非自愛者所宜出也，更非座右爲國家護惜人才所宜允也。自度非無尺寸之長，行年七十有五矣，耳目未失聰明，手足未至不仁，尚可爲藥籠中之蓄貯。然日月逝於上，體貌衰於下，日復不如一日，亦不可强諱之事。溯三十年前，渝中不甘自污，拂袖逸去。去之日曾致箋座右，曾承親筆答數語；迨總揆國事，當時書生習氣，不肯輕詣干瀆。六六年中，章行老擬紹介入文史館，旋告以座右語家珠家事甚詳，謂座右知之深，不必爲作曹丘矣。"文化大革命"起，遂擱置。頃者，生計益窘，子女多從事京畿，雖月給少許衣食之費，各有家累，難望終濟。念生平不助桀虐，不爲民蠹，篤嗜己國文字，不來求濟，誰復濟之？座右有意使爲社會主義竭盡區區乎？如其人實無足取，宜其自生自滅，自當克己循省，莫再作韓退之屢上宰相以增愧恧也。披瀝直陳，不盡縷縷，敬請爲國珍重。

右迂叟七十五歲寄翔宇書，今匆匆七十又九矣。人生如寄，嘗言一受人施當勿忘，否則今後生也何托，當然貧者士之常。嘉祥丐寫此葉，其能念老朽當時致書之意所在。

致太岳丈函

太岳丈大人尊右：言違履不覺經年，身詣夷鄉，動逾半載。男兒壯志固不妨萬里行，而秋士悲懷實已嘅此生碌碌矣。況際中天圓月，仰頭增感逝之心；異國轉蓬，拊髀盡哀吟之作哉！每於寒宵寂孤，館燈微而夷唱嗷嘈，鄰弦拍響；一身影伴，百感潮生。觀動靜之相形，宜神明之能悟，而聞樂興嘆，終難異於恒人；追往成傷，更自憐於客子矣。嗚呼，枕邊熱泪，幾層浸到黃泉；袖裏新詞，空說恨深碧海。此心無訴，聊以傾於大人前耳！番餅三十，草託哈友寄鳴皋轉呈哂收，留作節中用，想早賜察。專肅，敬叩節安，并維保愛千萬。樓頭月白，葉底秋紅。

致王峻德

日前承教，同舟共濟，詞意懇摯，遂泯辭心。昨日召開本系系會商討下年課程，二年級諸生禮貌殊非。數年來，自問

359

於上於私可告無愧。昨日情形似爲對人而非對事，琭決無棧豆之戀，請自八月底止辭去主任及教授事宜，并祈轉知校委會。別選勝任者，免誤學生課業。請辭决非作態，不希有挽留，請煩合并陳明，敬上

　　峻翁校長、相翁副校長。吳家琭頓首　七月廿一日

致孝鑒（沈晞）

　　昨兩承枉顧，何以克當，弟去志已决。諸生不患無良導師，辭函仍請轉致校委會，不日仍赴京，俟歸再造府申謝，不盡一一。孝鑒仁兄左右。弟家琭頓首　廿八日

覆俞平伯箋

　　歸去未相送，反錫留瑤章。未即裁報，昨又奉謝箋。謙抑不忘之厚，彌使心折。蒲節目前，伏維上侍康茀。日録録講授，生事苦人。不屑投刺公卿，勞亦其宜也。惟違我素心人，今兹之別，時不覺惘惘耳。

致張伯苓

　　伯苓世丈大人尊右：己卯冬，歸省老母，別慈顏，匆匆六年矣。伏想精神矍鑠爲國宣勤。家琭沽上伏處杜門稱授數年，依母人子衷心得少安者，亦出世丈之鴻庇也。昨秋老母見背，涉世益覺無心。今幸得瞻禹甸重光，身可儕太平鷄犬，

安拙無能者自亦當額手爲蒸黎慶也。頃者，裴卿兄詣渝，即便數行叩杖履，年來薪火頗承裴兄之助，其爲人深欲培國家元氣，扶士林志節，是今豪傑之士也。家球不肯輕許人，而於此君覺心折。世丈有知人鑒，當亦肯其言耳。臨風西笑，瞻近匪遠。肅此，敬請福安！

致張劍鳴

渝中年餘，覺於左右獨相親，以爲非汲汲名利之客比，是可懷也。昨秋我母棄養矣。每自幸歸，養之是違，此則於邦國無補裨，而累臨年白髮之倚閭。我無昆季，恨何有崖，惟今霜髮自顧，世事益覺無緣。皓首窮經，瞻幹國諸公潤飾鴻業，腐儒之願亦足矣。惟我素交數行，將候枰中之樂，進境當可觀也。

致文達

文達兄如晤：頃接小女信，知擬命駕來津，聞之且感且慚。念初教以爲諸生吟頌白石詞尚可勉，應繼教以用古音爲誦《詩經》、《楚辭》、漢魏六朝樂府，俾諸生知歷代古音沿革，此實非造次敢承。因自顧、戴、段、江以來，古韻分部剖析日精。惟每字讀古音與古人究相去幾何，在我殊難自信。難自信者遂以示人，非求是之道也。故不敢承。北大周祖謨教授研專聲韻者，左右何不就訪之。今年犯氣喘視往歲爲劇，日趨老境，是殆無可諱。而學不能進炳燭之明，徒喚奈何。專此奉覆，敬頌著祉。家璩頓首

致靳仲雲

仲雲詩翁左右：日前奉大集，還，暇則咀嚼之，久乃彌覺味永，誠拜服無已。嗣有所作，倘不惜珠玉之示，深盼深幸！

念劬兄邇聚首否？數次奉召皆未先詣，既俗牽縈，自顧亦復可哂。《國聞週報》亦已購讀，五言截句尤見工力。親母入城之喻，在我固以爲質樸之野勝雕飾之史也，呵呵！言念高吟，寸縅上候，并肅謝忱。容日當趨前冀沾教益。敬頌著安，不盡一一。小弟吳家琭頓首　廿八日

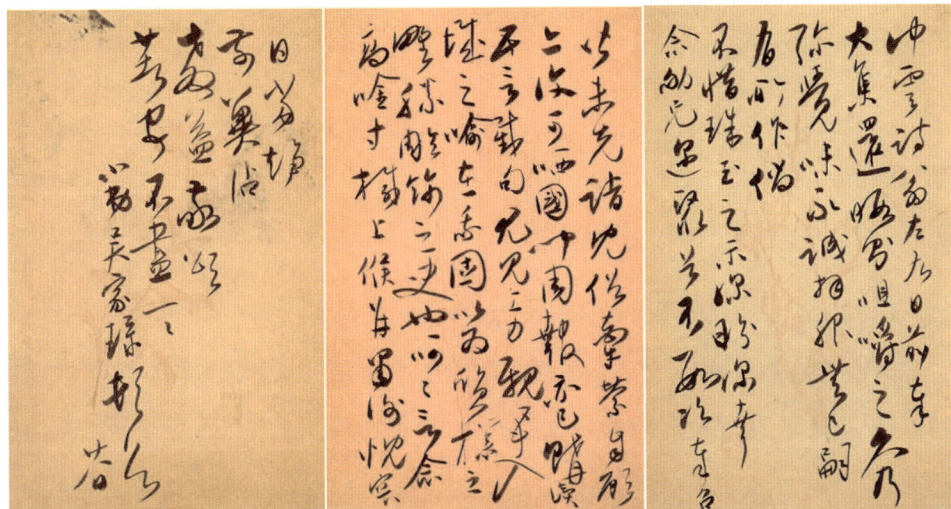

付玉貞

　　畢業目前矣，年來學業視先進益否？逆水行舟不進則退。畢業之謂四年盡耳，學無止境也。聞心緒頗不寧，人要能自克。自家尚作不得自家主，復何事業可談。一技在身勝於百萬在手，況屬大學卒業之人，若僅爲一紙文憑亦甚可恥，往者不諫，不可再誤來日。吾於左右有師生之誼，言不顧忌，願繼今好自爲之。昨趙智銓弟言欲我書數行，因爲此以貽。書固小道，不有數載專精亦難求有得，矧讀書明理有濟世用耶。日後就業何所，望時通音問。辛卯夏至書付玉貞弟　家琭時客沽上

致李士偉

從許先生得知左右，年少英發，多藝多才，服仰無地。承頒手札，至感高誼！朱雪翁爲所鎸章印兩份附呈，一奉雅鑒，一致許先生，雪翁印譜日內寄還。冀公他日再印之，爲廣其傳，走如力能爲之亦不辭也。專覆，順頌世偉館長著安！吳家璟拜啟 庚子大雪

致李士偉

別包寄奉兩紙，一紙呈吾兄，一紙望轉至壯圖兄。賜章甚喜之，近日作印者每欲以偏師勝人，蓋堂堂整肅之旗鼓難也。願執事多留心經史小學，後來無量。士偉吾兄道席！弟璟頓首 一月廿一日

致李士偉

奉手札，過爲獎飾，殊不敢當。稚鶴審定之作毫不矜肆，求之近日爲難得，甚佩。私心欲得同斯印大小，治白文者"吳家璟印"四字，暇日奏刀，不望亟亟。因向所用之章爲趙信天翁所鎸，歷三十餘年殘缺失真矣。尊書頗擬板橋筆，走以爲可更擴而習唐晉行草也。又"瀘"字實從"鷹"不從"鹿"，恐係筆誤，神交不外，故昧以陳。館中佈署具見匠心，來日得機緣當圖詣觀光也。壯圖兄一紙費神轉致是感！世偉左右 家璟頓首 五月廿七日

致李士偉

奉手書,意至殷拳,我感何極。暇日興至爲鐫"玉如六十後作"六字,大無過寸,愈小愈盼,可用在扇頭,朱白文篆體悉奉命筆,恕我請之不事客套也。文字結緣,斯不能不念許翁之介其間矣。冬寒葆愛,敬候士偉我兄起居!家球拜啟 十二月廿日

致許壯圖

舊臘寄士偉屬書之兩緘,未知遞到否? 久未得賜箋,正念間,奉清明寄札,知李歸自京中獲雪翁一印,金石緣可念者。馬萬里畫當如教問之,得覆即報。李刻蛻公之印,氣息誠胎於缶廬,此公用功不間,將來未可量也,能勉之多讀書最好,缶廬詩大佳,惜爲畫名掩也。專此,覆候壯圖吾兄道安!辛丑清明後三日 弟家球頓首

致吳子光

子光老宗兄左右:一別多年,相思何已。頻遭喪亂之身,歷邕、黔上渝州,徒以有老母在,歸來伏處津門又二年。生事日艱難,當世王公大人非無舊交也,不肯妄干,性難苟強。蒲節密邇,薪米宿逋待償。念同姓君子或不忘故人,乞援手爲暫挪五百番,秋節前定以歸璧。此日有爲介是間大學講授事者,硯田博菽水,用慰母心,秋來可時承清言也。擬親走訪,

365

夜間苦蚊蚋，面目半腫，不能出門。寸緘奉請，明晨十時投謁可乎？設萬一不便，亦懇示片紙，屑屑之陳不敢强高誼之力所不能也。素懷酒杯接殷勤，恃肝膽在鑒耳。臨楮不盡依依，敬頌勉綏百益。

致存誠

昨小兒歸述，左右督煤斤未繳餘款，甚急。病中聞之，誠焦怍兼并，非敢緩也，實力不逮也。力不逮，則不當求薪火，宜學袁安閉門僵臥。於理似可云，然於情實難堪耳。乞左右寬假時日，在左右未得市煤斤之日，弟力任爲公謀。今日公所得，視公初望且多出一倍矣。弟何敢自居功，所以願爲助者，固以學生數百人號寒鵠立，義所能爲，不容袖手。私心亦欲左右少爲我寒迫助也。我豈肯如常人想，爲人助者，即望有報。特望寬假時日耳。左右見愛深，倘許我乎。若謂左右市四萬金煤斤，必待弟未畢繳之數，始可望市煤，於理似亦未安，左右必不如是見迫也。不盡縷縷，惟希愛察。存誠仁兄左右　弟制家琭頓首　即日

致劉奇膺

寫來紙十葉，可時玩寫，既可熟杜詩，并習行草也。臨帖無論有晋、唐、宋、元，必先似而後不似。小兒出筆便擬成家，無此理也，不獨書法爲然，詩文又何獨不然。古人欲爲賦熟千賦，豈欺我哉，今人病惟在懶耳。壬寅中秋前三

日 迂夌付奇膺

致李鶴年

鶴年弟如面：函悉，致尤箋改還。所謂"大作久經拜讀，以教務未及奉覆"云云，是長者答後輩口吻；"聊代桃李之報"，亦不妥；"耑此即頌吟安"亦是寄晚或平輩用；"即頌"又加"順候"不可解矣。以後有是類函札，我爲多改幾次或能進步也，要緊仍須多看古人作品。家璩頓首 十一月一日

致李鶴年

臨《天發神讖》過不活潑。飛動一類弟尚可臨摹，此類碑版金石字不可再嘗試矣，否則一成病痛即不救也，切記切記。鶴弟如晤。家璩手啓

致李鶴年

得書來，甚喜。事牽作覆遲遲，然惟冀音問時至也。曾文正於軍中不忘讀書習字，此豈故作矯情之舉，亦圖精神調劑耳。臨北海《法華寺碑》已漸得靜字訣，數年而後當大有獲，尤須多讀書而厚胎息，字無書卷氣，雖工不足稱也。屢爲言之，願勤識斯語。此箋寄府中，免失落也。拾紙覆鶴年弟 家璩頓首 七月六日

致李鶴年

和詩改還，自是箋入目，望自選唐詩百五十首熟讀，庚子歲除爲期，辛丑春見吾當試讀，詩心得與是否爛熟，能如望者，則高達夫五十學詩，不能專美於前。左右能是，以慰下足之懷否。相交如許年，往者不諫，來者何如，既是究國學矣。願身則後來，勿謂一切當從毀弃，而使目盲心盲也。庚子白露前一日　家璩寄鶴年小站校中

付寶麟

（行書李白《蜀道難》略）芒然"芒"字不加水亦可，"猱"音腦之平聲，不能音腦，腦上聲也，"脅"音吸，"凋"音雕，"巉"音危，匪親"匪"字同非。"念"字上從今，不從令，念字切不可加口旁。"梁甫""梁父"皆可，閒空之"閒"不能作閑，"閑"是門檻，今多混用非是。度關"度"字不能加水作渡。汝謂詩中僧懶，誤解詩矣。臨帖千萬要慢、要仔細，一筆一點都不可隨手滑過，初學不能極慢，將來不能極快也。無論何事，皆須細心，一粗則百事無成也。玉如付寶麟　辛丑小暑夜

附小如跋：右先君玉如公一九六一年遺墨。受件人名龐寶林，當時爲青年玉器工人，與余親董孝全君比鄰而居，故一度從先君讀書，并爲之更名寶麟。及十年浩劫，余親自故居移去，彼此遂無消息，荏苒四十七年矣。先君小行草并世無第二人，此數紙竟爲識者所得，亦大有緣，願珍藏并永葆之，幸何如也！丁亥大寒　吳小如謹識

致余明善

《杜詩》將還，有暇讀否？自須有鈔本。選所心愜者録集數百首，不時披誦，然後再涉獵唐宋人集。初由李青蓮而高、岑，而王、韋，而温、李，能得大較，而後昌黎、郊、島，探人人中所以異、所以同，誠有辨矣；而後及宋蘇、黄，而後陸、姜，三四稔中不能以詩寫己懷，吾不信也。漢魏六朝，先覽《蕭選》。《選》詩能熟己所喜者可，不必悉之。漢魏六朝賦當讀名篇，《離騷》、屈、宋，能審其聲調名物可矣。又誦《詩三百》，殆詩根源固不能外而不知也。窮經皓首又別論矣。可以群，可以怨，言者心聲，不假雕飾，江山萬里，當貯胸中，詩人云乎哉！能立其己，是無愧矣。壬辰立春後一日，待生徒講書不至，抽毫盡意，不以老生常談，或有助於力學。嗣今是道或竟無傳，學有能至，資禀各異。數年而後，當再與老弟一參精進之理。即候明善老弟著祺。

付賓兒

賓兒覽：來禀字有自造之行書，實俗而無理。行書非不可意造，特汝工力未到，是不可耳。讀書人固忌讀書未成而背已傴僂似老人，言語之酸酸過於筍餡。然謂避酸避腐老而不讀書則不可也。汝其識斯語。汝弟兄尤宜致意世界之人物，不知汝祖若宗何所事固不可，僅知中國歷代人物，而不知世界人物，亦未爲可也。汝問川中新奇景物，川古稱天府，實足以當此。蓋中國所有，川具體而微矣。山中倘徉，時鳥奇花與時俱易，秀韶瑰麗不可名狀。願汝此時讀萬卷書，將來行萬里路日，自不難過此一快心目，胸中無點墨，過此有愧山靈矣。汝將來不患不展拓，患不能折節耳。凡我寄歸之諭，汝應細玩索之，不解處問阿兄，不可忽略置之。祖母年高，汝處處須知得老人歡心。我遠去萬里，能代我慰老人，始不負長爾許長，要知我時時念及汝曹也。我視先較豐腴，可轉稟祖母。六月九日父諭

付吳同賓

南開中學門額寫就，舊裁尺一尺五六字不爲小也。寫得尚覺不板滯頗自然，是淡墨想無妨勾勒，屋漏痕不變最好，能勾的不走樣，至少不至難看，肥瘦亦合體式，或是我爲母校留一紀念。將來大門建築完工，韓嘉祥似可往拍一照，汝可與言之。本來京中紙亦難買，恰有學生拿來五尺舊綿聯，我即借用，否則亦難得如此尺寸耳。申兒前日偕承國來省我，細看其眼神仍不佳。我殊爲之扼腕，亦未如何事。丙辰三月廿五日，父諭賓兒

付吳同賓

寄四月份生活費收據一紙。成鳶近來病大愈否？成鳶在假，每月生活費是否汝赴館中取？想無人送矣。次謙日前在部中昏迷無知覺，刻入醫院調治，我曾詣彼宅中探問，暫不還來，亦七十外人多年勞累，不是處優養尊之人也。汝工作

忙否？近身肢如何？新元曾來津否？其郵寄地址稟我，已記不清矣。田健國有信寄汝兄，意在我爲設法還津。此子雖自作自受，然我亦非不願助他，我自家身世攸攸，此日如何有力量援手於彼，謂我打通套語敷衍，知我罪我亦只有聽之而已。俞平伯近嬰半身不遂，雖不甚重，已不能出門。與我年紀仿佛者，開春以來所知都無好結果，人生難得開口笑耶。日前，許姬傳有詩致我索和，和作錄之付汝讀：已識休嗟覿面遲，每拋書卷獨支頤。窗含景注融融日，墙映簾張細細絲。靜味交親詩思永，情緣肝膽意綿滋。不蒙世網煎熬裏，何必殷勤爾汝知。丙辰清明　父諭賓兒

付吳同寬

汝姊之於老夫，我實不忍言之。兩月前，此間居民委員會已確定我之身份爲職員。因我十九歲即遠走謀衣食養母，小學未曾讀，中學未畢業，大學讀過兩個月，資歷毫無，初出茅廬爲練習員，月得薪資三十，十八圓寄母，十二圓自給，身又多病，至今能到七十五歲。三十八歲以後，能在兩個大學教書，前後過二十年。平生未做官，未入蔣黨，未參加過日寇組織，定爲職員身份，實在名符其實。所有上交書籍，皆已還我。凡此種種，汝可告之汝姊，彼不給我生活費，我決不向索。我耳目尚未昏花，手足尚未龍鐘，不久或往江南有工作，能自食其力，必不再累汝等也。五月十一日　父諭寬兒

付劉光啟

老杜《月夜》五律釋寄。"月夜"，中秋之月，老杜在長安想今夜鄜州之月，閨中婦念長安而獨看也；遠憐鄜州家中小兒女，未能如其母知憶念長安之父耳。"香霧"指夜深霧濕雲鬟，望月之清輝，立久而不入閨中，恐婦衣薄露重而寒也。末兩句言"何時"者，指將來晤面，得同倚閨窗，而思及今日之兩地望月，痛定思痛，泪或潸然。然他日之泪，同望月而彼此相慰，轉愁爲喜，月照泪乾，則今日之兩地相思，亦他日相逢之畢生可念事也。"虛幌"者，古人窗戶夏與秋每施幃幌，幃幌鈎挂窗側，則爲"虛幌"矣。以上解釋能明白否？倘仍有疑不妨再問。無論詩與文，必求心中解之透徹始可！

付劉光啟

《羌村》第二首：晚歲迫偷生，還家少歡趣。嬌兒不離膝，畏我復却去。憶昔好追凉，故繞池邊樹。蕭蕭北風勁，撫事煎百慮。賴知禾黍收，已覺糟床注。如今足斟酌，且用慰遲暮。"晚歲"老來，"迫偷生"爲國致身，理之當然，輾轉歸來，直是被迫偷生，非初意也。"還家少歡趣"人誰不思家，我既歸矣，反覺無生趣，因國家喪亂如此，歡喜不出也。"嬌兒"兩句，只有嬌兒天真，見我歸來，欲前就我，以久不見，又似陌生而退去。"憶昔好追凉"憶我昔日夏秋之交，喜步還坐，於庭院中追凉。"故繞池邊樹"此時仍如舊日繞行池樹，已非追凉之心情，蓋因種種心頭，不知不覺繞行無數遍，而不自禁，旁觀者仍以爲我昔日追凉，成習慣也。"蕭蕭北風勁，撫事煎百慮"實則此日已非秋熱，北風寒勁矣。撫事，指心中撫今追昔，百慮煎熬。"賴知"兩句，賴家人告我，禾黍已收，我自亦聞覺制酒糟床，已在濾酒（無聊之中慰藉），一人日飲，已足斟酌，姑且用是以慰遲暮之年耳。

在津七日一見，不覺其疏，而來津後相念，心中時不能忘，惟望學日益進，能自樹立耳。王李兩集均收到，謝謝！我近甚忙，連日欲寄問而竟無暇。早五時許起，晚十一時許睡，有時覺疲乏也。先將《羌村》第二首寄汝，視能解否？有疑務詳函問我，下次汝來函不可寫大人，某某先生啟可矣。四月八日夜　家璟付光啟

付劉光啟

《羌村》其三，群鷄正亂叫，客（指父老）至鷄鬥（鬥此字須會寫）爭。驅（趕開）鷄上樹木，始聞叩（敲）柴荆（柴荆編的門）。父老四五人，問我久遠行（慰問我遠行日久歸來情景）。手中各有携，傾榼濁復清（榼音同磕、入聲，盛酒器。濁復清謂初傾出濁，經許時則澄清，言酒不好）。莫辭（不要）酒味薄，黍（黍以造酒）地無人耕。兵革久未息（兵指兵器，革指甲與鞍，兩字代替戰爭），兒童盡東征。請爲父老歌（我請爲父母來慰問我而作歌詩），艱難愧深情（時事如此艱難，使我愧承諸父老深情）。歌罷仰天嘆，四座泪縱橫（四坐指父老，縱音宗，縱橫，謂泪多不能自止也）。　以上所解想能悉究竟矣。汝邇來忙否？前寄《羌村》之二想早收到。《論語》之"巧言令

色鮮矣仁"七個字，望以白話釋之寄來。韓昌黎文中"龍嘘氣成雲，雲固弗靈於龍也"一短篇，在《雜説》中，亦望每句用白話釋出寄我，看能明白幾成。四月十三日　家彔書付光啟

付劉光啟

　　九月六日稟悉。"台風"古爲"颶風"，後訛爲"颶風"，又爲"颱風"，今且爲"台風"矣。"擣"俗作"搗"，"搗衣"正作"擣衣"，音禱，"禱"從衣誤，非字，只有從"示"之"禱"。"館"字正應從食、官聲，從舍者俗字，宗《説文》，則爲誤字也。藍本者，如米字宗二王，則二王之書爲米之藍本也，藍本從"青出於藍"句化來。杜之《擣衣》詩，釋如後：蓋亦知遠戍者之不返也。秋風至，乃拂拭久置未用之清砧，以備裁縫冬衣之用，此時塞上已近苦寒冬月矣，況經長別之心，寧忍辭深夜擣衣之疲倦邪，深望早縫成，一托人寄去，即到邊塞垣中征人深居之所，此閨中婦時時刻刻之心願也。君聽其用力之愈夜久愈著力，空中傳來不停砧聲，即知其内心如何急遽矣。君字，即杜甫自謂，汝細聽其音，歷久不絶也。

　　汝至申後，是否須往江南内地，抑止於申待歸來也。郵票八分寄還，汝寄信用，我寄信錢尚有。在申能覓得棉聯紙否？即料半亦可，如有之，盼告我，即匯錢來，寫字無紙，是大苦事。壬寅中秋前五日　迂叜付光啟

致尹恩升

　　已廿日不見矣，忙得何似。每日不知能得半小時讀書

否？拳不離手，曲不離口，一暴十寒讀書所忌也。以前所講古文雖不多，要能熟誦爲宜，講而不誦不能深入，誦而不熟久亦悉忘。溫故而知新，溫故猶要，故能不忘。新者日入日易矣。無暇來講書，能作百十字短簡以寄我，亦練習文筆之一端。每見人之未來受業時，聆其言也望之甚殷，及既來矣，不久即棄去，於見恒之難也。數行將問恩升小友。癸卯大雪　迂安手泐。

答恩升

恩升出是絹貽迂老兒，老兒書之大快。研佳墨寫至午夜不知倦。人各有所嗜，是爲不可強者也。三十年前得絹作書亦不爲奇，乃今日將非可隨意能望者矣。老兒爲書，不歸宗一家，自謂玩漢、魏、南北朝、唐、宋、元、明、清以來，凡書家名世者，罔不研討之。取其精遺其粗，頗能彙各代翰墨之長。年過七十，始能無一筆無來處。若有問者，某筆出某人、某碑帖，皆能述本而有據，非向壁虛構者比，斯一樂也。老兒嘗言，靜中揣摩筆法能延壽。老兒總角日，體弱甚，老輩喜之者，每畏其不壽。然至今時七十有四矣，作字尚不覺有老態，持毛錐間復有新意，實一樂也。每乘興書所欲言者，不屬稿信筆所之，亦不問工與拙也。辛亥春仲既望之夜，北風撼窗棱，時過子夜，寫此以付恩升答其予絹之雅，斯之謂翰墨緣耳。

示袁紹良

經三日寫《項羽本紀》一通，雖爲重讀，其味彌永。"舊書不厭百回讀"，此境非身歷不知也。願汝曹讀之，經時歷月而後字句間與先後脉絡，與羽之一生得喪，而後知子長之大手筆，刻畫人物如鏡無逃形，不同凡響。動筆爲文固不易，知作者匠心處亦非易也，草草讀過，束之高閣，而言心領神會，自欺欺人無逾此矣。

付諸天寅

昨奉手示，喜楷作端正，是心静進境也。不揣昏耄，塗易數處，即希賜察。嘗念我華夏自有數千年系統文字，何妄學步西方，彼果勝我，猶有可説，鶩新厭舊，便自侮矣。僅列所知，即維鑒及。"獲"字右上爲"丫"，非"艸"，丫音寡，象獸角之形。"屆"字誤，"屈時"不可解，系"屆"字，尸下系凷字，凷同塊，屆音戒，屆時，至時也。"季"下從千不當從十。 又"珂里"出《唐書》，唐張嘉貞爲相，弟嘉佑爲金吾將軍，每朝軒蓋騶從盈閭，所居之坊號鳴珂里，後人稱人之鄉里曰"珂鄉"，珂里蓋尊之也。僕處京市，非是鄉里，左右用之，非當。又，示末稱"晚"，示首稱"世叔祖"，末宜稱"再晚"。又"晚"字側書，亦非當，因大名天寅二字直行，晚字不宜小於名，名既大字，晚獨小字，何先謙而後者倨，是先後不合矣。此皆是煩瑣哲學，然既講求，不可不徹底。左右不憚煩，如是經年，當知究竟，亦不枉左右之虛心從問也。僕頃腰脚仍軟，俟五

一後十日前再過都中。拾紙匆匆,不盡一一。敬復天寅世講迂叜手泐 四月十八日

付高成鳶

不盈寸之字,影放至一二尺,其尺寸之大面積似合矣,而字之形神筆法絕不能周視綫之用。寸楷與榜書之別在此,而今人不知,動以寸楷放大以爲無異,而已深昧其理,此學書者不可不推研也。左右一再囑不必作大字,以相處不外,故不憚委瑣奉告。送去之四字,如可用,尤望於其筆之曲折處勿輕增減,原紙之面必平,然後鈎勒,免移動面目。專此奉布,統希賜察。迂叜書付成鳶 六月十二日

付高成鳶

交友有時而誤,讀書絕無失望。以文字言,見廣則思日進。汝今此之信,雖不能如我之望,已視去年有進境。初求通順,繼求精煉,而後始可識歷代文章面目,不通不順而欲達精煉,是猶未陟高山而欲穿雲層而眺滄海也。我刻寄行李彌甥婿張青山家,在東城隆福寺街連丰胡同十二號,已報臨時戶口兩個月,張爲雙職工。自晨至暮無擾我者,嗜静養疴最宜。七五年七月十日 迂叜寄成鳶

付高成鳶

乙卯中秋後三日,得寄書與館中證明,至爲感謝!得此

可以在京過冬矣。張茂生爲我彌甥女婿，居此已十五、六年，借我一間屋甚寬敞，冬有暖氣，不似我在津須自籠煤火取暖，市煤出灰種種煩屑，日兩餐有人爲我措畫，廿餘年來無此安適，真轉運了也，晤賓兒時可告之。汝函中措語視先穩妥，尤望多讀書，工夫無虛度，更上一層惟在自家，造極登峰非人所助，行百里者半九十里，思之宜自勉也。人人皆知讀書而成者鮮，是何故？與時寄我音，不勝企望。迂叟 付成鳶都中

付韓嘉祥

中國共產黨天津市委員會派于、李兩同志，三月二日到京接我，三日晨十時動身赴津，參加周恩來同志青年時代在津革命活動紀念館開幕儀式。六日還京，三日晚間汝可訪我照耀里齋中一談。先寄此紙，盼汝暇過同賓，告彼三日夕勿出門。我晚飯後來照耀里，有致張學忠一紙，可即與之。汝讀書進修當無疑問也，一切俟面罄。三月二日 迂叟付嘉羊

付高昭業

先後寄書收到。欲作好詩，必多讀漢、魏、六朝、晉、唐、宋、元、明、清人好詩至少過千首，才能入門談作。此非故爲駭人語，我年已八十，徒欺少年又何苦來。今日少年多是粗心浮氣，所以我有此語耳。并望鈔此葉寄李妮。丁巳夏至 迂叟付昭業

先後寄書收到，欲作好
詩必多讀漢魏六韓音
此千首才能入門談作此
唐宋元明清人好詩至多
非故為駭人語我年已八
十徒欺少年又何嘗來今
日少年多虛憍心浮氣所以
我勸此語耳并望鈔連葉
寄李妮 丁巳夏宝迁嬰付昭業

付某某

　　專郵昨至，得披荷月之書，遠客久羈，殊有積時之念。別
逾半載，候歷三秋，園木蕭疏，枝挂寒宵之雪，池冰晶瑩，窗
含旭日之暉，默坐移時，神馳座右。追懷曩日，思集襟前。在
憐才而施庇覆，十年感戢之私；宜拜德而致殷勤，一介恩知
之眷。昨月蜜筩之獻，竟思瓜瓞之傳子，青門他時，翠蔓之
繁，似葡萄之移根大宛矣。雖屬嗜奇之想，於知培植之心，家

璙硯田慰母，非期亂世功名，衣食從公，當識此生遇合閔仲叔之離去，敢忘安邑之施，項子遷之標格，終是敬之之譽。一番溫語，五內深銘，際風雪之嚴寒，惟疇眠食之珍重。餘俟傳郵，歸去再陳。坫壇之周旋，蓋因異國途中難述敦盤之始末。專肅，敬請福安，百惟崇照。

付諸生

三十餘年前，水如時稱賢兄弟，專心於弈，後二人北來名益噪，走得與偕屈指有廿餘年。頃又來都中，不時把袂口占，似旭初兄吟正。散從本方聚無來，宣與今南將又相。那淺藝一遂嘗能，親止鄉情不同屬。迁宰付連城、雲君、佐卿三人順出，寄我都中。

注：詒過旭初
從來聚散本無方，相與宣南今又將。
一藝那能淺嘗遂，親情不止屬同鄉。

致外甥鍾武

三緘改還。《蘇黃尺牘》東安市場舊書肆中可選購一部，於讀經暇時時披覽，可於簡札進步。《四子書》爛熟乃佳，論、孟於立身涉世，尤多警語。甥年漸長矣，人生到處皆學問，一切須自家體會也。書覆武甥 七舅璙手泐 二十四日

三嫂昨還蘇黃尺牘東坡亦

場鷹書肆中可選購一部

抬讀經眼時之揣曉可抬簡札

進步甚多書爛熟乃佳論畫於

立身涉世亦多啓發錫年漸

長矣人生勤學尚一切須自

窩靜會心書展

武錫七叔孫動
江丁曾

付夏若水

寫信在文壇上，亦是一個很大的邦域，人類交往所不可少的條件，根本仍在多讀書。歷代有名的書札，散在於經史方面的很多，就在自家要不要與平時留神不留神。書到用時方恨少，已是來不及了。汝年已長，不自己隨時努力，從客觀作理論，責任推在別人身上，這是自己應作檢討的。汝言寫信方面，許多不清楚，我這封信，汝當仔細讀之。第一在別字中要檢查自己，不可放鬆一個，爲什麼是誤字，誤在何處，久之自能免矣。這次我將汝函中誤字，一一寫出告汝。"碬"字音霞，可磨刀的石頭，從石、叚（音賈）聲，與閑暇的暇字，不能通用。暇音下，現在人都念作平聲，誤。汝寫閑暇作碬，誤矣。"貌"字，汝信中寫成"豸兒"誤，兒是兒子的兒，北京人説話收尾，多喜使變兒音，是不嚴肅的現象，兒孫、孩兒此字與"兒"有別，兒是相貌的貌字，音冒，相兒亦可作相貌，但不能寫作相"貌"。"侯"字，是公侯伯子男五種封爵之稱號，又侯姓。等候之候，不可寫作侯，候字去聲，侯字平聲也。第二在造句中，自己在句子成後，須先想是否中國話，常人看了懂不懂，如不懂，便是不通，就須改，此亦非多讀書不可。寫得不少了，下次再談。七五年十月十五日 迂翁覆若水

出版説明

2009 年，我館整理出版了《吳玉如詩文輯存》，收録詩文遺作八百逾篇。當時倉促，搜録未遍，遺漏不少。2009 年後，吳玉如散佚詩文陸續被發現，其中就有吳小如先生提到的幾首佚詩。

今年正值吳玉如誕辰一百二十周年之際，我們再次組織力量，相約南開大學吳玉如文獻整理課題組通力合作，爰取《吳玉如詩文輯存》，加以重訂，增補了詩詞二百餘首、論書十二則、碑帖題跋十五則、雜文十一則、書信三十三封、手稿墨迹一百餘幅，成兹《吳玉如詩文輯存(增補本)》，以資學習或研究者使用，並彌補《吳玉如詩文輯存》之不足。